m

—————— 阅读之前 没有真相

午 夜 文 库 ──────

艾德·麦克班恩

八十七分局系列

艾德·麦克班恩 Ed Mcbain （1926—2005）

在福尔摩斯时代的推理小说中，警察通常是成事不足、败事有余的笨蛋，不然就是闹笑话的家伙。直到伟大的推理小说作家艾德·麦克班恩出现，才使得警察的地位得到了里程碑式的提升，成为推理小说里的破案英雄，从此开创并建立起"警察小说"（police procedural novel）的王朝。

麦克班恩一九二六年十月十五日出生在纽约市，父亲是一位邮局的员工。他的本名是萨尔瓦托雷·隆比诺（Salvatore Lombino）。隆比诺自第二次世界大战役海军期间开始写作，之后以极优异的成绩毕业于亨特学院，并在那里担任教职。

他的意大利裔背景虽然直接或间接地帮助他写出《黄金之街》（Streets of Gold，1974），但他认为当时的图书市场歧视有外国人名的作家，因此在一九五二年改名为伊凡·亨特。在"八十七分局"诞生之前，他便以此名创作了少年犯罪小说作品《黑板森林》（Blackboard Jungle，1954），并获得了文坛的注目。此书在次年改编为电影，同样取得了极大成功。除此之外，他用过的笔名还有柯特·坎农（Curt Cannon）、埃兹拉·汉农（Ezra Hannon）以及理查德·马斯滕（Richard Marsten）等。

在五十年的作家生涯里，他以亨特或麦克班恩之名写了许多畅销的小说、短篇作品、剧本和电影脚本（包括担任希区柯克的名作《鸟》的编剧）。一九五六年，他以《恨警察的人》（Cop Hater）一书开始了"八十七分局"系列小说的创作，将警察小说带入了一个全新的、更加写实的新领域。故事背景是一个虚构的城市艾索拉（Isola，其蓝本为麦克班恩熟悉的纽约市），而本书亦为日后的大都市警察小说定下了一个模式：充满罪恶的大都市、多重故事发展、曲折的剧情、激烈的动作场景、贫民区的暴力描写、有计划的团队合作、写实的法医程序，以及外表冷酷、内心却充满热情的警探。

虽然许多人将"八十七分局"系列归为硬汉派小说，然而麦克班恩却认为自己是个充满热血的作家、多愁善感的人。他的作品充满了柔情，而他笔下的警探则都是理想主义者。虽然在他的描写中，大都市的警察工作无情而严苛，每天都要面对惊悚和暴力，但麦克班恩依然用乐观的态度审视整个社会，而且最后总是让道德秩序战胜一切。归根结底，这都是因为警察扮演了城市中的好市民，同时也协助法律发生了效用。或许，这就是艾德·麦克班恩的"八十七分局"系列小说能够历久弥新、成为经典的缘故。

一九五七年，麦克班恩凭借《最后的旋转》（The Last Spin）夺得美国推理作家协会的最佳短篇小说奖。一九八六年，他得到了美国推理作家协会的最高荣誉——爱伦坡奖终身成就奖（Grand Master）。一九九八年，他更成为第一位赢得英国推理作家协会最高荣誉钻石匕首奖的美籍作家。同时夺得世界上两个最重要的推理小说荣誉，让麦克班恩毫无争议地站在了推理文学界的巅峰。此外，他还获得过二〇〇二年法兰克福的原著电子书最佳小说奖。

艾德·麦克班恩　八十七分局系列作品

侧耳聆听

Hark!

(美) 艾德·麦克班恩 著

宋青 译

新星出版社 NEW STAR PRESS

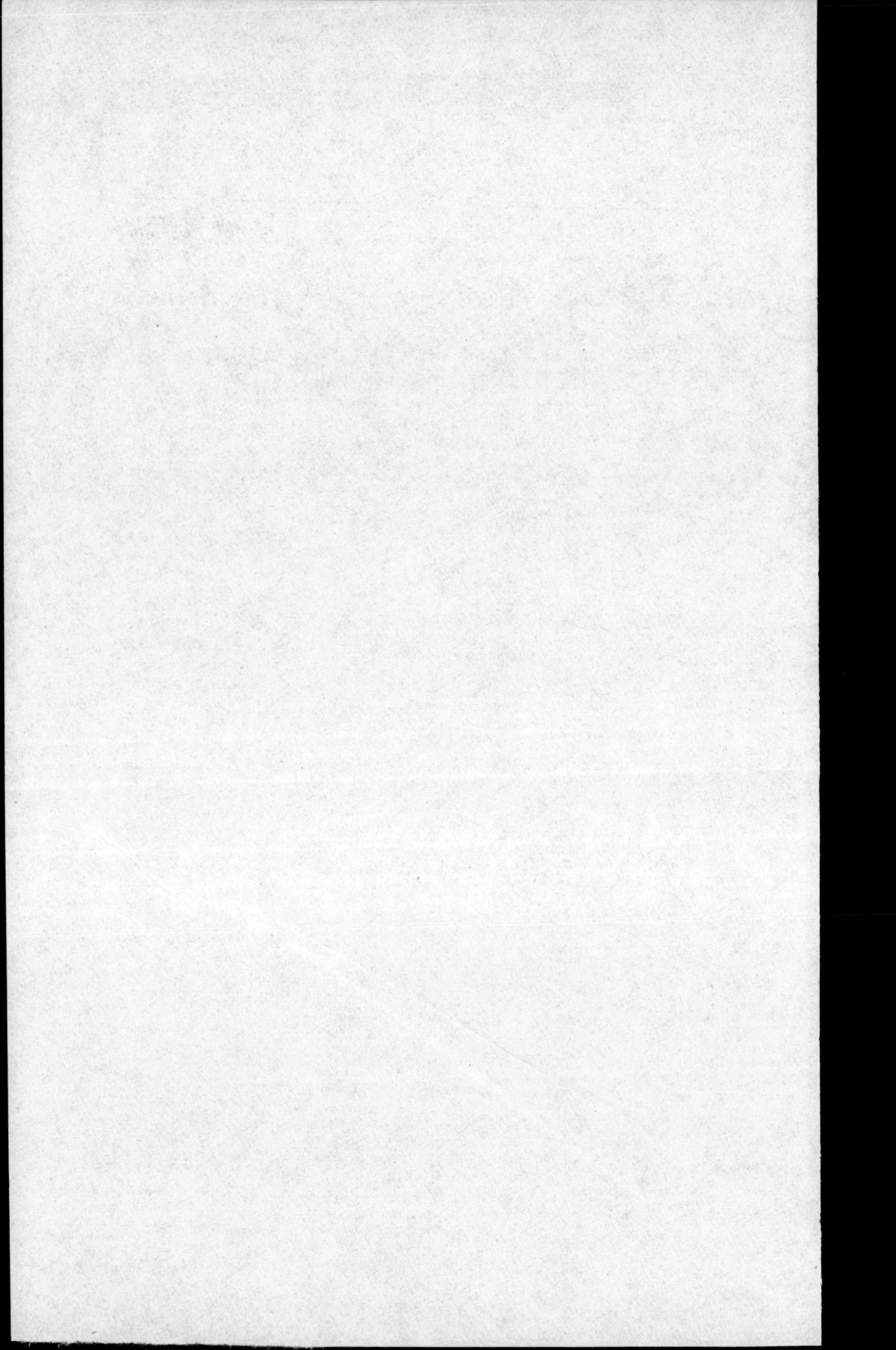

1

当格洛丽亚进门的时候,她立刻意识到有人在她的公寓里。她把手伸进大手提包里摸索着,突然,一个声音说:"不,别那么做。"

她的手指距离点三八口径的布朗手枪只有一英寸的距离。

"真的,"一个声音传来,"我不会伤害你的。"

她关上门,摸到了门把手旁边的开关,然后开了灯。

他正面朝门坐着。一条灰色裤子,黑色便鞋,蓝色短袜和与之相配的深蓝色长袖亚麻衬衣。衬衣最上面的两个纽扣都解开了,袖口也卷到了手臂上,助听器在右耳上挂着。

"好啊,"她说,"好一位不速之客啊。"

"没错。"他说。

"好久不见了。"她说道。

"你没有还钱。"他说,然后几乎是伤感地耸了耸肩。

就是这样一个耸肩的动作预示着他要杀了她。可能枪现在正在他

1

的右手里握着，她仿佛也听到了上膛的声响。关于他们之间的过去，她知道他是不会忘记的。

"我会全部还给你，"她立刻说，"所有剩下的钱统统给你。"

"一共多少，格洛丽亚？"

"我并没有省着花。"

"我看出来了。"他说着，微微晃动枪管，上面映出她这间豪华公寓的倒影。她差一点就能摸到手提袋了，但是手枪又一次对准了焦距，稳稳地握在他手里，直指她的心窝。她不知道这是什么手枪，看起来是那种自动式的。但是消音器她一看就认得，细长、锃亮，承诺着死亡。

"那三千万还剩多少？"他问。

"我没有得到那么多。"

"这是警方的估计，至少三千万。"

"他们估计得太多了。"

"你究竟拿了多少，格洛丽亚？"

"那些白粉也就卖了他们说的那个价钱……"

"那就是两千一百六十万。"

他的手紧紧攥住手枪，直指她的心脏。

"但是我只拿到了九成。"

"不管你拿几成，我要两千一百六十万。"

他想都不想就算出了结果。

"如果你这样说的话。"

"我就是这样说的。"

他笑了一下，枪没动。

"继续说，格洛丽亚。"

"警察局报的是三千万，可我只到手了两千万。"

"剩下的？"

"我不确定，让我想想。"

"好好想想，格洛丽亚。"他说着又微微一笑，带着威胁和鼓励挥动着手枪。她意识到他并没有失去耐心，也许他并不打算杀掉她。但是枪上装着消音器。除非你想要隐藏枪声，否则你不会在枪上装消音器的。

"'洛克'①卖了差不多五十万，'露西'②估计一百万，我只拿到了一半。'欧普'③非常难卖，条子们说有八万四，我大概只拿到了两万五。如果印度大麻也算二万五就不少了。大麻总共买了十五万，至于大麻烟，我自己抽了。"她笑了笑，"我已经抽了一段时间。"

"很长一段时间，"他说，"那让我算算，海洛因两千一百六十万、可卡因两百万、盐酸可卡因五十万、迷幻剂五十万、鸦片两万五、印度大麻两万五，还有十五万大麻，总共加起来是两千四百八十万，大麻烟还在房间里没卖掉。"他说着又笑了，"你可欠我不少钱，格洛丽亚。"

"我花了不少。"

"那剩下的呢？"

"我没算过，不过剩下的就是你的了。"

"哦，那当然。"他说。

"可能有两千万的样子，这可是一笔巨款，桑尼。"他在工作时用的名字是桑尼·桑松，"桑尼"来自意大利文Son'io，是"我是"的意思；姓氏是从法语Sans son变来的，意思是"聋的"。

---

①原文为Rocks，盐酸可卡因的俗称。
②原文为Lucy，迷幻药，即LSD的俗称。
③原文为Ope，鸦片，即opium的简称。

"钱呢？"

"在银行保险箱里。"

"你有钥匙吗？"

"有。"

"给我。"

"给你之后，你就杀了我吗？"

"你做了不该做的事，格洛丽亚。"

"我知道，对不起。放下枪，咱们一起坐下来喝点什么吧。"

"不，算了吧。给我钥匙。不要让你的手离开我的视线。"

他跟着她来到了一间装饰豪华的卧室：四角床、丝绸床幔、意大利古箱，还有和床幔配套的丝绸床单。从一张意大利风格的手工精雕木桌里，她拿出一个黑漆箱子，从里面取出一个很小的红色封口信封，信封上面印有"第一银行"的字样。

"打开。"他说。

她打开信封，拿出一把小钥匙，递给了他。

"好的，"他说，"把钥匙放回去给我。"

她把钥匙放回信封，封上信口，递给了他。他左手接过信，右手拿枪，把信封放到了他的上衣口袋里。

"这就是我的卧室。"她说，笑了笑。

"你让我找了好久，格洛丽亚。"

"我以为你永远都找不到这里。"她说，仍然笑着。

"我甚至不知道你姓什么。"他说。

"嗯，是的。"

"我所了解的就是你十六岁就开始开车，然后你在波士顿的一家银行工作，买了一幢房子……"

"在这样一个宣扬自由和勇气的国家，用变位词做名字不会有什么害处的。"

"也许不会。"

"但我还是找到你了，格洛丽亚。"

"是啊，那我们为什么不尽可能地享受这件事呢？"

"这是你的德国血统吗？"

"什么？"

"用这么差劲的方法勾引我上床。"

"我以为你喜欢这一点呢。"

"在汉密尔顿的汽车旅馆，记得吗，格洛丽亚？"

"噢，你问我记不记得！"

"在红点镇，河的那一边。"

"在树林里。"她说着，笑了。

她现在觉得很自信。她坐在床沿，拍拍床，示意他坐在自己身边。他仍然站着，枪口指着她的胸膛。她深吸了一口气。在这样一个宣扬自由和勇气的国家，显示一下丰满胸部的魅力不会有什么害处。他似乎也注意到了，但也许他只是在上面寻找一个瞄准点。

"这也是你的德国血统吗？"他问道，"一点小小的纳粹礼物？"

"我不知道你什么意思，桑尼。"

"像这样对着我的胸开两枪？"

"呃……"

"像这样把我绑在床上？"

"说到床上……"

"让我流尽最后一滴血直到死亡？"

"我真的很抱歉，真的。你为什么不让我表示一下我有多么抱歉呢？"

"背叛是一场公平的竞赛。"他说道。

"过来，亲爱的，"她说，"站到我的面前。"

"公平就是犯规，犯规就是公平。"他说。

"拉开拉链，宝贝。"

"《麦克白》[①]，"他说，"第一场，第一幕。"

然后朝她的胸口开了两枪。

噗，噗。

[①] 莎士比亚的四大悲剧之一，前文"公平就是犯规，犯规就是公平"一句，即出现在第一场第一幕的结尾处。

2

"这是一个曲线美女。"马诺汉说。

"你怎么知道这个词的？"门罗问。

"我的第一个妻子是犹太人。"马诺汉说。

门罗并不知道他之前有过一个妻子，也不知道第二个妻子的存在——如果她真的存在的话。眼前这个女人倒在华丽的东方地毯上，裙子在倒下时扬起，露出了纤细的大腿和小腿，而胸部却异常丰满，正切合马诺汉刚刚送给她的评语。她大约五英尺九英寸高，典型亚马逊女人的健美身材，只可惜已经是一具尸体。第一颗子弹射入左胸下部，第二颗在胸骨上方靠中间，每个弹孔周围都有肮脏的血迹，更多血液在身下漫开，把织布地毯都浸红了。侦探们注视着她的伤口，但也许他们只是在欣赏她的胸部。

今天是星期二，六月的第一天，阵亡将士纪念日的第二天。这个躺在马诺汉脚下的女人不过三十来岁，还可以成为一位年轻的母亲——

9

虽然像这样一位诱人的美女，人们是不会把她和"年轻母亲"联系在一起的。马诺汉开始想入非非。也许这个女人在被冷酷地枪杀之前曾遭到过性侵犯。这个想法来自模糊的、令人兴奋的直觉；她躺倒的姿势，露在外面的内裤都给人这种印象。

马诺汉与门罗都穿着黑色衣服，并不是为了哀悼，只是重案组的例行制服而已。这身衣服看起来有着强制和威慑的权利，但是实际上它们的功能也只是建议和监督罢了，有些时候根本没什么作用。他们非常清楚，最终深入的调查程序要移交给侦查队——在这里就是八十七分局——来处理。他们怎么还没有出现？或者需要找一位法医？两位侦探都在想是否可以下楼去喝杯咖啡，打发时光。

报案的杂工仍留在现场，看起来可怜兮兮的。大概因为他没有绿卡，担心自己会被遣送回墨西哥或者其他什么地方。监工叫他上楼换厨房水龙头的垫圈，他拿着万用钥匙进了门，却发现这位女士……

他坚持称她为"女士"。

现在已经是上午十一点整，女人的尸体躺在卧室里。杂工不知道自己是不是可以回到楼下去，没人告诉他应该怎样做，所以他只好待在那里，尽量让自己显得无辜，不停地把身体的重量从一只脚换到另一只脚上，好像他想要上厕所一样。

"你说该怎么办？"马诺汉问道。

门罗看了看手表。"外面还堵车吗？"他问。

马诺汉耸了耸肩。

"你想知道我昨天遇到什么事吗？"

"什么事？"

"我从中国城买了一份食物带走，你知道。"

"是吗？"

"然后我向电脑后面的那个伙计下单，点了一杯不含酒精的啤酒。"

"为什么要喝没酒精的呢？"

"我在减肥。"

"为什么？你看起来蛮不错的。"

"我想减掉十斤左右。"

"你看起来很好。"

"你这样认为吗？"

"当然。"

这两个警察站在一起就好像双胞胎胖兄弟，对对的和对对得①。但门罗并没有意识到这一点。

"呃……这并不是问题的重点。"马诺汉说，"我告诉他我想要两杯不含酒精的啤酒，他告诉我去酒吧买，所以我去了酒吧。那儿的侍者挺有料，在中国城可不多见。"

"因为她挺有料？"

"不，因为她是金发。你能不能注意听啊？她问我：'有什么要帮忙的吗？'我告诉她我想要两杯不含酒精的啤酒。"

"当你说'挺有料'的时候，你真的是这个意思吗？她的胸部'挺有料'？"

"什么？"

"这是个准确的描述吗？'挺有料'？"

"你能告诉我这和我的故事有一丁点关系吗？"

"只是为了用词准确。"门罗说着，耸了耸肩。

"那就不要再说这个了！"马诺汉说。

---

①原文为 Tweedledee 和 Tweedledum，是著名童话《爱丽丝漫游仙境》中的一对兄弟，两人从外貌到言行举止都非常一致。

"因为在描述胸部大小的时候，我们有一套等级系统。"门罗又说。

"我可不感兴趣。"马诺汉说着，看了一眼地上那具尸体的胸部。

"最小号的那种，"门罗自顾自地往下说，"叫做'小可爱'；然后下一个等级就是'挺有料'……"

"我跟你说了我不……"

"……接下来一个等级是'波涛汹涌'，最后一个是'超级肉弹'，这就是全部等级。所以说，当你说那个金发女侍者'很有料'的时候，你究竟指的是……"

"我指的就是她'很有料'，而且这和我的故事无关。"

"我知道，你的故事只是关于你在并不需要减肥的时候去买两瓶不含酒精的啤酒。"

"你还是忘了它吧。"马诺汉说。

"不，讲出来吧，我在听呢。"

"你敢保证你的注意力不放在'超级有料'或者'可爱肉弹'或者其他什么乱七八糟的东西上面？"

"你把等级都搞混啦。"

"原谅我好了，我可不知道这是一套严格的科学系统呢。"

"不要讽刺我，我只是在帮你讲故事。"

"那就让我自己来讲。"

"你已经在讲了。"门罗听起来有点生气。

"我向酒保要了两杯不含酒精的啤酒，那中国老板站在酒柜后面说：'我们可以把酒卖给你，但是不能让你带回家。'于是我问：'为什么？'他说：'不然我会被吊销执照的。'我又问：'这是不含酒精的，又没有关系，这和我带一瓶无糖可乐回家有什么区别？'他说：'但是无酒精的啤酒也是从酒商那里进来的，我们不能让顾客带回家。''什么？'我问，'如果你不卖给顾客，那你把酒卖给谁？你的酒保吗？'他回答：'我谁也不能卖，否则我会丢掉我的酒精销售执照。'于是我说：'可这是不含酒精的啊！'他回答说：'真的很抱歉，先生。'"

"那你最后买到啤酒了吗？"

"没有，那也根本不是啤酒，是不含酒精的那种。"

"反正你也不需要，你不是减肥吗？"

"别提了。"马诺汉说，接着叹了口气。这时候，一个声音从门口传来："大家早上好，这里谁负责？"

法医走了进来。

侦探迈耶和卡雷拉紧随其后。

他们是警察，你绝对不可能搞错他们的身份。

马诺汉和门罗或许有可能被误认为是黑帮葬礼上魁梧的抬棺人，但迈耶和卡雷拉——虽然他们长得并不相像——除了警察之外不可能被当做任何其他人。

侦探迈耶一米八的个子，肩膀很宽，有着中国瓷器一样蓝色的眼睛，已经谢顶。尽管脖子里没有挂着"艾索拉警察局"的名牌，看起来也像《GQ》杂志的模特——在这个明媚的五月清晨，他穿着棕色灯芯绒裤，棕色袜子和便鞋，褐色亚麻衬衫，棕色皮外套的拉链一直拉紧到领口——但他的步伐，他的姿态，让他周身弥漫着对罪犯的威慑力：正义的代言人在此。

再说他的搭档，侦探斯蒂夫·路易斯·卡雷拉同样也时刻流露出一种权威性。同样的身高，最多相差一英寸；褐色的头发和眼睛，穿着暮春时节的灰色外套，蓝色袜子，黑色皮鞋，一件汤姆·希尔费格①的青柠色衬衫。他像个运动员一样大踏步走进房间——当然，除非你把儿童时期在街上打棍球当做运动的一种，否则他和运动员是没有一点关系的。他走在迈耶和法医后面，一进门就开始观察周围的情况。他搞不清法医是叫卡尔·布莱尼还是叫保罗·布莱尼，因为他们是双胞胎兄弟，并且都为验尸机构工作。

门罗这样回答法医布莱尼的提问："我们刚刚接手这个案子，保罗，既然现在八十七分局的侦查员们已经来了……"

"我是卡尔。"布莱尼说。

"哦，不好意思。"门罗抱歉地微微鞠躬，"现在这个案子已经转交给了迈耶和卡雷拉警官，我想你们一定会合作愉快的。"

"嗨，斯蒂夫，"布莱尼打着招呼，"迈耶。"

卡雷拉点头回应。他看了看地上的尸体，和往常一样，一种短暂的刺痛感袭击了他双眉中间的地方。他又一次面对着死亡，而伴随着死亡的是冷血。

"很有料，呢？"马诺汉评论道。

"是'波涛汹涌'。"门罗更正道。

"不管怎么说吧，一个曲线美女。"马诺汉说。

布莱尼什么也没说。他跪下身，用手指翻开她的眼睑，他蓝紫色的眼睛盯着尸体的瞳孔研究了一番。过了一会儿，他宣布这位女士已经死了，致命原因可能是枪伤，大概是心脏上连续中了两枪。

他用了和那位杂工一样的词。

这位女士。

---

①Tommy Hilfiger，美国服装品牌，服装风格以商务休闲为主。

发现案情的杂工说这个女人叫格洛丽亚·斯坦福。他告诉迈耶和卡雷拉，他已经把具体情况告知了重案组那群家伙。他是因为要到厨房换水龙头垫圈，才无意间发现了躺在卧室地板上的女人。

"你在卧室做什么？"迈耶想知道具体情况。

"什么？"

"如果你去厨房换垫圈，那还要到卧室去干什么？"

"我总是习惯先确定房间是否有人，才开始干活。"

"所以你去卧室想看一下那位女士在不在，对吗？"

"是的，在我开始干活之前。"

"要是那位女士在床上睡觉呢？"迈耶问。

"哦，不。当时都已经十一点了，她在那个时间段应该出门了。"

"那你为什么还去卧室看她在不在？"

"只是确认一下。"杂工用力地耸了耸肩说。

"这个家伙的说话口吻像极了我刚才说的中国城酒吧老板。"马诺汉说。

"当你发现了她已经死了之后，你都做了什么？"卡雷拉问。

"我赶紧下楼去找头儿。"

"就是他打电话报的案。"马诺汉说，"那个头儿。"

"他现在在哪儿？"

"哦，你提醒了我，他很可能在地下室躲着呢，想把自己撇清。"

刑事机动侦查组的专员赶来了。

这必将是漫长的一天。

* * *

每天下午三点半，正是警局从一锅粥般的忙乱转为轻松休闲的时候。这种转变将会在十五分钟后发生，通常充斥着职员们的家长里短与琐碎牢骚。这是充分放松的时刻，回家前的轻松感油然而生；这也是精神减压的时段，把警务工作的肮脏一面和亲戚朋友们的市民化私人世界分离开来。

迈耶和卡雷拉在一起起草了格洛丽亚·斯坦福一案的侦查报告。这个女人今早被发现死在银矿广场旁边一栋十四层的公寓里，这幢公寓坐落在本区黄金地段。一份侦查报告将要上交到重案组，另外一份将要上报给分局局长，第三份留在这里备案。迈耶现在正在和他的妻子莎琳讲电话，讨论他们的侄子欧文的第二个孩子的洗礼——当你生活美满的时候时光流逝得多么快啊！好像参加"害虫"欧文他自己的洗礼还是昨天的事，而现在欧文已然成人——尽管已经成了一个律师，但还是沿用"害虫"这个绰号。

卡雷拉正在和他的妹妹安吉拉通电话，她对他说他是一个无赖——确切的描述是："有些时候你就像一个乱发脾气的孩子。"

这就是他的小妹妹的感受。

虽然他的妹妹已经不是一个小孩子了。

妹妹已经长大成人，离了一次婚，即将和一个地方律师再婚，而正是这名律师让谋杀他们父亲的人逃脱了正义的惩罚。至少这是卡雷拉的观点，这就是他妹妹说他有些时候就像一个乱发脾气的孩子的原因。

"我不知道你在说什么。"他对着话筒讲，无意识地降低音调变成了耳语，因为分局显然不是这个世界上最私密的地方。

"你跟妈妈说的那些话。"安吉拉说。

她指的是昨天在他们妈妈家里饭桌上的谈话。卡雷拉非常想告诉妹妹，自己度过了一个非常值得纪念的阵亡将士纪念日，因为有个叫格洛丽亚·斯坦福的女人被人连射两枪，两颗子弹都准确无误地穿过胸膛。早晨他低头望着那个死去的女人的眼睛，在法医抚下她的眼睑之前，她睁得大大的眼睛死死盯着他。他很想告诉她，他度过了怎样的漫长而劳累的一天，现在刚刚写完案情细节分析。他已经准备打电话告诉特迪[1]他将在十五分钟后下班回家——他又看了看墙上的钟表——还剩十三分钟了。现在他需要的不是来自小妹妹的指责，他真的很想这样告诉她。

　　但他只能说："我告诉妈妈我很高兴啊，事实上我已经告诉你们俩了……"

　　"我说的是你的语调。"安吉拉说。

　　"我的什么？"

　　"你的说话的口吻。"

　　"我没有什么别的意思，我很高兴在爸爸刚去世后不久，母亲就能够想得开，改嫁别人，我很高兴你们……"

　　"我指的就是你这种语调，讽刺的、讥笑的口吻。"

　　"没有啊，我没有讽刺或是说反话。你们都要结婚了，我真的为你们高兴。"

　　"你仍然认为亨利在庭审中做了手脚。"

　　"不，我认为他尽了自己最大的努力去指控谋杀父亲的凶手，但是辩护方更胜他一筹。"

　　"你对他还有成见。"

---

[1]卡雷拉的妻子。

17

"桑尼·科尔①已经死了。"卡雷拉说，"说什么都已经不重要了。"

"为什么你总是这么敏感？"

"我没有。"

"为什么你总是抱着这样的偏见？我不应该嫁给亨利，妈妈不应该嫁给路易吉。"

"我希望他最好改名为路②。"卡雷拉回答。

"这就是我的意思，偏见。"

"我希望他留在这里，而不是把妈妈带去意大利。"

"他的生意在意大利。"

"但我住在这儿啊。"

"你又不是要娶妈妈的人。"

"是啊，"卡雷拉说，"我也不是要嫁给亨利·洛厄尔的人。"

他们两个随后沉默良久，卡雷拉听到了分局其他同事讲电话的声音，所有的人都在桌前用自己的电话。

最后，安吉拉说："别提这件事了，斯蒂夫。"

"算了。"他说，"你们都要在六月十二号结婚了，我将要失去你们两个人。就这样。"

"你说得真吉利，失去我们。听起来好像是死了一样。是的，不吉利。"

"妹妹，"他说，"我爱你们两个人。你知道吗？"

"真的吗？"安吉拉问，"爱我们两个人？"

"全心全意。"他说。

---

① 在麦克班恩的八十七分局系列小说中，桑尼·科尔是杀死卡雷拉父亲的凶手。
② 路 (Lou) 为路易 (Louis) 的简称。Louis 这个名字在意大利文中通常叫做路易吉 (Luigi)。卡雷拉对意大利人有一些偏见，因此对意大利化的"路易吉"表示反感。

"你还记得你叫我'纸片'吗？"她问。

"我怎么能忘了呢！"

"那时我十三岁，你告诫我对于一个十三岁的女孩来说不能总是穿着棉线衣服。"

"我是对的。"

"你给了我一种不自信的复杂感情。"

"我指给你一条通向神秘女性世界的道路。"

"一派胡言。"安吉拉说。但是他能肯定她说话时正带着甜甜的笑意。

"我爱你，哥哥。"她说。

"我也爱你。"他说，"我得走了，以后再跟你聊。"

"替我向特迪和孩子问好。"

"我会的，"他说，"再见，甜心。"

他按下挂断键，听到拨号声后又接着给家里打电话。

你知道，稳定的恋爱关系可以使人进入一种自足的状态。你忘记了早期的激情，忘记了火热的感觉，开始因为一种亲密的、完全与性无关的关系而感到满足。或许只是因为投入地被爱，投入地回报爱，这样的过程本身也经常会伴有性的兴奋感。但是在午后三点四十二分，伯特·克林和莎琳·库克之间的通话中并没有包含着半点这种深刻的概念。他们只是彼此感觉到简单的舒适和惬意，在城市的两个不同地点分享着一天的思想与生活。

莎琳在位于兰金广场二十四号的警局医务办公室工作，越过大桥，在马杰斯塔区。她是这个城市里唯一的女医务副主任，也是唯一的一个黑人副主任。她在学校受过四年的专业医学训练，做了五年的地方外科医生，再加上四年的医院主治医师的实践经验，她现在的薪水几乎是克林的五倍。今天，她给一个六个月前在街区游行中被子弹打中面部的警察做外科检查。他的左眼一度失明，但是现在已经完全恢复了，并急切地想回到原来的岗位。她建议病患应该先听取一下精神科医生的意见，因为受重伤的警察在局里很可能会受到排挤，因为一些同事会认为他的重伤是不祥之兆。她现在把这些情况告诉了克林。

"我也受过重伤。"他说。

"啊？怎么了，亲爱的？"

"咱们都通了五分钟的电话了，可你还没有说过你爱我。"

"但我为你着迷。"她回答。

"道歉已经太晚了。"他说。

"你今天想去哪儿吃饭？"

"你选好了，莎琳。"

"在响尾蛇区有个好地方提供地道的家常菜，想试试吗？"

"随便。"

"你一点都不感兴趣。"她说。

"我还不是很饿。柯顿和我刚刚调查了梅森区的一起入室抢劫案，然后我们很晚才吃了点比萨充饥。"

"那我们订餐到家好吗？"

"随便，"他说，"今天晚上有《法律与秩序》①。"

"每天晚上都有《法律和秩序》。"她说。

---

① 《法律与秩序》（Law and Order），首播于一九九〇年，是美国电视史上播映时间最长的犯罪侦破类电视连续剧。该剧每集分上下两部分，分别讲述纽约市警察局曼哈顿区第二十七警署警探破案和曼哈顿检察官起诉罪犯的故事。

"我以为你喜欢《法律与秩序》呢。"

"我都迷上它了。"

"我就这个意思。"他说，"你说你对我着迷，可你又迷上了《法律与秩序》。"

"哦，是的，但是我爱你。"她说。

"总算等到你这句话了。"他说。

并不热烈而沉重。

但是他们住在一起已经有一段时间了。

他们都不认为在他们面前会有任何麻烦。

如果他们知道就好了。

他们的关系仍处在初级阶段。轻声细语与沉重的呼吸。暗示。承诺。色彩斑斓的期待。打电话时环视整个房间怕被偷听。手总是紧紧掩着电话话筒。一切都热烈而沉重。

霍妮·布莱尔正坐在第四新闻频道的一间大而宽敞的屋子里，面对自己的单人桌，背对着另外三个人。那是两男一女，此时正在屋子里忙着剪辑截止到六点之前的最后几条新闻。霍妮对霍斯说，今天晚上约会之前，她需要跑一趟郊区做采访，那里有个人从二十一层办公楼的窗子里跳了出去。她可能会去一个半小时左右。

"我简直不能等了。"她小声对着话筒讲。

"跳上人行道？"霍斯问道。

"是的，但是，事实上……"

她又把声音压得更低。

"我更想跳到你怀里。"

"小心。"他警告说，然后环顾四周，看看有没有其他警察在听他们的电话。

"告诉我，你有什么迫不及待想做的事吗？"她小声说。

"我会被逮起来的。"他也低声说。

"你是一个警察！无论如何，告诉我吧。"

"你还记得那天晚上我们去的小饭店吗？"

"记得啊。"

"当你进去时，那的每个人都望着你。"

"都是拍马屁的人。"

"是的，因为你太漂亮了。"

"接着说，你这个甜言蜜语的家伙。"

"我想你……"

"我也想你。"

"我还没说完呢。"他说。

"告诉我。"

"我想让你去女更衣室……"

"现在？"

"不，在饭店。"

"嗯？"

"然后脱掉内裤……"

"哦。"

"然后把内裤放在桌子上，塞到我的西服胸前的口袋里。"

"然后干什么？"

"然后你坐在那个拥挤的屋子里，让每个人都知道你是霍妮·布莱尔，新闻四频道的。"

"霍妮·布莱尔，女播音员。"

"是的，但是只有我知道你没穿内裤。"

"即使那条内裤就在你的胸前，好像手帕一样露出一截？"

"即使是这样。"他说。

"然后呢？"

"然后我们看看会发生什么。"

"哦，我打赌我们会的。"霍妮小声说。

热烈而沉重。

就像这样。

从未担心过任何麻烦。

如果他们知道就好了。

　　骑自行车的送信人是一个韩国移民，五分钟前他差点引起了一场重大交通事故。他在科尔弗大道闯了红灯，几乎撞上一辆巴基斯坦移民开的出租车。司机发现情况紧急制动，巨大的引力让车上的多米尼加移民乘客撞到了隔离司机与乘客的塑料板上，他用西班牙语大声抱怨着。

　　现在，一切都平静了下来，送信人用唱歌式的语调笑着询问对面坐着的警官，这里是否有一个叫斯蒂夫·卡雷拉的探员。麦奇生接过那个长长的纸信封，签收之后带到了楼上。

　　这封信确实是给卡雷拉的，小小的一排文字"斯蒂夫·路易斯·卡雷拉探员"弯弯曲曲地爬在信封上，在收信人下面是警局在格罗弗大街上的地址。他拿出一副塑胶手套戴上，撕去信封口上的标签，发现里面是一个白色的公务信封，同样有一行手写体的"斯蒂夫·路易斯·卡雷拉探员"。他打开这个小信封，抽出了一张平整的白色信纸，上面是打字机打出来的字：

> WHO'S IT, ETC?
>
> A DARN SOFT GIRL?
>
> O, THERE'S A HOT HINT! [①]

"这信是谁寄来的？"迈耶走了过来，问。

"我不知道。"卡雷拉回答，然后把信封反过来。寄信人的名字同样是一排歪歪扭扭的手写字：亚当·芬。寄信地址是一个邮局信箱，阿伯纳希邮局。

"有人知道这个地方吗？"迈耶问。

"没有。"卡雷拉回答。然后他又看了一遍信纸。

> WHO'S IT, ETC?
>
> A DARN SOFT GIRL?
>
> O, THERE'S A HOT HINT!

"他把'哦'字拼错了。"吉奈罗说，"不是吗？"他问，但不那么肯定。吉奈罗刚来倒夜班，现在正站在卡雷拉的桌子旁，仔细地盯着两个信封和那张字条。"'哦'字难道不是还有一个 h 吗？"

"如果没有 h 看起来会性感一点。"帕克回答。

他也是，刚刚交班完毕。事实上，卡雷拉的桌子周围已经围了六

---

①直译为："那是谁，等等？一个该死的温柔女孩？哦，这里有一个明显的暗示！"

个探员，他们都正在研究着这封当天寄出的信。柯顿·霍斯因为刚刚在电话中和霍妮·布莱尔的热烈调情，也觉得 O 比 Oh 看起来更性感，虽然他自己说不清原因。理查德·吉奈罗探员还在研究"哦"的正确拼法，而霍尔·威利斯提出，亚当·芬是一个爱尔兰人，"芬"在爱尔兰方言中表示湖泊或者沼泽。

"……或者是湿地一类的东西？是这样的吗？"他问。

"……爱尔兰人也追求点小浪漫，都把 Oh 里的 h 故意去掉。"吉奈罗带点侥幸确认道。

克林已经回家了，当然，他也就没有机会发表意见了。艾琳·伯克刚刚走进分割走廊和办公区的大门，还未看到卡雷拉桌上的东西，所以暂时还没有什么意见。

迈耶突然想起马诺汉——或门罗，或者其他的什么人，在今天早上曾经提到过那个倒在银矿广场公寓卧室地板上的女人是个"曲线美女"。这个词在意第绪语①里意为"多汁的"，而在俚语中的意思为"美满而姣好的身材"。或许"一个该死的温柔女孩"也是同样的意思。在他想大声地说出自己的猜测之前，迈耶犹豫了，因为安迪·帕克探员是一个彻底的反犹太分子，他不想引起宗教纷争，而且这很可能不过是一个叫做亚当·芬的嫌疑犯随便写的一张字条，未必有什么特殊含义。

"你知道。"他说，"'曲线美女'这个词……"

卡雷拉立刻点头说："格洛丽亚·斯坦福。"

"你认为这中间有联系吗？"

"某个疯子想告诉我们是他做的？"

"做什么？"帕克问，"到底'曲线美女'是什么意思呢？"

---

①属于日耳曼语系，全球约有三百万人在使用，大部分是犹太人。

"就是'一个该死的温柔女孩'。"迈耶说。

"这是一种和性有关的暗示吗?"艾琳问。

不像电视上常见的女侦探,艾琳并没有穿着紧身毛衣。相反,她穿着橄榄绿的裤装,映衬着她的红头发和绿眼睛。在一般的警察题材电视剧中,至少有一个主演是女的。有些时候一个分局有三到四个女侦探,有些时候,甚至局长都是女的。在艾琳看来,这都是胡编乱造。在八十七分局的全部十八个探员之中只有她一个人是女性。

"今天早上我们接手了一起枪杀案。"迈耶解释道。

"美丽的女人。"

"格洛丽亚·斯坦福。"

"胸上中了两枪。"

"所以这是一份自白书?"吉奈罗好奇地问。

"哦,'这里有一个明显的暗示!'"帕克转着眼珠说。

"阿伯纳希邮局在哪儿?"威利斯问道。

"市区的竞技场附近。"霍斯回答。

"查到这个邮局信箱应该很简单。"

"你难道认为芬先生会给我们真的地址吗?"帕克问道。

"快递公司叫什么名字?"霍斯问道。

卡雷拉又把邮件反过来看。

"闪电快递。"

"害羞并且充满不确定感。"艾琳说道。

"并且很谦虚。"威利斯也很同意。

"芬听起来像个中国名字啊。"吉奈罗说,"就像马、郭、盖、冯什么的。"

他们都看着他。

26

"不，芬是个美国名字。"帕克说，"曾经有一个演员叫芬·帕克。不是我的亲戚。他在电视上演过丹尼尔·布恩[①]。"

"那是费斯·帕克。"霍斯说。

帕克耸了耸肩。

"无论如何。"吉奈罗说，自己点着头，"亚当·芬一定是一个中国人，亚当这个名字在香港很流行。"

"你怎么知道的？"帕克问道。

"这是常识。"吉奈罗答道。

威利斯几乎叹起气来，转向十五分钟以后将要下班的三个探员。

"回家。"他对他们说，"这件事以后再说。"他轻轻拍打着信封，"可能我们会从这个上面找出点什么。"

"Mazeltov[②]。"迈耶说。

"那是什么意思？"帕克问道，口气像是在挑战。

"好运的意思。"卡雷拉回答道。

他根本就不认为"闪电快递"或者"阿伯纳希邮局"能够给"亚当·芬"的身份提供任何线索。

他是对的。

---

①丹尼尔·布恩（Daniel Boone，1734—1820），美国边疆拓荒者。
②希伯来语，Mazel 为"运气"，tov 为"好的"，即祝你好运之意。

3

在这个庞大繁杂、种族众多的都市，一封有恶作剧企图的信件能够顺利进入警察局看起来有点不可思议。在炭疽病菌邮寄事件[①]之后——考虑到国家安全局的应对措施——有人可能会认为这个国家每一个警察局的大门口都会放置一系列安检机器。但并非如此。

在过去美好的日子里（啊，过去美好的日子），无论你遇到了什么麻烦，无论你走到哪家警察局，只要推开绿色的木门，冲到警官的桌子面前大喊："我被强暴了！""我被抢劫了！""我被人骗了！"这时候总会有人来关照你。现在，警察局门口却总是站着穿着制服的警察，让你说明你的工作业务和经济状况，检查你的身份证之后才让你进去。仍旧是这个大城市，仍旧可能发生各种事。"我被刺了一刀！""我被砍了一斧头！""我的脚被射了一枪！"但是怎样大喊大叫都不行，除

---

①从二〇〇一年九月十八日开始，有人把含有炭疽杆菌的信件寄给美国数家新闻媒体办公室以及两名民主党参议员。这个事件导致五人死亡，十七人被感染。

非门卫认为你有找警察的正当理由才让你进门。

是的，那一天正是因为邮差有找警察的正当理由——给里边的警员送信——才能顺利进门的。另外，你还能干什么？检查他口袋里的每一封信？不可能！事实上，你能做的事就是说："今天过得怎么样，老兄？"然后让他进去。同样，你让昨天来自闪电快递公司的邮递员以同样的方式进来了，在你叫他老兄的时候，你并不知道他是为亚当带口信来的。

署名亚当·芬的信是星期三——也就是六月的第二天——早上六点半被送到长官桌子上的。这封的收信人依然是斯蒂夫·路易斯·卡雷拉探员。警官麦奇生把信带到了楼上。

在分局楼上的办公室，鲍勃·奥布赖恩本不该打开这封信，因为收信人写的不是他的名字。但是他转念一想，当天快递件一定是一些紧急的事情，况且，现在离换班还有一小时零十五分钟，而他无所事事。所以他戴上塑胶手套，打开了紧急快件，然后从里边取出了一个白色商务信封。信封里的字条上面写着：

A WET CORPUS?

CORN, ETC?[①]

奥布赖恩想，这个好战的疯子又来吹嘘他昨天的谋杀行径了。

浪漫的最初阶段是当你在洗手间小便之前，你必须保证门是锁着

---

①直译为："一具潮湿的尸体？玉米，和其他的？"

的，并且要尽量让冲水声压过小便的声音，以免破坏自己的形象。当霍斯回到卧室，霍妮已经醒了，坐在床头。

"我得去上厕所。"她说，然后爬到床沿，长长的大腿在可爱的白色睡袍间若隐若现。在去洗手间的路上，她朝霍斯做了一个鬼脸，微微一笑，就消失在了卧室门后。霍斯没有听到锁门的声音，也没有听到冲水的声音。

他在想自己是否应该请个病假。如果昨天没有杀人案的话，他就会认真考虑一下了。还有时间吗？他看了看表，六点四十五分。还有半小时，这么短的时间内到分局几乎不可能。

霍妮从洗手间回来了。

看到他的表情，她问："时间来得及吗？"

"我必须在七点四十五分之前赶到。"他说。

她看了一眼床边的钟表。

"傻瓜。"她说着走向霍斯，然后吻了他。

这差点成为一个永别的吻。

第一声枪响时正是清晨，霍斯刚刚迈出霍妮家的公寓楼。他正要跟门卫说"早上好"，一听到枪响，他本能地蹲了下去。霍斯已经是一个老警察了，他能清楚地辨认出走火声和来复枪的区别。这一次显然是来复枪的射击。他听到子弹从他的右耳边呼啸而过，然后清楚地看到子弹打在墙上激起的尘灰。

因为他是公务员，因为他曾经发誓要保护整个城市市民的安全，所以他的第一反应就是掩护门卫，把他推到墙后，然后自己匍匐在人行道边。没到十秒钟，第二声枪又响了，子弹撕裂着空气，发出嘶嘶的响声。他用手和膝盖快速匍匐到停在路边的一辆轿车的后面。但是太晚了，他的右脚还在狙击手的射程内。

开始，他只感觉到一阵灼伤的疼痛，然后天旋地转。紧接着是一阵无法遏制的愤怒，和一种油然而生的自责。这种事怎么能发生在他的身上？他的枪已经握在手里，可是太晚了；他已经在扫视街对面的房顶，可是也太晚了。门卫看到这种情形想从楼里跑出……

"回去！"霍斯大声叫道。又一声枪响撕碎了宁静。接着又是两枪，然后就是死一般的寂静。霍斯用左手给停在那给门卫打手势：等等，再等等。枪声没有再响起。

门卫从楼里冲了出来。

"叫救护车！"霍斯说。

一摊鲜血在人行道旁渐渐扩大。

莎琳·库克正在伯特·克林的床上睡觉，他的公寓离卡姆斯角大桥不远。七点四十五上班，现在是七点一刻，他正准备出门，这时候电话响了。"我是克林，"他听了两句，说，"请等一下。"然后他走到床边轻轻地把莎琳叫醒："你的电话。"

莎琳朝他皱了皱眉头，还是接了电话。

"我是库克副主任。"她说。

她听了一阵。

"什么？"她说。

然后又继续听。

"他在哪儿？"

她看着克林，摇了摇头，面容严肃。

"好的，我去。"她说，"谢谢，杰米。"她说着，放下了电话。

"怎么了？"克林问到。

"柯顿·霍斯中枪了。"莎琳回答，然后立刻抬起头望着他的脸，"不过不严重，只是脚受伤了而已，但是他现在在'杀戮之家'①，我想让他快点离开那个地方。"

"我跟你一起去。"克林说道。

她已经进了浴室。

"谁是杰米？"他问。

但是她打开了水龙头。

七点四十分，第二封信到了。当卡雷拉走进办公室的时候，警官麦奇生把信递给了他。

"五分钟之前刚刚送到。"他说。

卡雷拉点点头："谢谢，戴夫。"然后他一边上楼，一边拆开了信封。快递公司的名字是速克，收信人一栏写着"斯蒂夫·路易斯·卡雷拉探员"，寄信人是"亚当·芬"，回邮地址是"四八八四号邮箱，阿伯纳希地区邮局"。昨天威利斯已经查清，本市电话登记簿上一共有五个姓"芬"的人，但是其中没有一个人叫亚当。威利斯挨个给他们打电话，每次都听到中国口音说"对不起，没有亚当·芬"。但是吉奈特倒是说对了，阿伯纳希地区一共有三百个邮局信箱，而四八八四号邮箱根本就不存在。

"你看，又是这个。"奥布赖恩说。

---

①即后文的圣路加医院，因医疗水平差而得到这样的外号。

卡雷拉不知道他在说些什么。

奥布赖恩递给他印有"地铁闪电速递"标志的信封，字条赫然在目：

一具潮湿的尸体？

玉米，和其他的？

"什么意思？"卡雷拉问。

"你才是侦探好不好。"奥布赖恩说道。

"这又是他的自白书。"卡雷拉说。

"你是这么认为的吗？"

"告诉我们这里有一具被自己鲜血浸湿的尸体。"

"也许是这样。"奥布赖恩疑惑地肯定着，不想冒险说出真实的想法来影响他的好运气。奥布赖恩是远近闻名的霉运警察，霉运范围从八十七分局扩展到整个城市，可谓影响广泛。跟奥布莱恩探员到大街上走一遭，总会遇到枪击事件。就算现在在分局里，站在他的旁边，卡雷拉都怀疑会有子弹冷不丁从玻璃窗外飞驰而过。

"但是'玉米，和其他的'是什么意思呢？"奥布赖恩接着又勇敢地提出疑问。

"他是说办案的那些老手段。"卡雷拉说，"一具尸体，一次调查，如此这般。他告诉我们这是老生常谈①，电视上演过无数遍了。"

"你这样认为？"奥布赖恩说。

"我只是在猜测，像你一样。"

---

①原文为 corny，即从玉米（corn）这个词引申而来，形容和谷物一样普通的事物。

"那封新的信呢？"奥布赖恩问道。

他知道他自己的坏名声，只能耸耸肩随他去。他这辈子只开枪打过六个，或者七个人，但是谁又确切地数过呢？无论如何，那也不算多啊。如果他们连玩笑都开不起，就见鬼去吧。

卡雷拉从抽屉里摸出一副橡胶手套戴上，打开速克公司的快递信封。里面有一个公务信封。同样的风格，同样不可思议。从信封里他摸出了一张叠好的白纸。上面写着：

BRASS HUNT?

CELLAR?[①]

"这又和潮湿的尸体有什么关系？"奥布赖恩问道。

"我一点儿也猜不出。"卡雷拉说。

这时候电话响了。

那是伯特·克林的电话，告诉他说柯顿·霍斯遭到枪击，莎琳正把霍斯从臭名昭著的圣路加医院转到了一家名叫博尼费斯的好医院。

在去博尼费斯医院的路上，卡雷拉和迈耶试图猜测那三张字条的真正含义。第一张字条是：

那是谁，等等？

一个该死的温柔女孩？

---

①直译为："追捕青铜？地窖？"

哦，这里有一个明显的暗示！

"好吧，'该死的温柔女孩'肯定就是我们眼下查的这个女的，这很明显。"

"为什么他问我们那是谁？"卡雷拉问。

他正在开车。迈耶正在玩短枪。

"因为他是一个疯子。"迈耶说，"疯子不可能像正常人一样思考。"

"他问我们那是谁，等等，等等，然后告诉我们这里有明显的暗示？就在他已经告诉我们'一个该死的温柔女孩'就是格洛丽亚·斯坦福之后？我不明白，迈耶，我真的不知道。"

"这是自白书，他想让我们逮到他，就像好多年前的那个案子一样，用口红在镜子上写字。我忘了他叫什么。"

"这里吗？我们局里的案子吗？"

"不，芝加哥。'在我杀更多人之前快来抓我吧'，类似这样的话，写在镜子上。"

"他写了这样的话？"

"他想让他们阻止他。"

"但是这个家伙并不想让我们终止他的作为，他没有说'让我停手'。"

"'来抓我！'他是这么说的。赫瑞斯，他叫威廉·赫瑞斯。那个芝加哥的家伙。"

"我们这位寄信的人告诉我们：我杀死了这个女孩，我还暗示了她是谁。他在信里就是这么说的。"

"那是第一封信。那么其他两封信呢？"

第二封信在迈耶的膝盖上。

一具潮湿的尸体？

玉米，和其他的？

"同样，他告诉我们要注意，他杀了那个女孩——白色衬衣被血染成一片鲜红……"

"他哪里说了？"

"是一种隐喻。一具潮湿的尸体，一具血淋淋的尸体。他说的就是这些。该做你们那些老生常谈的调查了，这就是他的意思。"

"然后第三封信呢？"

卡雷拉看着信：

追捕青铜？

地窖？

"不清楚。"他说。

"我说，她是被杀死在自己卧室里的，他为什么要说地窖？"

"我不知道。现场检验人员发现了子弹壳，青铜是指的这个意思吗？"

"你是说，'追捕'铜质的子弹壳？"

"是的，但是我们已经……"

"就是说他告诉我们，现场会发现子弹外壳，因为枪是全自动的。"

"但是我们已经知道了啊，枪弹研究组早就告诉我们那是一把点四五口径的自动手枪了。"

"所以他又告诉了我们一遍。"

"为什么？"

"因为他认为他比我们要聪明得多。他以为我们不知道这个女人是谁，我们正在地窖中找不到方向。他给了我们所有的暗示，但我们还是蠢得要命，这就是他的想法。"

"很可能。"卡雷拉说。

"下一个路口，"迈耶说，"上面标着'主要入口'的就是。"

"你认为他有可能把手枪丢在地下室吗？"卡雷拉问，"在他逃出去的时候？"

"我不认为是这样的。"迈耶说，"但是我们可以找人核查一下。"

"如果不是这样，那么他所说的'地窖'到底是什么意思呢？"卡雷拉边问边摇头，然后把警车停在了博尼费斯医院的停车场。

二级探员柯顿·霍斯正气急败坏。他坐在床上，穿着蓝色条纹的病号服。阳光从床边的窗外射进来，暖洋洋地照在霍斯的红头发上，现出明亮的光斑。对于被屋顶上的狙击手射中，结果不得不在病床上打发时光这件事，他怒气冲冲地抱怨着。

"等待观察！"他大喊，"为什么他们非得观察一番？他们已经清理好伤口，到底还想观察什么？"

"你中枪了，柯顿。"卡雷拉说。

"光天化日之下！"霍斯说，"你能想象大白天的一个警察被人射中吗？"

迈耶觉得他能。

"他在想些什么？"霍斯说道，"一个警察？大白天？还好莎琳把我从'杀戮之家'那里弄走了，他们竟然想切除我的脚！"

"你没有看到凶手，是吗？"卡雷拉问。

"我蹲着，他在路的那一边的屋顶上。"

"八十六分局已经在着手调查了。"迈耶说道。

"那个穿丝袜的分局啊①。"

"谁负责这个案子，你知道吗？"

"克林没说。"

"八十六分局不大可能抓得住一个狙击手。"

"告诉他们，其中一个混账就躲在大门入口处左边的墙头上。"

"而现在那个家伙很可能躲在中国。"

"也可能并不是这样的。"霍斯说着，突然变得严肃起来，"这个家伙是认真的，我有一种直觉，他想置我于死地。"

卡雷拉望着他。

"没错。"霍斯说，然后点点头，"而且看来在相当长一段时间里，我不得不穿着这种敞口长靴。"

在迈耶和卡雷拉回到办公室十分钟后，另一封信到了。这次又换了一个快递公司。同样的人，同样的地址：亚当·芬，阿伯纳希邮局，四八八四号信箱。信是这样写的：

PORN DIET?

HELL, A TIT ON MOM!②

"猜谜派对看起来不太顺利。"迈耶说。

---

① silk stocking precinct，指八十六分局办案通常华而不实，不习惯处理暴力事件。
② 直译为："色情饮食？该死，母亲的乳房！"

卡雷拉只是点点头。

"我想他可能开始放弃了。"迈耶说,"我是说,这只是狗屎,毫无意义可言。"

"你知道我现在在想些什么吗?"

"不知道。你在想什么?"迈耶问。他开始生气了,虽然没有像半小时以前的霍斯那样生气,但是作为一个脚上没有中枪的健康人,他的怒火也积聚到了相当的程度。

"我想现在到了喝杯咖啡和吃些点心的时间了。"

警察局例会本来应该是明天,也就是周四早上召开。但伯恩斯警督接到了卡雷拉交上来的四封信之后,决定把例会提前到周三下午,召集八十七分局全体探员集思广益。咖啡和甜点是分局的小金库特别赞助的,摆在长条书柜的上面,就在伯恩斯警督位于警局一角的办公室墙边。

刚刚交班的一组是迈耶、克林和卡雷拉。霍斯本来也应该包括在内,可是他现在在医院,怒气冲冲。现在当班的是威利斯、帕克、吉奈罗和布朗。帕克虽然迟到了五分钟,但是动作最快,第一个给自己冲好了咖啡,并且拿了三个面包圈放在纸盘子里。

"我们来这儿是干什么的?"伯恩斯问道,"就为了吃吗?"

他好像有点恼了。他长着白头发,蓝眼睛,稀疏的头顶像是爱尔兰地图,此刻正坐在靠窗角落的办公桌后面,盯着他的下属们,好像希望这些人承认这个寄信的疯子和他们自己一样正常。

"咱们说点什么吧。"迈耶转着眼珠表示同意。

"他指的是谁的母亲?"帕克问道。

自然，他的兴趣集中在"色情饮食"和"乳房"上面，无论是谁的乳房都好。今天下午来交班之前，他没有刮胡子，而直到午夜之前他都得值班，所以大概一整天都不会有时间刮胡子了。但这就是警察工作的多样性，有时他们也会根据工作需要假扮小混混之类的角色。

"管他谁的母亲呢？"迈耶说，"母亲的乳房！这就是他开始搞砸的地方。"

"还有我们。"卡雷拉加上一句。

"什么时候你不会搞砸？"伯恩斯表示也很想知道。

"一开始我以为他指的可能是昨天早上那起谋杀。在他第一封信里……"

"让我再看看那封信。"伯恩斯摊开双手说道。卡雷拉把用塑料袋封好的信递给了他：

> 那是谁，等等？
>
> 一个该死的温柔女孩？
>
> 哦，这里有一个明显的暗示！

"这个是什么时候到的？"伯恩斯问道。

"大约昨天下午的这个时候。"

"你是说，'一个该死的温柔女孩'指的是……那个受害者叫什么名字来着？"

"格洛丽亚·斯坦福。"

"这就是那个人的'明显暗示'，你是这个意思吗？格洛丽亚·斯坦福就是一个该死的温柔女孩？"

"嗯……是的。"

"某种程度的暗示。"帕克强调。

"他把'哦'拼错了。"吉奈罗说，语气非常肯定。他昨天晚上特意在字典上查了一下。吉奈罗身高五英尺九英寸，自认为相当高大。从他的父亲那里，他遗传了一头漂亮的黑色鬈发，坚挺的拿破仑鼻梁，性感的嘴唇，和深邃的棕色眼睛。从他的母亲那里，他遗传了米兰人的高个子基因，所有男性表亲都很高，除了多米克叔叔，身高只有五英尺六英寸。

"你们告诉我，"伯恩斯说，"那个家伙难道不明白，我们肯定已经知道了这个女孩的名字吗？我的意思是说，他把她的尸体留在她自己的公寓里，而不是丢在公园一类的地方，身上不留任何能够辨识身份的东西。他肯定知道我们能查出她是谁，不是吗？"

"看起来是这样，是的，长官。"卡雷拉说。

伯恩斯看着他，有些吃惊。他的下属们很少称呼他为"长官"。

"那为什么他问我们她是谁？为什么他告诉我们这封信中藏着暗示？究竟是什么暗示？在哪儿？你们发现了吗？无论是明显的还是隐晦的？"

"只有我一个人在吃东西吗？"帕克问。

"我可以来一杯咖啡。"布朗回答。

他看起来有些生气的样子，不过这是他的一贯表情。一个高大魁梧的男人，肤色和他的名字一样①。阿瑟·布朗热衷于扮演坏警察，因为这正是黑人警察在大部白人脑海中的形象。他也喜欢与克林搭档，因为克林金色的头发和健康的肤色使他一眼看上去就是个所谓的好警察。他走向书柜上的点心盘，三口就吞掉了一个面包圈，紧接着又把

---

①布朗（Brown）在英文中是棕色的意思。

41

两个面包圈放到自己盘子里，再给自己倒了一杯咖啡。然后他说："那我们再看看下一封信好了。"

卡雷拉递了过去：

　　一具潮湿的尸体？

　　玉米，和其他？

"他在告诉我们，这里有一具带血的尸体。"布朗说。

"我也是这么想的。"迈耶说。

"那为什么用问号呢？"吉奈罗问道。

"他是想问'你们想明白了吗？'"克林说，"'醒醒吧，我把线索都给你们了，蠢货！'"

"要注意这里。"

"要听我说话。"

"侧耳倾听！"

他们都看着威利斯。

"这就是他想说的。"威利斯耸耸肩，解释道。他黑头发，黑眼睛，虽然在分局里个子最矮，但已经是空手道黑带了。如果有人质疑他用"侧耳倾听"这个词来描述"仔细地聆听"在语法上欠完美，他就准备在十秒钟之内朝着这个人的屁股踢一脚。

"从第三封信开始，他把事情搞砸了。"迈耶说道，"不过这只是我的想法。"

"我们能再看看吗？"克林问。

卡雷拉递了过去：

追捕青铜？

地窖？

"现场有什么青铜的东西吗？"伯恩斯问道。

"没有大到引起注意。"卡雷拉说。

"那么什么叫做'追捕青铜'呢？"

"我想他可能指的是用过的弹夹。"

"调查组没有发现这种东西吗？"

"没有，但是……"

"枪弹组说是什么枪了吗？"

"点四五口径自动式。"

"那就不会有弹夹。"

"那'追捕青铜'到底是什么意思呢？"

"为什么他要我们去地窖？"

迈耶说："调查组今天到下面走了一趟，什么都没发现。"

"下面哪儿？"吉奈罗问道。

"地下室，那幢楼，"卡雷拉回答，"就是那个女孩被谋杀的地方？"

"她死在地下室吗？"

"没有，死在卧室。"

吉奈罗困惑了。

"最后一封信他完全搞砸了。"迈耶说道，"至少我是这么认为的。"

"让我们再看一下。"伯恩斯说。

色情饮食？

该死，母亲的乳房！

“可能他指的还是那个女孩吧。”吉奈罗说。

“她是乳房中枪的吗？”

“不是。根据法医的报告，她心脏上中了两枪，都在左边乳房的下方。”

“她有没有被性侵犯？”

“没有。”

“那‘色情饮食’指的是什么意思呢？”帕克问。

“那亚当·芬又是谁呢？”伯恩斯也问。

“我昨天查过电话号码簿。”威利斯说道，“‘芬’是一个中国姓氏……”

“我早就说过。”吉奈罗说。

“……但是我找不到一个姓‘芬’还叫‘亚当’的人。”

“那夏娃呢？”帕克问道，“亚当和夏娃？色情饮食？”

伯恩斯瞪着他。

“只是个想法而已。”帕克说着，又拿起了第二个面包圈。

“那个邮箱号码是多少？”伯恩斯问。

“根本就不存在。”威利斯回答。

“为什么他选了四八八四这个数字？”

“为什么他选了我们？”吉奈罗问道。

“他是个疯子，这就是原因。”迈耶回答。

“就像一只老狐狸。”卡雷拉说。

“让我们再看一遍。”伯恩斯说。

在警官们对这些字条一筹莫展的时候，距离他们警署不到一英里的一幢楼房的阁楼中，"聋子"正坐在沙发上给他身边的一个女孩讲解变位词。

这个女孩金发碧眼，大约二十三岁，不会超过这个年纪。三分钟前，他刚脱掉了她的白色衬衫，所以她现在只穿着一件黑色的迷你裙，黑色的内裤和胸罩，黑色高跟系带凉鞋，全身的打扮散发着危险的信号。

"试着这样想一下，"他说，"你的胸脯就像浆果一样成熟多汁。"

"你还没有见识过，不是吗？"女孩说。

"我能猜得到。"聋子说。

"我想我们都能猜得到。"她说。

"像浆果一样成熟多汁。"他重复着，然后拿起咖啡桌上一个干净的白色杯垫，用笔写上：

AS BERRIES[①]

"你就是要强调这个吗？"女孩问。

她的名字是梅丽莎，简称丽西。她在奥林匹亚旅馆的酒吧沙发上告诉他自己的名字，他正是在那里勾搭上了她。他知道她是一个妓女。他需要妓女，但是他这辈子从来没有为性付过钱，当然现在他也不想。

"现在如果我重新排列一下这些字母，"他说道，"把它们的次序颠倒一下，我们就得到了……"

---

① 直译为"像浆果一样"。

他又在杯垫上写下：

BRASSIERE①

……他从她的背后解开了它，让她的胸脯露出来。

"像浆果一样成熟多汁。"他说，然后试图吻它们，但是她用手臂挡住她的胸，把腿交叉跷起，摇晃着黑色的凉鞋。

"你管这种游戏叫什么呢？"她问，"重置字母的次序？"

"变位词。"他说。

"聪明的游戏。"她说，"你能为梅丽莎做个变位词吗？"

"没什么意义。"他立刻说，"但我们可以试试这个。"他又在杯垫上写道：

A PET SIN②

……把她的裙子拉到大腿以下，然后在杯垫上写下：

PANTIES③

"很聪明。"她说着，放松了交叉在一起的腿和胳膊，轻轻地站起来一点，让他把自己的内裤拉到了脚踝，然后一脚踢开。他们滚过了半个房间，撞到了阳台的玻璃门，在那里可以俯览整个城市。

---

①直译为"胸罩"。
②直译为"无心之错"。
③直译为"内裤"。

"我们希望没人监视我们。"他说，然后又在坐垫上写下了两个单词：

SPY US[1]

"你能重新排列这些字母吗？"他问。

"当然。"她说，然后拿过他手中的笔，在杯垫上写道：

PUSSY[2]

"干得不错。"他说。

"当然！"她说着，继续写道：

MORE'S NIFTY[3]

"可不是吗。"他说。

"哦，的确如此。"她说，"但现在轮到你玩游戏了。"

"你指的是哪个游戏？"他问。

他的手放在了她的大腿中间，但是她的腿紧紧合拢着不容侵犯。

"这个。"她说，然后在杯垫上写下：

SNAG A RAM[4]

---

①直译为"监视我们"。
②直译为"小猫咪"。在俚语中，这个词指女性的阴部。
③直译为"越多越好"。
④直译为"阻止冲撞"。

"ANAGRAMS①，你是说？"

"完全正确。"她说。

"你想让变位词游戏变得'越多越好'，对吗？"

"试试看。"她说，然后把笔递给他。

他稍微一想，就立刻写道：

MONEY FIRST②

"你真聪明。"她说着张开了腿，把手伸向他，手掌向上。

"我可不这么想。"他说着，一个耳光扇过去，差点将她打落沙发。

过了一会儿，他问仍然被绑在床上的梅丽莎，是否知道聋子的变位词就是"亚当·芬"。

她从头到脚都疼痛难忍，说她猜到了。

他拿过杯垫，把两个词先后写在上面：

Adam Fen

Deaf Man③

"天哪，是的。"她说。

与此同时，一家快递公司正在送信的路上，为聋子所设计的小小

---

①即"变位词"之意。
②直译为"先给钱"。
③直译为"亚当·芬"，"聋子"。

交响乐中的第一乐章画上了句号。

里面的信封里装着这样的字条：

我知道你就会来的

从现实的舞台走到地狱的坟墓。

我以为你已经死了，但是你值得缅怀

告诉观众们你值得

收获这热烈的掌声

一个演员的艺术生涯，

可以死去，可以留存，可以扮演第二种人生。

我是个傻瓜，嘿！^①

信封上还有一幅画：

---

①原文：I'M A FATHEAD, MEN!

"这到底是什么玩意？"帕克问道。

"像个捡破烂的，"伯恩斯答道，"你们家附近不也有捡破烂的吗？"

"我们管他叫'破烂王'。"布朗点点头。

"为什么他还寄了一张捡破烂的画给我们？"迈耶问道。

"不，是阿瑟用的那个词，"卡雷拉说道，"'破烂王'[1]。天哪，真是个破烂王！"

大家都看着他。

他看起来就像心脏病发作了一样。

"变位词！"他说。

"啊？"吉奈罗叫道。

"这是变位词，变位词！Rags Man 就是 Anagram 的变位词！"

"啊？"吉奈罗又叫道。

立刻，纸上所有的单词好像都分解成了字母，一个接一个跳了出来。"我是个傻瓜，嘿！"在卡雷拉眼前变成了一串随机的字母：I A F M H A T D E A N M E，然后组合成了亚当·芬真正想说的话：

I AM THE DEAF MAN![2]

"狗屎，"卡雷拉骂道，"他回来了。"

现在，当然，一切都迎刃而解。

---

[1]英文为 Rags Man。

[2]意为"我就是聋子"。"聋子"首次出现在麦克班恩八十七分局系列的 *The Heckler* (1960) 中，并始终作为八十七分局势均力敌的对手，在系列作品中多次出现。聋子上一次出现在 *Mischief* (1993) 中，被格洛丽亚·斯坦福背叛。

51

所有的信息，用变位词解释之后，清楚地告诉了他们聋子的行动和原因。

> WHO'S IT, ETC?
>
> A DARN SOFT GIRL?
>
> O, THERE'S A HOT HINT!

当他们把字母重新排列一遍，就成了另一番样子：

> SHOT TWICE?[①]
>
> GLORIA STANFRD?[②]
>
> SHOT IN THE THEART![③]

把第三行的"O"移到第一行，就可以得到全名：斯坦福。

同样：

> A WET CORPUS?
>
> CORN, ETC?

……也变成了：

> COW PASTURE?[④]

---

①意为："开了两枪?"
②意为："格洛丽亚·斯坦福?"
③意为："射中了心脏!"
④意为："奶牛牧场?"

CONCERT?[①]

……那是聋子最后一次在格罗弗公园引起骚乱的场景。

然后再重新排列：

BRASS HUNT?

CELLAR?

……就会得到：

STASH BURN?[②]

RECALL?[③]

……他想叫他们记起他的最后的一次目标，哈勃河的毒品销毁行动——警方预计对查获的三千万美元的毒品进行焚烧。

最后：

PORN DIET?

HELL, A TIT ON MOM!

把字母重新组合后，成了：

---

①意为："音乐会？"
②意为："毒品焚烧？"
③意为："回忆？"

RED PIONT?[①]

HAMILTON MOTEL![②]

这是河对面的一个旅馆的名字，一个登记为桑尼·桑松的人在那里留下了一个背叛他的女人的血迹。

那个女人是格洛丽亚·斯坦福吗？

一个该死的温柔女孩！

因为，弟兄们，桑尼·桑松一定是Son'io Sans Son，也就是亚当·芬，也就是聋子。他大摇大摆，兴高采烈地走进来，告诉你说：

我是个傻瓜，嘿！

不，其实是这样的：

我就是聋子！

好啊，女士们先生们，就是他了！

他回来了。他的出现让警督办公室的每个警员都打了一个冷战。

"谁还想来个面包圈？"伯恩斯问道。

---

①意为："红色斑点？"
②意为："汉密尔顿旅馆！"

4

　　狂风摧残五月花蕊娇妍

　　夏日的逗留何其短暂……①

"事实上，那是一种很美好的感觉。"吉奈罗说。

"他回来了，是的。"威利斯说。

"带来了比以前更多的诗歌。"

"五月花蕊娇妍，"威利斯说，"这不是莎士比亚的诗吗？"

"的确听起来像莎士比亚的诗。"

"五月花蕊娇妍。"

"但是现在已经是六月了。"卡雷拉说道。

"刚到六月而已。"迈耶说。

---

①出自莎士比亚《十四行诗》第十八首，原文：Rough winds do shake the darling buds of May, and summer's lease hath all too short a date...

现在是星期四的上午，六月的第三天。总警督召集了比平时多一倍的人马，因为只要聋子一出现，突然之间他的部下好像都变成了启斯东警察[①]，每个人都在小心翼翼地躲避指责，就像躲避昏黄色的天空中骤降的雷电。九位莎士比亚学员聚集在卡雷拉的桌子周围，他们是：迈耶、克林、吉奈罗、帕克、霍斯、威利斯、布朗、艾琳，还有卡雷拉自己。

"一种很美好的感觉，"吉奈罗说，"'五月花蕊娇妍'，你知道，我特别喜欢这句诗。"

办公室里所有的门窗都开着，初夏的风和煦芬芳。放在卡雷拉桌子上的字条是今天早上收到的第一封邮件。他肯定以后还会有更多。

"这次他想告诉我们什么呢？"他问道。

"和谋杀无关，这是毋庸置疑的。"

"关于谋杀他已经说得够多的了。"迈耶说，"是我杀了格洛丽亚·斯坦福，我朝她的胸口开了两枪，现在快来逮我吧，蠢货们。"

"他在哪儿说的这些？"帕克问道。

他今天早上刮了胡子，可能他已经在期待下一轮的咖啡和点心时间了。

"在他以前的字条中啊，"迈耶解释道，"所有那些变位词。"

"是的，变位词，对。"帕克满不在乎地说。

"那'夏日的逗留'又是什么意思呢？"威利斯问道。

"今年夏天从几号开始？"艾琳问。

霍斯打着石膏，在警局办公室里一瘸一拐地走来走去，根本就不关心今年还是其他年份的夏天是从几号开始的。他仍然气愤不已，因为

---

①《启斯东警察》是好莱坞启斯东制片厂的招牌喜剧片。里面经常出现身着特大号制服，举止愚蠢可笑的警察形象。

八十六分局的蠢货们在霍妮·布莱尔公寓对面的房顶上没有找到任何子弹壳或者是脚印，直到现在还没有人知道是谁在昨天早上朝他连开了数枪。能引起人们兴奋点的是聋子是否谋杀了格洛丽亚·斯坦福，而过去的事就已经过去了。来得快，去得也快，对于霍斯来说，此时此刻还活在人世间就已经是最幸运不过的事了，罪犯逍遥法外应该被当做可以接受的损失。那当你需要帮助的时候，警察又去了哪里呢？

"米斯克罗！"布朗嚷道。

"夏日的逗留何其短暂。"艾琳读着这句话。

"真好！"吉奈罗微笑道，一脸充满智慧的微笑。

米斯克罗在大厅的秘书处工作，听到叫声走了进来。他长胖了一些，后脑勺的头发也脱落了不少，但他仍旧看起来像是一条眼睛湿润明亮的短腿长耳猎犬。"你想来杯咖啡吗？"他问道。

"秘书办公室有月历吗？"布朗问道。

"要月历做什么？"

"我们想知道今年夏天具体是几号开始的。"

"为什么？"

"因为'夏日的逗留何其短暂'。"吉奈罗解释道。

"你们这群家伙。"米斯克罗摇着头，走出了办公室。

"这里谁有日历？"布朗问道，然后走到了自己的桌子后面。他翻开六月份的日历，食指从日期上面划过。"夏天"这个词写在六月二十一日下面。"在这儿，"他说，"六月二十一号，夏天的第一天。"

"夏日的逗留。"艾琳恍悟。

"他准备在二十一号干些什么吗？"

"或者不打算干什么。"迈耶说，"他从来都没有告诉过我们他真正的计划。"

"他说'何其短暂'。"威利斯提醒大家。

"所以是说,离二十一号已经没有多长时间了。"

"离五月更近。"克林建议道,"狂风摧残五月花蕊娇妍。"

"让我想起了那个年轻姑娘。"帕克回答。

和平时一样,任何事情都能让帕克想起年轻姑娘。

"五月花蕊娇妍。"他解释着耸了耸肩。

"你猜他的目的是什么?"卡雷拉问道,"我看他想要寄给我们一堆新的字条,把我们的注意力从这起谋杀案上分散开。"

但他自己也不相信这种说法。

总警督推开了办公室的门。

"艾琳,"他问,"咱们谈谈?"

"请坐。"伯恩斯说。

她坐在了他书桌对面的椅子上。

等待。

"我想让你知道,我很感谢你对这起案件的贡献。"伯恩斯说。

"谢谢,长官。"

"皮特,"他说,"叫我皮特就好了。"

"是,长官。"

"艾琳,"他说,"我不希望你产生误解。"

哦,她思考着。

"并不是因为你是女的。"

我要被调走吗?她想。调到一个由女人——门都没有——指挥整个警察局的地方?

她在等。

"我想让你去斯坦福的公寓。勘察人员已经把那里清理过了，但我想让你彻底清查她的私人物品，她留下的所有一切。彻底地以一个女人独有的特殊视角勘察——看看有没有被男人们忽略的线索。

"是，长官。"她回答。

"并不是因为你是女的。"他说。

那是因为什么呢？她想。

"我明白，长官。"她改口道，"皮特。"

"以我的经验，"他说，"许多案子是在冲动中犯下的，也许这一件也一样，但是……"

"是的，长官。"

"这个女人可能做了什么对不起他的事情，所以他回来复仇……"

"是，长官。"

"但如果不仅仅是这么简单的话，如果这个男人还想从她的身上得到其他什么的话——我的经验告诉我，这才是大部分谋杀的真正动机，你不觉得吗？一个人强烈地想要得到什么东西，他得到了，然后，为了保密，他杀人灭口。就像纵火犯一把火烧了犯罪现场一样。你以前遇到过这样的事吗，艾琳？"

"嗯，我没有调查过多少凶杀案件，皮特先生，"她说，"也没有涉及纵火犯之类的。"

"聋子想从她那里得到什么呢？"伯恩斯别有意味地问道，"他策划了一起价值数百万的毒品窃案，你知道……"

"是的，先生，我了解。"

"……藏好那些货之后他又回来了？如果是这样的话，那毒品现在在哪儿？或者卖毒品得来的钱在哪儿？我不相信他是仅仅为了复仇的那种人，你说呢？他是否有什么别的理由？我想让你以女人的视角去分析一下。"

"我明白，先生。就像沃尔特·迪士尼工作室几年前做的一样。"

"什么？"

"迪士尼公司。"

"怎么了？"

"他们雇用了一个十九岁的女孩，让她以少女的感受力来改编一个男人所写的剧本。"

"哦。"伯恩斯说。

"实际上那个女人已经三十多岁了。"

"哦。"伯恩斯又发出同样的声音。

"但是他们意识到一个男人根本不可能明了一个女人的思想与感受。"

"没错。"他说。

"即使他是个作家也不行。"

"我能理解。"

"所以这就是为什么找我去清查格洛丽亚的公寓。你想知道她当时可能的思想与感受。"

"查出她为什么会被杀。"伯恩斯说道，严肃地点了点头。

梅丽莎·萨默斯①自己都不清楚自己是怎么想的。

在她以前的生活经历中，根本就没有遇到过像亚当·芬这样的人，不管他的真实名字到底是什么。所有从她当雏妓开始免费服务过的人

---

① 梅丽莎的姓"萨默斯"英文原文为 Summers，即夏天之意。

里都没有像他这样的；从她十六岁正式在加利福尼亚州洛杉矶市出道以来睡过的所有客人里也没有像他这样的。好吧，也许她算不上专业妓女，至少来到这个城市之前她并没有彻底堕落。这都是安布罗斯·卡特[①]的功劳。

但是她从来没有见过像亚当·芬这样的人。

从来都没有。

一个聋子，就是这样！

如果他真的是个聋子的话。

事实上，她不知道他是什么人。

一分钟前，他像轻抚一只小猫一样温柔而优雅地对待她，下一分钟却像一只凶猛的老虎用力殴打她，让她做一些连做白日梦的疯子也不会想到的事情。那些疯子，你相信吗，有一些竟然是电影明星！好吧，至少算是电视演员，他们中的一些——实际上是一个，实际上仅仅在每周播放的情景喜剧中跑个龙套——给了她五百元小费，告诉她星期五晚上去看 NBC 的电视节目，而他真的在那里！就在节目里！走进豪华的办公室，说："有人要见您，先生。"然后就走出去了。看起来像天使一样纯洁无辜，你绝不会想到他对她做的那些事。

然而亚当·芬比这更糟——或者更好，取决于你怎么看。这是他的真实姓名吗？她非常怀疑。但同样梅丽莎·萨默斯也不是她的真名，所以这没什么两样。他告诉她"亚当·芬"是"聋子"的变位词，这倒是真的，关于"变位词"的那部分。但他是不是真的是个聋子，那是另一回事。她也不关心这些，真正令她不安的是她似乎被卷了进来。她感觉到，和他相处将是非常危险的。当然，跟任何男人相处，跟任

---

① 艾索拉市的一个皮条客，后文将提到。

61

何男人产生深刻的联系都是危险的事情。

拿钱然后走人，这是她的信条。

即使当她还拥有纯洁的爱情时（傻瓜，那叫做幼稚），她就意识到，和任何男人——虽然他们只能算男孩子，十五六岁，比她大一点；当时她十四岁，爱上了一个来自新泽西的表哥——谈恋爱都意味着让他们掌握主导权，把自己放在了容易受伤害的位置上。

他有一把枪。

她曾经看到过。

他拿出来给她看过。

事实上他曾经扳起扳机，把那把枪插进了她的身体。那把枪。在她的身体里。她真的吓坏了，吓得几乎小便失禁。结果发现里面没有子弹。

但是她怕的是和这个家伙相处，如果真的相处下去——有一天他真的会用这把枪杀了她。

这就是她的恐惧。

他的行为不可预料。

兴奋而又危险。

但是她今天又为什么替他去银行跑腿呢？

凶杀现场有点令人害怕。可能是由于卧室的地毯，上面用黄色胶带贴出斯坦福的尸体当初躺着的位置；也可能是因为周围死一般的寂静。艾琳确信是这种出奇的安静让她紧张。

彻底的、完整的寂静，与屋外大城市的喧嚣迥然相异：救护车和警车的鸣笛、不知哪间公寓里厕所的冲水声、电梯低沉的嗡嗡声、电视机的聒噪声，所有这些都臣服于极端的寂静。

她站在死者卧室门口，望着地毯上的黄色胶带。安静胜过一切。好像什么东西在阻挡着她的脚步，她有些害怕，站在门口不敢向前。最后，她鼓足了勇气迈出第一步，径直向一张折叠桌走去。那张桌子大概价值她一整年的薪水。作为一个三级探员，艾琳一年可以挣到五万五千九百三十六美元。她住的公寓只有一个卧室，里面的家具都是从哈勃河对岸的宜家买的。

她把桌子可折叠的部分放下来，坐在了一张缎面靠背椅上。

在桌子的抽屉里，她发现了一沓支票。是本城第一银行索尔兹伯里街分行的支票。支票顶端的编码从一百五十一号到一百八十号，依次按顺序往下排。每张支票上端都写着：

格洛丽亚·斯坦福

银矿广场一一一三号

艾索拉市，三〇五七六

在另一个抽屉里，她发现了第一银行的最近的支取记录。格洛丽亚的账户在三月底的记录是一千六百七十四元一角八分。在四月三号，她存入了九千八百元。另一张存款单是四月十二号，七千二百元。四月二十三号是八千一百元。本月的总存储额：两万五千一百美元。账户上的总额为两万四千二百〇二元一角八分。而她四月三十号的记录单显示她的储蓄余额为两千五百七十三元零一分。

法律规定，任何超过一万元的现金存款，银行都需要向国家税务局汇报。格洛丽亚的每笔储蓄额都小于一万美元，这只是巧合吗？艾琳寻找着存取款记录簿，但是一无所获。

那么这些存款从哪儿来的呢？

艾琳查阅了她的日历和通信录。

她又翻了她的壁橱和衣柜。

还有医药箱和冰箱。

她女人的独特眼光并没有发现男人视角以外的其他线索。

在卧室里，靠近门口的右边的柜子上，她发现了一把小口径手枪，放在手提袋里。她不知道是卡雷拉和迈耶把这个东西漏掉了，抑或是他们已经把手枪给弹道检验组检查过了，没什么发现然后把它放回原处而已。她需要回去问问他们。公寓已经被彻查过了，所以她把枪拿出袋子时并没有过分小心（虽然还是用了一支铅笔勾住扳机扣环拿出来的），然后闻了闻枪筒。好像最近并没有开过枪。

她让枪顺着铅笔滑回了包里。以一种女人的直觉——至少总警督是这么想的——她还发现了一管口红，一只睫毛膏，一包舒洁牌纸巾，一小瓶爱马仕①的驿马车女香水和蔻驰②牌红色真皮钱包。奇怪的是，钱包里并没有和身份有关的证明。没有驾照（这在大城市里简直不可能），没有信用卡（这很不正常），没有社保卡（虽然很少有人随身携带这个），没有任何带有格洛丽亚·斯坦福名字和签名的东西。

她又走回卧室桌子前，再次打开第一银行的报表。

这个报表显示有四月很多信用卡的还款记录：美国运通卡、VISA卡、万事达卡。

那么这些信用卡呢？

难道这就是"聋子"要找的东西？

---

①爱马仕（Hermès），法国著名奢侈品品牌，创立于一八三七年，以生产高档马具起家，后转型生产高档皮具、箱包、服装及高档香水等。后文提到的驿马车（Calèche）是爱马仕于一九六一年推出的一款经典女用香水。
②蔻驰（Coach），美国著名奢侈品品牌，创立于一九四一年，主要生产男女配饰及时尚用品。

这个女人的信用卡？

聋子？

计划用这个女人的卡买摄像机和立体声音响？

你认真一点。

这可不像他的风格。

但是……

狂风摧残五月花蕊娇妍

可能这个可怜的男人一度生活困顿。

夏日的逗留何其短暂……

而夏天就要到了，他可能需要一整套换季的新衣服。

无论如何……

信用卡？

对一流的谋划家来说这简直不值一提。

她决定去拜访一下索尔兹伯里街的第一银行分行。

梅丽莎练习了不下一百遍签名，从格洛丽亚·斯坦福的驾驶证和信用卡上学习她的笔迹。格洛丽亚·斯坦福，格洛丽亚·斯坦福……一遍又一遍。就像熟悉自己的名字一样。梅丽莎·萨默斯，格洛丽亚·斯坦福，几乎可以替换自如了。

银行卡和驾驶证照片上的人有一头金色的头发，非常漂亮。但是除了金色的头发以外，格洛丽亚·斯坦福——管她到底是谁呢——长得一点都不像梅丽莎。

梅丽莎向亚当指出了这一点。

"我们长得根本就不像。"她说。

"这不成问题，"他安慰道，"可以肯定，银行里那个所谓的个人理财顾问，脑子里只会想着他是否能在自己身后的洗手间里脱光你的衣服。"

她希望如此。

她不知道冒领别人储蓄账户上的钱会被判什么罪，但是她隐约意识到如果她被抓住，一定会引起大麻烦，难以脱身。这是值得讽刺的，不是吗？在银行户头上假冒签名。虽然这些年她一直做妓女，但是她的职业生涯却没有任何污点——这是在洛杉矶妓女圈中有口皆碑的，不过那时她还叫做卡梅拉·萨马罗内。

随着高跟鞋发出的清脆脚步声，她走进了抛光大理石地面的银行大厅。一个戴眼镜的女人望着她，微笑。梅丽莎递给她一个小红信封和一把钥匙，回给她一个微笑。女人把钥匙从信封里拿了出来，打开一个插着许多索引卡的抽屉，用手指熟练地点过，取出一张，平静地读出姓名，看着她问道："斯坦福小姐？"还没有等到回答，她就把卡递给了梅丽莎让她签名。上面已经排列着许多一模一样的签名：

格洛丽亚·斯坦福

格洛丽亚·斯坦福

格洛丽亚·斯坦福

格洛丽亚·斯坦福

格洛丽亚·斯坦福

格洛丽亚·斯坦福

格洛丽亚·斯坦福

梅丽莎在最后一行上签上了一个假冒的签名：

格洛丽亚·斯坦福

很接近，但并非完美无缺。

但是谁又会注意呢？

这个女人透过玻璃眼镜好奇地看了眼签名，然后打开了栏杆大门，领着梅丽莎走到了一排排不锈钢的柜子前。那个女人先用格洛丽亚的钥匙，再用银行的钥匙打开了一个保险箱的门，然后把匣子用力拉了出来交给梅丽莎。铁匣沉沉的，光滑锃亮。

"您需要单独找个房间吗，斯坦福小姐？"她问道。

"当然。"梅丽莎回答。

她的心脏在猛烈地跳动。

在一间小屋子里，她反锁上了门，掀开盒盖，望着里面。

盒子里是大捆大捆的百元钞票。

她想如果她把这些钱卷走，亚当找到她后一定会杀了她。

她觉得他会这么做的。

当艾琳到了银行，戴眼镜的女人告诉她十分钟前斯坦福小姐刚刚离开。她给艾琳出示了银行卡记录和斯坦福小姐的签名。艾琳意识到她得进城去法院申请批准才能打开那个保险箱，她也知道当她打开保险箱之后，里面肯定空空如也。

当她正要去地铁票亭买去市中心的车票时，第二封信已经寄到了警察局。

打消睡意，警醒一些：

醒来，醒来！①

"他又来了！"迈耶说道，"还一直用莎士比亚烦咱们。"

"如果那是莎士比亚的话。"克林说。

"除了莎士比亚还会有谁？"

"一直把我们当成蠢货。"迈耶说。

"可能我们就是蠢货。"吉奈罗说。

没人反驳他。

"让我们试着猜猜他在想什么。"卡雷拉说道，"这听起来好像并不难。"

"我还有更重要的事情要做。"帕克说道，然后径直走到男更衣室去换衣服。

"他正在警告我们快醒醒。"

"或者是其他的什么暗示。"

"打消睡意，警醒一些。"

"醒来，醒来！"

"根本都不押韵。"吉奈罗说。

---

①莎士比亚《暴风雨》，第二幕第一场，原文：Shake off slumber, and beware：Awake, awake!

68

詹姆斯·梅尔文·赫德森先生是极乐医院肿瘤科的领导，医院离莎琳·库克位于响尾蛇街的私人诊所不远。作为马杰斯塔区警局医务室副主任办公室医药组的一员，他只需要向莎琳汇报工作，莎琳是他的直接上级。

星期四中午十二点，正当艾琳·伯克探员走在进城申请法院传票的路上时，赫德森问莎琳是否愿意下楼去吃点东西，于是他们一起下楼，来到兰金广场上一个名叫"汉堡和圆面包"的三明治连锁店。警局医务室副主任办公室所在的这座带状大楼里还有一家干洗中心、一家健身中心、一家邮局和一家罗莉奥唱片公司的连锁店。要是有警察中枪或被人打了一顿送到这里，在接受医生检查以前，他可以先喝杯咖啡或吃顿午餐，在做胸部 X 光检查的时可以把制服拿去熨烫，做完检查后还可以去锻炼一下胸肌，然后买张 CD 邮寄给妈妈作为生日礼物，一切都在这幢小楼里完成了。地段，地段，一切都取决于商业地段的合理安排。

合理安排时间也至关重要。

十二点十五分，赫德森和莎琳走进"汉堡和圆面包"，里面有好多面熟的食客。人们纷纷转过头，看着这对引人注目的漂亮黑人。两人的职业一看即知，都穿着白大褂，莎琳的脖子上挂着个听诊器，赫德森的则垂在口袋边。男的身高六英尺二英寸，女的也有五英尺九英寸。他们一进来，餐厅内的所有谈话几乎都戛然而止了。老板把他们带到店铺角落的一处小隔间。他们点了汤和三明治，然后认真而郑重地讨论起早上遇到的病患。莎琳说的是一名两个月前中枪的警察，赫德森说的是另一个警官，在中枪三个礼拜之前刚切除了膀胱里的两个非恶性肿瘤。餐点端上了桌，他们停止了讨论，过了一会儿，莎琳说起她和克林在数周前一起看过的一部电影，赫德森跟她说他看腻了那些为十五岁小男孩拍的电影。

"已经没有专门为成年人拍摄的电影了。"他说。

"不是所有的电影都那么差。"莎琳反驳。

她很疲倦。

她的警局工作时间只有三小时，现在她已经想回家了。不过下午她还得坐车赶回城里自己的办公室。这是生活，她想。

"我宁愿待在家听音乐。"赫德森说，然后突兀地转了话题，"你熟悉一个叫做'唾沫闪光'的组合吗？"

"不知道。"她答道，"我不太喜欢说唱组合。"

"他们和'都来杀警察'那一套可不一样，如果你是指那个。"

"我不知道什么'都来杀警察'。"

"我说的是一种沿街说唱形式。"赫德森说，"'唾沫闪光'并不仅仅局限于此，他们指出了黑人社会本身的弊病，并没有一味归咎于白人社会。他们在试着自省是否是自己在试图贬斥……"

"我不喜欢'白人社会'这种说法。"莎琳说。

"对不起。这并不意味着一种贬损的方式。无论如何，'唾沫闪光'已经不存在了，写这些东西的人已经在格罗弗公园前几年的骚乱中遇害了。你还记得那起骚乱吗？"

"记得。"

她回忆起来，骚乱后的那天下午下着雨，一个叫伯特·克林的白人警官在电话亭给她打电话问她是否愿意跟他一起去吃饭、看电影。

"那时候他二十三岁，但是出其不意地被子弹打中。"赫德森说，"他叫西尔维斯特·卡明斯，外号是'白银'。他的歌词写得很精彩，非常精彩。"然后依然十分突兀地，他径自在桌上打着节奏，低声唱了起来，声音中带点急促。

你喜欢香草①?

那可是件好东西!

你不喜欢巧克力?

那你不够深思熟虑。

因为上帝的第一个孩子

就长着巧克力色的皮肤。

直接去问问发掘者,

那些找到他骨头的人②,

问他们知不知道巧克力……

问他们知不知道黑奴隶……

"我也不喜欢这歌词。"莎琳说。

"他只是想表达他的观点。"赫德森说。

他们的午餐上桌了。

他看起来又想要说点什么。但是摇了摇头,吃了起来。

去吧,亚当,然后你会听到他叫醒我的声音。③

---

①晒干用作调料的香草和巧克力一样是褐色的。
②人类学家普遍认为,在非洲发掘出的一具被命名为"露西"的女性原始人骸骨化石,是最完整的人类祖先之一。
③莎士比亚《皆大欢喜》,第一幕第一场,原文:Go apart, Adam, and thou shalt hear how he will shake me up.

"亚当。"迈耶说。

"亚当·芬。"卡雷拉说。

"又是这个中国人。"吉奈罗说。

"聋子。"克林说。

"如果他真的聋，那他又是怎么听到的呢？"帕克问道，"'你会听到'……怎么突然变得像贵格会①一样？"

威利斯问道："你会听到？这指的是什么？"

"你的帽子和手套②。"艾琳说，"这好像是一部很好看的电影。"

现在是下午三点十分，她回来时是两点四十五分，正如她所预料的一样，第一银行的保险箱是空的。她在考虑是否应该把箱子送到检验组去查一下指纹。难道"格洛丽亚·斯坦福"打开箱子时还戴着手套不成？

"《四海一家》③。"克林想起了电影的名字。

他们一起看过这部电影。那时艾琳靠在克林的臂弯里，他们一起坐在位于卡姆斯角大桥附近的克林公寓的沙发上。那时他们是住在一起的，很久很久以前的事了，好像有银河系那么遥远。

"'我爱你。'"艾琳说道，回忆着剧中台词。

"他是在提醒我们，他会把我们摇醒。"帕克说。

---

① 贵格会（Quaker），又称公谊会或者教友派（Religious Society of Friends），是基督教新教的一个派别，成立于十七世纪的英国。因一名早期领袖的号诫"听到上帝的话而发抖"而得名"贵格"（Quaker），即震颤之意。

② 原文为 Thy hat and thy glove，此句和上文一样使用了古英语词汇。Thy 是"你的"（Your），Thou 是"你"（You）的意思，thy hat 和 thou shalt 的发音很接近，因此艾琳产生了这样的联想。

③ Friendly Persuasion，一部一九五六年上映的美国电影，讲述一家贵格会信徒在南北战争中的经历。由于贵格会信徒认为人人平等，拒绝使用"先生"或"女士"等头衔，对所有人都称"你"（thee 或者 thou），所以在电影中大量出现类似上文提到的带古英语词的台词。

他恨透了这个该死的聋子。这个人让他觉得自己很蠢，尽管事实上他也许的确不怎么聪明。他尽可能打消这样的念头。

"怎么摇醒我们？"布朗问道。

"你认为他能立刻告诉我们吗？"

"哦不，他不会的。"

"他会一点一点地来。"

"一句一句地来。"

"听。"

"一字一句地听。"

"侧耳倾听！"威利斯说。

这一次，所有人都觉得这个词用得再合适不过。

三点三十分，从米兰打来了一个电话。卡雷拉猜测意大利那边现在不是九点三十就是十点三十。电话是路易吉·丰泰罗打来的，他将要在六月十二号和卡雷拉的妈妈结婚，随后带她去意大利。与路易吉开始新生活，卡雷拉想。

"嗨，路易吉，"他装得像亲爱的老朋友一样，尽管他完全不这么觉得，"真是个惊喜！你最近怎么样？"

"很好，斯蒂夫，你呢？"丰泰罗问道。

轻微的意大利口音，让卡雷拉感到莫名的烦躁。

"很忙，很忙。"卡雷拉说道，"我们再次遇到一个叫聋子的罪犯，很棘手。在你们意大利语里叫 El Sordo。"

"是 Il Sordo①。"丰泰罗纠正道。

"对。"卡雷拉说。

谢谢你了,他想。

"我能为你做些什么呢?"他问道。

"我不知道怎么跟你说这件事。"

卡雷拉立刻想到,莫非他是打电话来取消婚约的?

他等了一会儿。

"关于婚礼……"

他屏息凝神,等着。

"我真的不知道怎么说好。"

说出来吧,卡雷拉想,告诉我们你犯了一个大错误,你最近在镇上的中心广场遇到了一个汲水的意大利女孩,她很可爱,你打电话来想要取消婚约。说吧,路易吉!

"我不想冒犯你。"

不,不,卡雷拉差一点大声地说了出来。没有冒犯,路易吉,一点也谈不上冒犯。我们都会犯错误。

"我想自己支付婚礼的费用。"丰泰罗终于说出了口。

"什么?"卡雷拉问。

"我知道这不符合习俗……"

"什么?"他又问了一遍。

"我知道新郎本不应该承担这部分费用。但是路易莎是个寡妇……你妈妈是个寡妇……我们也不是年轻人了,新娘已经没有父亲,只有一个亲爱的、孝顺的儿子独自担负……"

---

①意大利语"聋子"之意。

74

他肯定演练了好多遍这句话，卡雷拉想。

"……担负两次婚礼的费用，妈妈的和妹妹的。斯蒂夫，我不能允许这样的事情发生。你是一个公务员……"

哦，天哪，卡雷拉想。

"……我不能允许你承担这笔不小的婚礼开销，如果你允许的话……"

"不，我不能那样做。"卡雷拉说。

"我冒犯到你了。"

"没有。我很乐意支付两个婚礼的费用。事实上，和饭店工作人员还有乐手们讨论婚礼细节很有趣……"

"你的语气听起来不是这样的。"

"不，路易吉，亲爱的。你提出这样的想法很好，很体贴，但你是对的，这不是新郎应该承担的责任，新郎不应该为他自己的婚礼付账。不，路易吉。不，真的不行。你计划什么时候到美国来？"

"你确定吗？斯蒂夫？我这会儿正想去银行呢……"

"不，不。不要再提这件事。米兰现在的天气怎么样？"

"事实上，非常好。但我想到这边来，我很想念你母亲。"他犹豫了一下，"我非常爱她。"

"我相信她也同样爱你。"卡雷拉说，"那你确定什么时候能到呢？"

"我八号飞过去，婚礼的前四天。"

"好的，非常好。"卡雷拉说。

然后电话两端都沉默了好一阵。

"呃……我得回去工作了。"卡雷拉说。

"你确定我没有冒犯你？"

"没有，没有。下周见。一路顺利。"

"谢谢，斯蒂夫。"

卡雷拉挂了电话。

他自己也想弄明白他现在是不是被冒犯了。

一天的忙碌就要结束了,在这个被他当做自己的家一样的警局办公室里,他已经待了足够长的时间。他想知道这个富有的米兰家具制造商是否冒犯了他。

作为一个辛劳的侦探,卡雷拉现在一年只能挣六万二千八百五十七美元。他最近一次计算的结果是,两个婚礼足以花掉他半年的积蓄。毋庸置疑,比起二级警员斯蒂夫·路易斯·卡雷拉,路易吉·丰泰罗先生来偿付这些开支会轻松得多。

但是这涉及面子问题。

当他还在大学的时候,一位教授——他记不清是哪个班级的了——给他打电话来讨论学期论文和总分的事情。教授说他的论文非常不错,他会给一个 A;学期总分则是 B+。

他一定是看到了卡雷拉脸上的表情。

"那么我给你一个 A?"教授问道。

卡雷拉不知道那是什么意思。他真的需要这个 A 吗?每个人都需要 A 吗?

他死死地盯着教授。

"不。"他说,"我不需要 A,B+ 就好了。"

然后他拿起论文大步走出教室。

只是出于骄傲。

那又怎样?他现在这样想道。

我的母亲和我唯一的妹妹就要结婚了。为此我对你表示感谢,丰泰罗先生。但是不，谢谢，我会自己解决钱的问题的，即使我只能住贫民窟。

"聋子"今天的最后一封信到了。

> 现在我要展开一卷禁书，
>
> 向你激愤不平的耳中
>
> 诵读一段神秘而危险的文字
>
> 惊心动魄
>
> 就像面对着汹涌的急流
>
> 却要踏着摇晃的长矛渡过[①]

"现在有点意思了。"迈耶说。

"有什么意思啊？"帕克很想知道，"只不过是莎士比亚而已啊。"

"但是他要给我们寄一本书！"

"一本神秘之书。"克林补充。

"莎士比亚不是写十四行诗的吗？"吉奈罗问道，"我希望这是一本关于十四行诗的书。我喜欢他的诗。"

"我个人认为，他的诗很烂。"帕克说。

"我们要把它们收集起来。"卡雷拉说，"字条，今天收到的四张字条。"

"为什么？"

"否则它们没什么特殊的意思，和变位词的时候一样。"

---

① 莎士比亚《亨利四世》第一部，第一幕第三场，原文：And now I will unclasp a secret book, and to your quick-conceiving discontents, I'll read you matter deep and dangerous, as full of peril and adventurous spirit, as to o'er-walk a current roaring loud, on the unsteadfast footing of a spear.

"你是对的。"威利斯说，"我要把它们当做整体来看，不然看不出什么的。"

"你们想听听我的意见吗？"帕克说，"它们本身就是废话。我的意思是，这他妈的——请原谅我的用词，艾琳——指的是什么？'就像面对着汹涌的急流，却要踏着摇晃的长矛渡过。'我说，这根本就不是英语！"

"让我们看看其他字条。"卡雷拉建议，然后把以前的三张字条拿了过来。

> 狂风摧残五月花蕊娇妍
> 　夏日的逗留何其短暂……

"他告诉我们他正计划着在夏天要干点什么。"

"或许比那更早。"

"离五月很近的什么时候……"

"可爱的五月花蕊。"艾琳说。

"狂风摧残五月花蕊娇妍。"

"他正在告诉我们，这场游戏不会进行得太顺利。"

"让我们看看第二张字条。"

> 打消睡意，警醒一些：
> 　醒来，醒来！

"一个预告片，告诉我们大片即将上映。"迈耶说道，"仅此而已，不多不少。"

"接下来我们会看到一个家具店的全屏幕广告。"帕克说，"我讨厌现在的电影院。"

　　"哦，我也是。"艾琳表示同意。

　　"醒来，他正在告诉我们：'打消睡意。'"

　　"让我们看看第三张字条。"

　　　　去吧，亚当，然后你会听到他叫醒我的声音。

　　"这次用了'亚当'这个名字。"威利斯说。

　　"让我们知道他就是寄变位词给我们的亚当·芬。"

　　"那个告诉我们他上周日杀人的聋子。"

　　"杀'了'人。"吉奈罗纠正道。

　　"他妈的谋杀犯！"帕克怒气冲冲地说道，"请原谅我的用词，艾琳。"

　　"叫醒我们，告诉我们他的下一步计划。"

　　"暑期档大片。"

　　"即将上映。"

　　"你们注意到了吗，暑期档和圣诞档的电影从来都是全年最差的。"

　　"这里又出现了这个词。"

　　"什么词？"

　　"叫醒（shake）。他要叫醒我们。这就是他要告诉我们的。"

　　"该死的！"艾琳说，"请原谅我的用词，安迪。"

　　"什么？"卡雷拉立刻问。

　　"再看一下前三张字条。哪个字是每次都出现了的？"

　　他们又一起检查了一遍字条。

狂风摧残……①

打消睡意……②

叫醒我……③

"现在再看看最后一张。"

现在我要展开一卷禁书，

向你激愤不平的耳中

诵读一段神秘而危险的文字

惊心动魄

就像面对着汹涌的急流

却要踏着摇晃的长矛渡过

"注意最后一句话……"

却要踏着摇晃的长矛渡过④

"这句话的最后一个词……"

……长矛⑤

---

①原文：Rough winds do SHAKE...
②原文：SHAKE off slumber...
③原文：SHAKE me up...
④踏着摇晃的长矛（footing of a spear）这一句，原文中的 footing 也可以作"结尾"的意思讲，因此下文中侦探们对此句的结尾词 spear 产生了联想。
⑤长矛的英文为 Spear。

"把它们组合到一起……"

"……它们一起拼成了'去你妈的'。"帕克说。

"不。"艾琳说道，"他们一起拼成了'莎士比亚'。Shake 和 spear 组合在一起就成了 Shakespeare。"

"Shakespeare 最后不还有个'e'吗？"吉奈罗问道。

"你没有看到吗？"她问，"他想要告诉我们他的引文都将出自莎士比亚。"

"我从一开始就猜到了。"帕克说道。

"为什么做什么事情都有人'一开始就猜到了'？"威利斯问。

"对，至少我猜到了。"帕克坚持着自己的观点，"在那场变位词的混乱之后，我就明白了他的计划。一定和莎士比亚有关。那张字条去哪儿了？"他问道，然后在卡雷拉的办公桌上翻找着。"在这里。"他说，"这张。"

> 我知道你就会来的
> 从现实的舞台走到地狱的坟墓。
> 我以为你已经死了，但是你值得缅怀
> 告诉观众们你值得
> 收获这热烈的掌声
>
>
> 一个演员的艺术生涯，
> 可以死去，可以留存，可以扮演第二种人生。

"如果不是莎士比亚，"他说，"我就不知道这能是什么了！"

＊　＊　＊

晚上卡雷拉回到了家，带着从离家三个街区远的图书馆借来的一本厚厚的书。

他的女儿阿普丽尔正蜷缩在椅子上，在仿蒂凡尼台灯的光线下读着什么。

"嗨，爸爸，"她叫起来，"今天抓了多少坏蛋？"

"好几百个。"他答道。

"好样的，琼斯[1]。"她说着向他敬了一个礼。他亲了一下女儿的额头。"你读什么书呢？"他问。

"算术。"她回答。

"你弟弟呢？"

"在这儿呢。"马克从屋里跑了出来。这对双胞胎姐弟跟妈妈更亲一些，他这样猜想。马克拥抱了卡雷拉。他走进厨房，特迪正在炉灶旁做饭，偏过脸来给了他一个吻。她头发黑亮，梳着马尾，长长的白色围裙让她看起来像是一个法国大厨。她拿起盖子，搅拌着什么东西，然后她放下勺子，注意到了他手里的书。她的手在空中比画着、示意着。他读着她的手语，她没有发出声音的问句。

"莎士比亚。"他答道，"全集。"

马克又跑到了厨房门口。

"为什么要看莎士比亚，爸爸？"

"有个人给我们寄来了一些东西，都是关于莎士比亚的，我们想摸出一些线索。"

"这儿有更简单的办法。"马克说。

---

① 指印第安纳·琼斯，西部片中的英雄。

　　　　　　　＊　＊　＊

　　卡雷拉在想，家里有个十二岁，快到十三岁的男孩子，的确能让整个家都变得更有家庭气氛了。此时马克坐在电脑前，在 Google 里输入了关键字"莎士比亚"，在百余条检索结果中，他选定了一个叫"莎士比亚韵文搜索"的网站。在莎士比亚小头像的右面有以下链接：喜剧、悲剧、历史剧、诗歌、杜撰词、最受欢迎的诗句、帮助。

　　链接下面的一行写着"查找词句或短语"，后面跟着一个文字框和一个查找按钮。

　　"你只要键入任何想要查找的词组就行。"马克说，"举个例子。"

　　卡雷拉拿起一沓他复印下来的字条。

　　"试试'五月花蕊娇妍'。"他说。

　　马克输入了"花蕊娇妍"。然后点击查找按钮。在电脑屏幕上，卡雷拉看到：

　　　关键字搜索结果：

　　　狂风摧残五月花蕊娇妍

　　　《十四行诗》第十八首。共一条搜索结果。

　　"现在我们点击十四行诗这个链接。"马克说着点了下去，屏幕显示：

　　　第十八首

　　　我能把你比作夏天吗？

83

你却比炎夏更可爱温存

狂风摧残五月花蕊娇妍

夏日的逗留何其短暂……

"真是奇妙。"卡雷拉说道。

"再给我一张。"马克说。

卡雷拉现在记起了大学里那门课程的名字，是美国浪漫主义诗歌。以及他的学年论文题目：《〈乌鸦〉与爱伦·坡的写作哲学》。

令他最感兴趣的是，坡随后进一步解释说这首诗他是从后往前写的。他仍然记得作者对部分关键章节的解释：

一首诗真正的开始是在它的结尾——当所有艺术的想象开始萌发的时候。这里是我的起点，当我拿起笔开始写作的时候，最先写下的是这样的句子：

"先知！"我说，"如此不祥的征兆——

你仍是先知，无论恶魔还是飞鸟！"

我写下了这一节，从一开始——从高潮部分开始……

卡雷拉站在教室前为全班大声朗读这首诗。所有的女孩子都倾倒了，教授给论文打了 A，虽然他的学年总分只得了 B+，还是让人心潮澎湃。

> 曾经是一个可怕的午夜，我无力而疲惫地游荡，
>
> 很多古怪离奇的故事已经被人遗忘——

他依然能记住整首诗，一刻工夫就能完整吟诵。经过一天高强度的工作，现在他"无力而疲惫"。他在儿子的电脑前好奇地熟悉着很多"被人遗忘"的知识。因为他曾经是一个好学生，现在，他又是一个好警察。他记下了电脑查到的所有结果，以备明天早上带到办公室去用：

> 狂风摧残五月花蕊娇妍：《十四行诗》第十八首
>
> 打消睡意，警醒起来：《暴风雨》第二幕第一场
>
> 他会把我叫醒：《皆大欢喜》第一幕第一场
>
> 却要踏着摇晃的长矛渡过：《亨利四世》第一部第一幕第
> 　　　　　　　　　　　三场

"摇动"加上"长矛"就组成了"莎士比亚"。

但是在他们最早收到的字条中的那段话，没有返回任何搜索结果：

> 我知道你就会来的
>
> 从现实的舞台走到地狱的坟墓。
>
> 我以为你已经死了，但是你值得缅怀
>
> 告诉观众们你值得
>
> 收获这热烈的掌声

一个演员的艺术生涯，

可以死去，可以留存，可以扮演第二种人生。

一无所有。

一无所获。

一切归零。

毫无意义。

下午离开兰金广场之前，莎琳在办公室楼下的罗莉奥唱片公司连锁店逗留了一下，买了"唾沫闪光"组合的最后一张专辑。专辑和主打歌同名，叫做《质问》，这是宿命而又致命的奶牛牧场演唱会前的最后一张专辑。《质问》是整张专辑的第七首歌。当天晚上，她在卧室里为克林放了这首歌。他目不转睛，一言不发地听着。

"你能听懂他们在唱些什么吗？"他问道。

"当然。"她回答。

"我听不懂。"他承认道。

"恐怕你得是个黑人才行。"

"他们应该给说唱音乐加上字幕。"他点着头说。

"他们已经加上了，在电视上。"她说，"但是这儿也有，看看歌词本，那上面有歌词。"

"再放一遍。"他说着从 CD 塑料盒子里取出歌词本，然后打开印着《质问》的那一页。

莎琳又一次点击了第七首。

你喜欢香草？

那可是件好东西！

你不喜欢巧克力？

那你不够深思熟虑。

因为上帝的第一个孩子

就长着巧克力色的皮肤。

直接去问问发掘者，

那些找到他骨头的人，

问他们知不知道巧克力……

问他们知不知道黑奴隶……

"哦。"克林感叹。

为什么你要否认，

它给了你飞翔的力量？

为什么你要厌倦，

它给了你冲天的翅膀？

你是个黑皮肤的女人，

为什么你要争辩？

你是个黑皮肤的女人，

为什么你视而不见？

直接去问问发掘者，

那些找到他骨头的人，

问他们知不知道巧克力……

问他们知不知道黑奴隶……

去问吧。

歌唱完了，莎琳关掉了播放器。

"听起来很不错，事实上。"克林说道，"你怎么知道这首歌的？"

"同事推荐给我听的。我想你会喜欢的。"

"嗯，虽然这不是莎士比亚……"

"哪有像莎士比亚的歌啊？"

"但是我喜欢这首曲子，真的很喜欢。"

"你觉得我像歌里那个女的吗？"莎琳径直问道。

克林眨了眨眼睛。

"你认为我喜欢香草吗？"

"我当然希望这样。"克林回答，莎琳大笑起来。

"你觉得我已经忘了自己是黑人了？"

"我不希望这样。"

"你认为我试图对此视而不见？"

"没有啊，谁跟你这么说的？"

"没有人。"她回答，然后坐在他坐的沙发上，在他的臂弯里蜷起来。

他把歌词本翻过来，看着后面的图片。

"你认为这些家伙帅吗？"他问道。

她犹豫了。

过了一个漫长的瞬间。

然后她说："不。"

她把册子从他手中拿过来，翻找到另一首叫《黑女人》的歌词。

"我喜欢最后这几句对仗的歌词，你呢？"她问。

"对仗句，"他说，"那就是你的莎士比亚。"

她开始大声地朗读。

> 天黑了，天黑了
>
> 都黑了，都白了
>
> 黑也爱，白也爱
>
> 今晚的女人我最爱

她看着他的脸。

睫毛闪动着，像一个天真无邪的少女。

"你觉得呢，帅哥？"她问。

"你知道箱子里有多少钱吗？"聋子问她。

梅丽莎想说假话。但是她意识到对这个男人撒谎不是明智的选择。

"是的。"她说。

他表现出很吃惊的样子。她以前一直觉得他不是那种会吃惊的男人，但是他现在确实表现出惊奇的神态。

"你怎么知道的？"

"我数过。"她说。

"为什么？"

她又想撒谎，但是转念一想，对这样的男人要说实话，不然他迟早会杀了她。

"因为我想知道我应该从中得到多少。作为从银行偷钱出来给你的报酬。"

"我明白了。你觉得自己值得拿到些奖励，是吗？"

"嗯……一千八百万美元，"她说，挑起眉毛，"你觉得给多少小费合适呢？"

别像妓女一样思考问题！她在心里提醒自己。

"你觉得多少合适？"

她知道最好自己不要上他的当。

"这件事你说了算。"她说道。

"十万美元怎么样？"他笑着问道。

她也笑了。

"有点少。"她说，"不过，你是老板嘛。"

她发现，聋子认为自己是一个导师。

她的上一个导师就在这个肮脏的大城市里。刚刚从洛杉矶开来的长途汽车上走下来，安布罗斯·卡特就把她带进了闪闪发光的皮条客网络。嗨，小姑娘，欢迎来到这里。没有地方住？当天晚上，他就把梅丽莎介绍给了他的十二个朋友。一次买一打可以打折，不是吗？他们把她带到了自己的领地，一个类似皮条客地下组织的地方，然后在那里找了个小房间，日日夜夜地使用她身上任何可以使用的地方，直到将她彻底变成一具行尸走肉。他们让她深刻地记住，她是属于他们的，她不过是个一文不值的婊子，尽管在洛杉矶，她曾经是个只要做做口交就能得到一百美元小费的头牌妓女。

现在，伙计们，你们能想到我也有今天吗？她想。

亚当说出十万美元这个数字的时候，并没有开玩笑。

他给了她金灿灿的现金，带她来到了霍尔街皮毛沙龙，那里正在举行秋季新品展示，即使连夏天都还没到。他给她买了一件直到脚踝的貂皮大衣，和一条能把她全身缠绕三圈那么长的水貂皮围巾。

他还告诉她，任何时候她都可以离开，但是如果她留下来，他会教给她更多的东西。

这就是为什么她认为他想要做她的导师。

他没有告诉她要做什么，但是她意识到会有更大的好处。当一个人有了一千八百万在兜里——虽然要减去给她的十万和貂皮大衣、水貂围巾——他当然不会在一些微不足道的小计划上冒险。她感觉到她可能会被安排做一些误导警方的事情，虽然她不十分了解为什么他想这么做；她也怀疑她即将成为他未来计划的一部分，他把她留在身边并不是因为她头脑聪明——虽然她确实很聪明，而且不只是她一个人这么想。

她对下一步的事态发展很好奇。

她也想知道他是否会留她在身边，准备干一票大的。

所以她决定了，要留在他身边。为什么不呢，虽然她挣到的钱已经可以让她环游世界三圈，就像水貂围巾环绕她的肩膀一样。

"你知道法兰克·辛纳屈①的故事吗？你喜欢辛纳屈吗？"

"我不怎么了解辛纳屈。"她说。

说真话。在他面前一定要说真话。

"他在拉斯加斯演戏的时候，每天晚上都穿着燕尾服。你能想象他站在镜子前打领结的样子吗？"

"差不多。"她发现自己想象不出辛纳屈这个人，于是她试着把注

---

①法兰克·辛纳屈（Frank Sinatra，1915—1998），美国著名男歌手和奥斯卡获奖演员。常被认为是二十世纪最优秀的美国流行男歌手。

意力集中到打领结这个动作上去。

"他总是这样拧一下领结……"

她喜欢他用"拧"这个词，因为别人都不这样用。

"……最后他对着镜子里的自己说：'这是为最好的爵士乐准备的。'你明白他的意思吗？"

"恐怕我不太懂。"

决不要对这个男人撒谎，她又一次提醒自己。

"他要去那儿唱爵士乐。不是歌剧，只是爵士而已。他不会系着领带去愚弄观众，因为他只为最好的爵士作准备。你还记得，丽西，即使是在他最后的几年，他也能轻易胜过任何歌手，不管男的还是女的，没有人能够胜过他。他自己也知道他有多棒。他从不关心每周的歌曲排行榜，他知道即使别人再怎么努力都不能赶超他。实际上，他知道大多数唱片有多差劲，不管它们的销量过百万还是拿到金唱片。他只是走上台，为一群又一群熟悉他歌曲的人演唱精彩绝伦的歌。那领结是为最好的爵士乐准备的，你明白吗？"

"嗯。"她说。

"我总是为我的爵士准备好领结；我会做好所有计划内的事情，其他废物都与我无关。"

废物。另外一个她很喜欢的词。

"但是如此一来，乐趣何在呢？"他问道，深深地注视着她的眸子，"生活的乐趣究竟在哪里，丽西？"

5

"他又回到长矛上了。"吉奈罗说道。

这是聋子在周五，也就是六月四号早上寄来的第一张字条：

> 来呀，来呀，老兄，你那打猎的矛呢？
>
> 你怕野猪却又不随身带矛？[①]

"或许他只是太无聊了？"帕克问道。

"而且他还拼错了字。"

"因为——你知道事实是什么吗？他就是太无聊了。他和莎士比亚都是。"

"永远不要给文学评论家好脸色。"卡雷拉说道。

[①]莎士比亚《理查三世》，第三幕第二场，原文：Come on, come on；where is your boar-spear, man? Fear you the boar, and go so unprovided?

帕克不知道他是什么意思。

"无论如何，我们还不知道这句话是否出自莎士比亚的作品呢。"克林说。

"噢，"艾琳说，"他已经告诉我们从今往后所有字条都会出自莎士比亚，不是吗？这就是昨天他提供给我们的线索。所有那些"长矛"和"摇晃"就是这个意思。"

她非常骄傲于自己昨天的推断，并且不怎么喜欢克林反驳她的方式。在隐秘的内心深处，她认为如果他们之间没有那段曾经的罗曼史，也许他就不会用这样的口气说话。这是男人和女人之间的事情，她想，和警务工作无关。

"除了莎士比亚还能有谁能写出这种句子呢？"卡雷拉问道。

"对呀。"吉奈罗说，"没有人像莎士比亚那样说话。"

"马洛①也曾经那样说过。"威利斯说。

"马洛说过'老兄，你那打猎的矛呢？'"

"我不知道马洛曾经说过那句话，只记得他说话的口吻很像莎士比亚。"

"雷蒙德·钱德勒②知道这一点吗？"克林问。

"知道什么？"布朗问。

"谁是雷蒙德·钱德勒？"吉奈罗问。

"写那本书的人。"迈耶说道。

"什么书？"

"菲利普·马洛系列小说。"

---

①克里斯托弗·马洛（Christopher Marlowe，1564—1593），是伊丽莎白时代的英国诗人、剧作家、翻译家。马洛一生共写了七部剧本，均属悲剧或带有悲剧意味的历史剧。
②雷蒙德·钱德勒（Raymond Chandler，1888—1959），美国著名硬汉派侦探小说作家。菲利普·马洛是他笔下的主人公。

"他知道自己的风格很像莎士比亚吗？"

"我说的是克里斯托弗·马洛。"威利斯说。

"打猎的矛是什么意思呢？"布朗问道。

"以前人们用矛狩猎野猪。"帕克说。

"问题是。"艾琳说，"他为什么又提到了矛？"

"可能他就想狠狠地刺什么东西一下呢。"吉奈罗猜测。

"他想刺这个城市，"帕克说，"我相信。"

十一点，当霍斯离开警局走向医务室，吉奈罗上前与他交谈。

"我明白脚伤有多么难受。"他说，"我理解你。"

"谢谢。"霍斯答道。

事实上，他并不领情。他记得吉奈罗那次是自己打伤了自己的脚。那是许多年前的三月八号，一个很冷的冬日。聋子第二次出现，要挟八十七分局把五万美元装进餐盒里，放到格罗弗公园的长椅上，不然他就把副市长杀掉。

如果霍斯没记错的话，在公园布置的警力包括：从八十八分局招募来的一个警员，在克林顿街门口伪装成了椒盐脆饼推销员；迈耶和克林伪装成一对修女，坐在公园的长椅上数着念珠；威利斯和艾琳假扮成一对热恋的夫妇坐在草丛后面的长椅上；吉奈罗戴着墨镜坐在另一张椅子上，用面包屑喂着鸽子。

那时候吉奈罗还是一个巡警。他被招过来做便衣是因为周六警力不足。因为不熟悉侦察艺术，当他刚看到有人碰那个餐盒，就马上摘掉了厚厚的眼镜，像电视里的侦探一样，解开衣服的第三个纽扣，试图抽出左轮手枪，但是却不小心打伤了自己的腿。

这当然和被狙击手从房顶上射伤的性质是不一样的。

也许结果是一样的。

霍斯一边抱怨着，一边打开车站前门，朝穿着制服、勇敢地保护国土安全的车站警察点了点头，然后一瘸一拐地走到人行道上，他准备在十字路口向右转，到街边的地铁站便利店去。

一辆黑色豪华轿车停在路边，汽车后门贴有第四频道标志——城市地平线的轮廓和巨大的数字四叠加在一起。靠近街道一侧的深色后窗无声地摇下来，露出了霍妮·布莱尔的笑脸。

"想搭车吗，帅哥？"她问道。

霍斯走了过去。"嗨！"他说，"你在这儿干什么呢？"

"想让你大吃一惊。"她说。

他打开车门，坐到了她的旁边，然后把车门利索地带上。"漂亮的车。"他说。

"一个媒体明星的额外便利。"她在说"明星"这个词时俏皮地转了一下眼珠。

"杰弗逊大街五百七十四号。"霍斯告诉司机。

"我已经知道了，先生。"司机回答。

霍妮按了一个按钮。深色玻璃迅速升起，把司机和后座间隔了开来。隔间密封无声，好像移动的蚕茧。

"另一项便利。"她说着，拉开了他的裤子拉链。

"哦！"霍斯说。

"你知道克林顿是怎么被弹劾的吗？"

"是的，我想我知道。"

"因为保守的右翼分子不知道'口交'这个词的意思。"

"真的？"

96

"嗯。他们以为'口交'是一个暗号，代表两个罪犯在白宫里搞破坏。"

"他们从哪儿得出这个结论的？"

"从詹姆斯·邦德系列电影里。"

"我明白了。两个来自邦德电影的罪犯，嗯？"

"没错。"

"哪两个？"

"布罗菲尔德和欧德乔布①。"

然后她什么也没有说。

也许她说了，但是霍斯完全没听到。

斯蒂芬·汉尼根先生是经过警方认证的整形外科医生，可以给在执行任务中受伤的警察进行治疗。至于早上在女朋友居所附近受伤算不算"在执行任务中受伤"，则是警察慈善协会日后去探讨的范畴。与此同时，每年赚六万两千五百八十七美元的二级警员的加长豪华轿车停在了杰弗逊大街五百七十四号，杰弗逊和米德大街的交叉口。霍斯吻别了霍妮，从车里走了出来，这时候——

听到第一声枪响时他就把自己和霍妮都按倒在车内地板上。他没有数具体的数目，但是在紧接着的三十秒内，无数子弹朝车子射来，打碎了轿车的车窗，打碎了第四频道的标志，打碎了车内装潢，打碎了装满威士忌和白兰地的酒架，也几乎要了霍妮和霍斯的命。

①布罗菲尔德（Blofeld），邦德系列小说和电影中的一名恐怖分子，邦德最大的敌人，出现在多部邦德电影中。欧德乔布（Oddjob），一九六四年的邦德电影《金手指》（Goldfingers）里的反派。Blofeld 和 Oddjob 连在一起，发音类似于 blowjob，即口交之意。

从地板上踉跄地爬起，霍斯大吼起来："我现在彻底愤怒了！"他没有意识到模仿了一句莎士比亚的名言："我到了法国才知道愤怒的含义。"那是《亨利五世》，第四幕第七场。

今天的第二封信到了：

　　　　我在这里受到这样的羞辱和污蔑，

　　　　恶毒的诽谤如矛尖一样刺穿灵魂。[①]

"第一行是特意说给我们听的，"迈耶说，"他现在正在暗示我们，我们应该感到羞辱，受到污蔑……"

"而且他又一次拼错了[②]。"吉奈罗说。

"……然后强调此时此刻。这就是他想说的。"

"不，我并不认为这句话里暗示了任何个人的处境。"艾琳反驳道，"我认为他只是想引起我们的注意而已，比如说最后一个字：长矛。又一次出现了长矛。"

"我非常同意。"吉奈罗表示，就像自己是莎士比亚似的，"但是这句的韵脚在哪儿？"

"为什么？"克林问。

"什么为什么？"帕克反问。

"为什么他又一次指出长矛？"

---

①莎士比亚《理查二世》，第一幕第一场，原文：I am disgraced, impeach'd and baffled here, pierced to the soul with slander's venom'd spear.
②按照现代英语，污蔑（impeach'd）应写为 impeached。

"一把有毒的矛。"

"他在哪儿说是有毒的了？"

"venom'd。就是这个意思。"

"莎士比亚总是省略 'e' 这个字母，你注意到了吗？"

"什么是诽谤？"吉奈罗问道。

"就是谎言。"卡雷拉回答。

"现在我们来谈谈这个死去的女孩吧。"伯恩斯中尉说。

他已经叫威利斯和艾琳进了他的办公室，现在他们正坐在他桌子对面的椅子上，神情专注。艾琳觉得把一个死去的三十岁女人还叫做女孩有点不恰当。"我们先不要管这个耳朵有毛病的浑蛋下一步要做什么，"伯恩斯说道，"先把注意力集中到他已经做了的事情上面。他犯了谋杀罪，这就是他的所作所为。虽然他能把莎士比亚倒背如流，但是也不能抹杀他杀了那个女孩的事实。"

"是，长官。"艾琳回答。

伯恩斯盯着她。

"皮特。"她改了口。

"联邦调查局的报告都告诉了我们什么，哈尔？"

"什么都没有。"威利斯回答，"没有任何匹配的指纹存档。这意味着他没有任何前科记录，也没有在军队或是任何政府机关任过职。"

"这没什么可惊讶的，"伯恩斯说道，"你认识多少有指纹存档的人？"

威利斯想了一会儿。除了在工作上打过交道的数百名小偷以外，他一个都想不出来。

"我想让你们两个再去那个女孩的公寓一趟。"伯恩斯说,"他是怎么进的大门?有没有人看到他出去?他又不是隐形人,怎么会不留痕迹?找到可能找到的任何人。注意细节,找出线索来。"

当他们离开他的办公室的时候,他又加了一句:"任何线索。"

酒席承办人打扮得像一捧新鲜雏菊般鲜艳夺目。

他叫巴迪·米尔斯,穿着浅黄色的套装,紫色开领衬衫。他的头发金黄,眼睛蔚蓝,高挺的鼻梁连恺撒都会羡慕,高颧骨,皮肤光滑紧绷。特迪·卡雷拉觉得他肯定做了拉皮手术。他们坐在位于河源区的亨利与瑞恩斯公司的办公室里,离六月十二号要举行婚礼的大厅不远。卡雷拉是在午餐时候开车赶过来的,特迪则是坐公交车来的。巴迪的桌子上放着婚礼当天备选的菜单。办公室墙上挂满了闪闪发亮的美食奖章。六月初的阳光从窗户里射进来,照在打开的菜单上。

"一共有多少来宾?"他问道。

"大概一百人吧。"卡雷拉回答。

特迪向他打手势。

巴迪礼貌地表示出自己的疑惑。

"一百一十二位。"卡雷拉连忙更正。

巴迪知道特迪·卡雷拉是聋哑人,但是她有迷人的黑色长发和可爱的深棕色眼睛,搭配起来相得益彰。即使在她用手比画的时候,看起来也十分迷人。

卡雷拉盯着她飞舞的手指。

"每天的数目都不太一样。"他翻译过来,然后又说,"妈妈和姐姐总是不断地邀请新的客人。"

"这真有意思，"巴迪说道，"同时举办两个婚礼，真奇妙，让我们暂且算一百一十位来宾好了……"

特迪从他的口形读出了他说的话，又比画着，一百一十二个。

"是的，我知道了，亲爱的。"巴迪说，好像能看懂她的手语一样，"我心里有数了。我们就暂且算是一百一十个左右。那我们还要餐前小吃吗？"

"小吃？"卡雷拉看着特迪。

小点心。她比画着解释。

"蘸肝酱的无花果。"巴迪说道，点点头，"烤金枪鱼配面包……呃，这里，"他说，然后把卡雷拉和特迪对面的餐单拿给他们看，"马铃薯煎饼与鳄梨酱……三文鱼配小黄瓜……山羊奶酪馅小点心……还有其他很多。我们有大约五十种小点心，可以在正餐前提供给大家。"

"你觉得我们需要餐前点心吗？"卡雷拉问道。

我觉得很好，特迪比画着，再加一些饮料就更好了。

"你觉得多少种点心合适呢？"他又问巴迪。

"哦，四五种就足够了，或者六种。我们不想弄得太复杂。我们也不想在吃正餐之前就已经吃饱了，是吧。"

读着他的嘴形，特迪又比画，也许我们应该首先选正餐。

卡雷拉翻译着。

然后再选餐前小点①。

餐前小点是一个很难比画的词。看到丈夫一脸困惑的表情，她立刻改成了英语。

小点心。

---

① 原文为法语。

卡雷拉给巴迪转达她的想法。

"呃，好的，当然，如果你们愿意，我们之后再选点心。"他小声地说。

对于开胃菜，他建议客人可以从三种中任选其一。黑色松露酱配龙虾色拉；或者金枪鱼末配奶油鱼子酱和烟熏三文鱼；或者大号虾类拼盘。正餐也有三种选择：烤海鲜、小蘑菇、烤洋蓟加茴香；或者咖喱鸡与珍珠洋葱，配红椒和印度香米；或者白葡萄酒焖兔肉，配蚕豆和野山蘑。

"所有主菜都配上新鲜绿色蔬菜和番茄色拉，浇柠檬汁、高级橄榄油和百年香醋做成的调味汁。"他笑嘻嘻地补充。

卡雷拉望着特迪。

她也回望着他。

"你们没有……再简单一些的吗？"卡雷拉问道。

"简单？"巴迪问。

"呃……就是……我想我们大部分的客人都不会喜欢……如此豪华的菜单。"

"这些就是简单的，相信我。"巴迪说，"这是我们最简单的菜单。事实上只提供了最基础的东西，真的。"

"呃，"卡雷拉耸了耸肩，转向特迪征求意见，"亲爱的？"他问。

有些客人是从意大利来的，她比画着。

卡雷拉告诉巴迪她正在比画着什么。

"那你想给他们吃什么？"巴迪问道，"意大利面条和肉丸？"

"不，但是……"卡雷拉开始说话了。

"或者你应该带他们去麦当劳。"巴迪揶揄道。

"也许应该这样。"卡雷拉答道，立刻站起了身，"我们走。"他对特迪说，而特迪也几乎在同一时间站起了身。

"我们的烩饭也做得不错呢。"在他们走出门口时，巴迪补充道。

"任何进来的人都得首先和我打招呼。"门卫告诉他们，"必须和我说明白他们来干什么。"他说，"我对住户的客人盘问再三。这是这里的原则。无一例外。"

"所以说，如果有人到这来找过斯坦福小姐……"

"对。"

"……在纪念日那天……"

"没错。"

"……他就应该和你谈过。"

"我就是这个意思，"门卫说，"我不是说了吗？"

"那他是怎么进入她的公寓的？"艾琳问。

"不知道。"门卫说。

"你们这儿有员工入口吗？"

"有的，有一个员工入口。"

"在哪儿？"

"在公寓后面。只有迫不得已的时候才使用。但是从那里送货的人必须要和业主打好招呼，也要和我说。否则任何人都不准踏进一步。所以你是没办法偷偷溜进来的。"

"屋顶有门吗？"威利斯问道。

"当然屋顶有个门。"

"总是关着吗？"

"总是关着。"

"是否介意我们去看一下？"

门卫看着他们，摇着脑袋，好像认为浪费时间的人无药可救："让我叫管理员陪你们去吧。"他说着，拿起墙上的电话。

公寓管理员看起来非常吃惊的样子。

"看起来锁已经被什么人弄坏了。"他说着研究起了屋顶的门。

"看起来的确如此。"威利斯说。

"是啊。"

"你最后一次来这儿是什么时候？"

"记不清了。"

"好好想想。"艾琳说。

"好像是上一周。水管漏了，我找了个水暖工上来。"

"具体是上一周什么时候？"

"星期五，应该是。那天好不容易才找到一个水暖工，因为是周末。你知道，找水暖工总是很困难的。水暖工是建筑行业的首席明星。你能相信吗？修厕所的那些人！首席明星！"

艾琳已经从口袋里掏出了日历。

"所以是星期五，五月二十八号，是吗？"她说，"那就是你最后一次来这儿的时间？"

"如果日历上是那么写的。"他弯腰看了一下艾琳手里的日历。

"那时候锁是好的？"威利斯问。

"我用钥匙打开的门。"管理员回答。

"从那以后有人来过吗？"

"不知道。"

"让我们看看门的另一面。"艾琳说道。

门把手在门里面一侧的地上躺着，管理员把螺丝刀插进旋钮把手掉落后留下的洞里，向上扳成一定的角度，再以螺丝刀为杠杆，用力一撬打开了大门。

这个城市总会时不时地让你屏息。

阳光明媚，蓝得几无瑕疵的天空中飘着一小朵白云。此时此刻，阳光闪耀在灰绿色的哈勃河上，点点银光舞动。微风刚好能够扬起河上的船帆，吸引了至少十几名好动的水手泛舟河上，片片白帆在阳光下非常耀眼。河对面是另一个州，地平线安静地展示着自己引人注目的美丽。在他们右手边，城市里高高低低的屋顶一直延伸到了遥远的迪克斯河岸。

"这座公寓挨着门卫的大楼吗？"艾琳问道。

"不是这样的。"管理员说。

"所以他可以从隔壁大楼的屋顶进来。"威利斯说。

"如果他想的话，是的。"管理员说。

"直接翻墙过来就可以。"

"如果他想偷窃的话，当然可以。"

他们转过头来看着身后的门。

肯定有什么人在这个门把手上花了不少工夫，卸掉把手，然后从里边把门打开。

"这个门没装警报器吗？"威利斯问道。

"没有。"管理员回答。

"你最好注意一下这个问题。"威利斯说。

为什么？艾琳想，错误已经发生了。

管理员也抱有同样的疑问。

"现在我们再去一下她的公寓好吗？"艾琳问道。

这一次，他们仔细检查了这扇门和锁。因为知道自己要找什么，他们很快发现了盗贼的撬棍留下的细微痕迹。现在他们知道了他是怎样进入公寓的：从隔壁公寓的屋顶跳过来，撬开了屋顶的门，又撬开了格洛丽亚·斯坦福公寓的门，在屋里等着她回来。他用了消声器——子弹壳证明了这一点——所以没有人听到过枪响，也没有人能拉响警报。他也是用同样的方法离开这幢公寓的吗？很可能。来去轻松。

他们向管理员道了谢，然后离开了银矿广场公寓———三号。

"还想在隔壁做个调查吗？"威利斯问道。

"我怀疑不会有人曾经看到他进出。"她说，"但是如果你想上门走访的话，我和你一起去。"

"为了能够顺利结案。"他说。

"我讨厌这个词。"她说，"结案。"

"我也是。"

"这是律师才用的词。"

"我也讨厌律师。"威利斯说。

"我也是。"

他们现在站在大街上。已经三点三十分了，差不多该下班了。

"你看要不要去？"

"让我们行动起来吧，"她说，"挨家挨户快乐地去骚扰吧！"

＊　＊　＊

"聋子"的第三封信，也是当天的最后一封信，打消了他们一直以来关于长矛的疑惑。信是这样写的：

　　　　　是的，用针茅草把我们的鼻子，

　　　　　刺出血来涂污我们的衣装，

　　　　　发誓说那是勇士的热血。①

"针茅草到底是什么意思？"帕克问道。

"好像是英国的某种草。"吉奈罗说。

"你怎么知道的？"

"常识。如果是莎士比亚的诗，它就应该出自英国。"

"这看起来不像是莎士比亚的作品。"霍斯说道。

"对，这看起来不像是一首诗。"

"莎士比亚也写散文。"卡雷拉说道。

"字里行间有某种信息，"克林说道，"不管是散文还是什么。"

"什么叫散文？"吉奈罗问道。

"什么信息？"霍斯问道。

"都是假的，他在误导我们。'恶毒的诽谤如同矛尖。'又一个谎言。"

"总是谎言。"

"用针茅草把我们的鼻子刺出血来……"

---

①莎士比亚《亨利四世》第一部，第二幕第四场，原文：Yea, and to tickle our noses with spear-grass to make them bleed, and then to beslubber our garments with it and swear it was the blood of true men.

"一定是某种很尖锐的草，你认为呢？'针茅'草？"

"……涂污我们的衣装……"

"我喜欢这个词。"

"听起来像'舔'①。"

"是'涂污衣装'……"

"也就是衣服……"

"……用鼻血涂在衣服上，看起来像在战斗中受了伤。这就是他所说的。都是骗人的。他总是让我们猜测长矛，但是他自己有另外的打算。"

"那为什么他要用长矛来误导我们？"

"因为他是个婊子养的。"卡雷拉说。

紧挨着银矿广场一一一三号的是一座十七层楼的大厦，每层有六个住户。晚上五点三十分，威利斯和艾琳已经拜访了一百二十户人家，其中八十九户有人在家，开门回答了他们的问题。很久以前，当他们第一次办聋子的案子时，一个叫乔伊的门卫曾经描述了他外貌的细节。那时聋子对着卡雷拉的肩膀开了一枪，然后又拿枪一次又一次地猛击他的头部。所以只要聋子一出现，卡雷拉就想和他一决生死。

"他和我差不多高，"那时乔伊是这么告诉伯恩斯警督的，"可能六英尺一二英寸的样子，体重估计一百八九十磅，黄头发，蓝眼睛，右耳戴着助听器。"

他们现在按照这样的描述询问每一个房客，纪念日前后是否有人见

---

① "涂污"的原文是 beslubber，"舔"的原文是 beslobber，二者相近。

过这样的人出现在公寓附近。

没有人见到过符合这样描述的人。

无论是在纪念日还是其他什么时候。

走出公寓，威利斯问："要不要吃点什么？"

艾琳望着他。

"之后也可以看个电影？"他说。

她犹豫了一下。

然后她回答道："好啊，为什么不呢？"

晚上，四频道六点新闻正在酝酿一则重大报道：有人想谋杀他们的首席调查记者霍妮·布莱尔。

电视节目主播搭档——艾弗里·诺尔斯，在六点零五分第一时间传出了这则消息。然后就是一则发生在卡姆斯角的失火事件：两个孩子趁母亲外出去杂货店买彩票的时候，玩煤油燃烧器引发了火灾。

"今天早些时候，"艾弗里说，"一个武装歹徒试图谋杀我们观众非常熟识的人。霍妮·布莱尔会亲口告诉你有关情况，请听第四频道独家报道。"

只有一小部分文化素质很高的观众知道，他们不是在"听"新闻，而是在"看"新闻。当然，这也许不是艾弗里自己说错的，而是某些电视公司的雇员没有搞清楚正确的语法应该是"请看第四频道独家报道"。

霍妮站在摄像机前面，穿着标志性的迷你裙，双腿以一贯的姿势微微分开，开始了讲述。这些话也并不是她自己说的，虽然声音从她的嘴里发出来："今天早上，大约差五分七点，在杰弗逊大街五百七十四号，一名持枪男子朝我的工作车连射数发子弹。我虽然不清楚自己为何成为恐怖分子的袭击目标，但是如果有任何了解详情的观众，请拨打我们屏幕下方的热线电话，或者报告警方。与此同时，请听好了，枪手先生！虽然我不知道我怎样惹到了你，但是我会一如既往地继续我的工作，风雨无阻，不惧危险！请记住这一点，枪手先生！"

镜头又转向了她的搭档，同样是这个团队一员的女主播米莉·安德森。她说："我们永远支持你。亲爱的观众朋友，如果您有什么消息的话，请拨打任何一部我们的热线电话，好吗？"

她望了一眼艾弗里说："一件恐怖的事，艾弗。"艾弗里点点头表示同意。米莉又看着镜头："今天下午在市中心的联邦法院，两个女人被指控……"

柯顿·霍斯关掉了电视。

他想知道为什么霍妮没有提到他也在车里。星期三那天早上，当他从她的公寓里出来的时候，枪手的目标也显然是他。虽然他只是一个普通警察，但他觉得枪手要找的人是他，而不可能是霍妮·布莱尔。

但是，他又转念一想，这就是娱乐圈。

艾琳觉得自己不应该问威利斯任何关于玛丽莲·霍利斯①的事情。

威利斯也不想问她任何有关伯特·克林的事。

在餐桌上，他们谈的几乎都是案子的事。事实上是两个案子，一个是过去的，一个是未来的。格洛丽亚·斯坦福谋杀案，以及聋子接下来可能会带给他们的恶作剧。他们已经在一起工作了很长一段时间

---

① 威利斯的前女友。

了——从艾琳还待在特种部队就开始合作——但是他们以前只在一起吃过一次饭，威利斯、玛丽莲、艾琳和克林四个人一起。所以为了不让今天的晚餐太尴尬，他们试着找出聋子用变位词来主动坦白自己是凶手的原因，以及他现在用莎士比亚的话嘲弄他们的意义何在。他是不是在供认自己的下一步计划呢？

"为什么是我们？"威利斯大声质问。

"我想他可能出于一些个人原因，"艾琳说，"针对斯蒂夫的。"

"或者他可能针对我们每一个人。"

"可能。但是为什么呢？我们怎么招惹他了？"

"因为我们总是找他麻烦，他生气了。"

"呃……"艾琳说，"我不觉得是这个原因，霍尔。事实上我们从未真正挫败过他的计划。"

"挫败，"威利斯说，"我喜欢这个词。挫败。"

"我也是。"

"你认为我们现在正在挫败他的计划吗？"

他微笑着，强调这个词。艾琳注意到了他灿烂的笑容。

"我们怎么会挫败他的计划？我们根本就不知道他的计划是什么。"

"哦，他会告诉我们的，不要担心。"

"你这样认为的？"

"我真的这样认为。"

"做梦。"艾琳说。

当晚上梅丽莎回到公寓，他让她做的第一件事就是试戴假发。

她头发的自然色——就像伊卡璐小姐[①]带给她的一样自然——被叫做"甜蜜的春天",一种温和的金黄色泽,非常适合自己巧克力一样棕色的眼睛。在萨肯赛特街——她想这个名字可能是曾经在这座岛生活的美国印第安人起的——她发现一个叫"今日发型"的假发店在进行春季季末促销活动。现在整个城市都在促销,谁都不会相信大减价现象和委靡的经济无关。她买了两顶假发,价格令人难以置信。一顶红色的,和她自己的头发一样削出错落的层次;一顶黑色的齐肩长发,带有刘海,看起来和她棕色的眼睛堪称绝配。包括税金在内,每套假发差不多要一百美元。

"好的。"他说,"你看起来完全变了一个人。"

"这可以当成夸奖吗?"她问道。

曾经有某些嫖客要求她上床时戴假发,然后又抱怨说头发颜色和地毯看起来根本就不搭配。不过是想找个理由来打她罢了,那些变态。

她衷心希望今晚此类的事不会再发生了。

无论是假发还是其他的。

"好吧,我必须告诉你,"威利斯说,"这证明了我的观点:一个人又做编剧又做导演是行不通的。"

他们刚刚从电影院出来,正在大街上散步。多数商店已经关门了,夜晚的空气和煦温暖。

"我还挺喜欢它的。"艾琳说。

"是吗?即使他在电影里不告诉我们任何线索?我的意思是,制止

---

①这里指美国美发品牌伊卡璐(Clairol)。

犯罪所需的线索？"

"嗯，你是警察，自然会像一个警察一样看问题。"

"你也是警察啊。你不认为他本应该告诉我们，至少是……某些线索？"

"我只对个人故事感兴趣。我想女人都是这样。"

"隐瞒证据没有令你生气吗？"

"除非他是聋子。"

"这远比聋子更糟。至少他还很公平。他给了我们需要知道的……"

"我们希望如此。"

"……如果我们读不懂，也只能怪我们自己的运气不好。"

"想喝杯咖啡或是什么东西吗？"她问。

"是的。"威利斯说，但他仍旧很激动。

他们朝街角的一个咖啡馆走去，点了饮料。直到饮料被端上桌，威利斯还在抱怨着现在的所谓悬疑电影。作为一个精通犯罪调查的专业警察，他恨不得把这些该死的业余导演都一枪毙了。

"嗯，"艾琳问道，"你指的是哪部电影？"

"任何自编自导的电影。"

"你把它们当成真实的事件了吗？"

"不，就像……呃，你自己领会吧。大多数作家是不能当导演的，我说得没错吧？大多数导演也不能搞创作。所以如果当你遇到一部片子是自编自导的，那就去见鬼吧！"

"你真这样以为吗？"

"我真的认为是这样的。不管是男人还是女人，如果他自编自导的话，就等同于'合谋犯罪'，或者'包庇犯罪'，或者'阻碍执法'，总之都是该死的犯罪行为。"

"天哪，你可真有热情！"艾琳说。

"呃，只是觉得这样不公平。"他说着，低下了头，羞涩地笑了，就好像他把自己内心深处的隐秘暴露了出来。又一次，她感觉自己想要伸出手来，隔着桌子握起他的手。

走出咖啡馆，他们各自回家了。毕竟，这并不是一个正式的约会，只是两个警察在一起吃饭，然后一起看了场电影，喝了杯咖啡，在一起交流了一下电影观后感。

她还是没有问他有关玛丽莲·霍利斯的事情。

威利斯也没问她任何有关伯特·克林的事。

明天又是一个工作日。

"从明天早上开始，"聋子说，"除了周日，八十七分局每天都会收到信件。"

"为什么除了周日？"梅丽莎问道。

"因为即使是上帝，周日也是要休息的。"

"哦，我明白了。这些信都说了什么呢？"

"你没必要知道。"

"你是说从明天开始？"

"是的，一直到周六。"

"这意味着……今天是几号？"

"四号。"他看看自己的手表，"呃，现在是午夜了，将近五号了。"

"这就意味着最后一封信将要在六月十二号寄过去。"

"嗯。"

"那就是你打算做那件事的日子？在六月十二号？"

"是的。"

"你要干什么？"

"你没必要知道。"

"为什么你要告诉我这些呢？"

"因为你将要去送这些信。"

"哦不，我送到警察局？我才不！"

"不是你亲自去，"他耐心地解释，"你可以找人替你去。"

"但是最后总会追究到我身上的。我以前可没做过这样的事。为什么我非得这么干？"

"因为我会给你三万五千美元作为奖励。"

"真的？"

"是的。明天给你五千美元，下一周的六天里每天五千。"

"好吧。"她说。

"这些钱足够你找人送信了，是吧？"

"嗯，我猜是的。"

"这能够你帮你摆平一点麻烦，我希望。"

"我也这么希望。"

"你还可以给自己买一些好看的内衣。"

"我当然会买了。"

"或其他什么东西。"

"或其他什么东西，是的。"

"未来还有更多，丽西。我们现在说的是保险柜里的七位数。"

她记得自己从银行保险柜里拿来的是一千八百万。他的意思是还有额外的吗？她应该问问吗？为什么不呢？

"除了那一千八百万之外的？"她问，"除了银行里拿来的那些？"

"是的。"

"七位数至少是一百万，是吧？"

"至少是。"他说。

"我的那份呢？"她问。

"不要太贪婪，小姑娘。"他说。

为什么不？她想，也别叫我小姑娘。但她没有说出口。

"去托尔托拉①度假怎么样？"他问，"在一切都结束之后？"

"去托尔托拉度假一定很不错。"她说，"但是……"

"我已经订好机票了，"他说，"我们在周日早上九点三十出发，六月十三号。听起来挺不错吧？"

"不像七位数那样美好。"

他笑了——真的笑了——边笑边说："哦，我想一个人不能太富有也不能太穷困。"

"我也想这么说呢。"

"你知道这是谁说的吗，丽西？"

"不知道，谁？"

"温莎公爵夫人②。"

"她是谁？"

"一个国王为她放弃了整个国家。"

"她一定很漂亮。"

"还不及你的一半。"

梅丽莎不知道这是否表示他会为了她放弃他的帝国。也许他要把

---

①拉丁美洲英属维尔京群岛中最大的一个。

②英国爱德华八世爱上了当时已经是二婚的辛普森夫人，毅然作了"不爱江山爱美人"的抉择，宣布放弃王位，接着悄然离开英国，同获准离婚的辛普森夫人在法国结为伉俪。由于这一决定触犯了王室传统和宗教规定，引起了轩然大波。

这七位数分给她一点？她没问。先专心用好自己手里的牌吧，现在她现已经比被他从酒吧钓上来的时候多拥有十万块了，还不包括那件貂皮大衣。

"你认为你有能力把这些信寄好吗？"

"我认为是这样的，"她说，"但是……嗯……那些我雇来寄信的人……"

"嗯？"

"他们会记住我的，不是吗？他们会告诉警察我的样子的。"

"这就是为什么我让你戴假发了。"他说。

6

梅丽莎以前也总是干这样的事，为自己的报酬讨价还价，只不过是站在相反的立场上。约翰说："睡一晚两百。"你就说："五百。"他说："三百。"你就改成："四百。"最后定成三百五，双方都很满意——尤其是你，如果他做完第一次就睡着了的话。

六月五号星期六。一大早。

在她离开公寓之前，亚当就给了她五千美元。五千美元！不过如果想成五十张印着一百元面额的纸片，倒也不觉得很多。

"这是你今天的费用，"他对她说，"给你雇的人一点劳务费，剩下的全是你的。你可以买上次咱们说的那件内衣。"

她早就想好买什么了，可是首先她必须把今天的工作做好。

她意识到——这也显然是一种正确的认知——没有几个人愿意去警察局送信，至少在炭疽病恐慌的阴影还没有散去的时候。如果华盛顿那帮家伙能稍微有点头脑——他们中的一些人应该见见亚当·芬，如果他们需要一个聪明的头脑——而不是搬起石头砸自己的脚的话，形势还不会那么糟糕。不出所料，她找来的头三个人直截了当地说："你难道疯了吗？"这还是在她解释说只要把信送到警察局，放到警官的桌子上就可以得到两百美元之后！

第四个人是在杰弗逊咖啡店里找到的。早上六点，那个女孩坐在那儿喝咖啡，梅丽莎从百英里外就能一眼看出这个女孩和她一样是个妓女。黑皮肤，金头发，涂着俄克拉荷马女郎一样的紫色指甲油。从颓废的装扮来看，她肯定也过了一个糟糕的夜晚。梅丽莎放低身段和她说话，小心翼翼地不去冒犯她，并试图表现出某种姐妹相惜之情。结果那个女孩仍旧处在宿醉的状态下，以为梅丽莎是一大早出来想找个女孩尝试一下同性的感觉，于是告诉她做任何事都要收两百块。

梅丽莎试图解释自己不是这个意思，只需要她把信送到警察局就好了，仅此而已。她给她看那个信封，上面写着：斯蒂夫·路易斯·卡雷拉探员。梅丽莎告诉她这是自己的丈夫，因为昨天晚上他们吵了一架，她已经决定和他离婚了。这个女孩却说："亲爱的，你我都是妓女。如果你有个警察男友，我就是英格兰女皇了。"

直接被认出是个妓女，这让梅丽莎在某种程度上觉得受了侮辱。

她又试了三次，失败了三次。她突然想起了妈妈在她还小的时候就嘱咐过她的一句话：只有绝望的人才会干绝望的事。所以她下一步要做的就是找个绝望的人去帮她送信。有那么一分钟，她突然意识到事实上她自己就是一个濒临绝望的人——现在已经是早上七点了，看来只有她亲自出马了。她可以这样告诉警察，一个戴助听器的人给了她九百美元让她送这封信，让他们看看这九张钞票，告诉他们她是个勤奋的姑娘，每天晚上在汉堡王餐厅上班，就在上班的时候有个家伙走到柜台前让她送这封信，她对这个家伙和信的内容一无所知。所以请让我走吧，先生，我妈妈还在家等我下夜班呢，我今天早上八点就应该下班了。

但她还是否决了这个想法。

如果咖啡馆里那个女孩能看出她是个妓女，警察肯定也会在一分钟之内看穿她。

她真的这么像一个妓女吗？

也许她应该用今天用剩下的钱去买条新裙子。

早上七点五十五分，她坐出租车到了贫民区，这里到处都是简易房、无家可归者搭的棚子、酒吧和电器店。在一个破败不堪的纸箱后面，她找到一个酒鬼，答应收五十美元就帮她送那封信。她再次乘出租车回到城里，酒鬼坐在她旁边，散发着尿臊气和酒味。八点五分，她把他扔在离警察局还有三个街区的地方，把信塞到他破烂夹克的口袋里，给他指了指警察局的方向。她说她会一直监视着他是否成功把信送到，那个家伙以他母亲的名义发誓担保。

梅丽莎知道，只要他的脚踩上警局台阶，就会马上被拦下来。事实的确如此。

所以她才一直戴着假发，不是吗？

> 她那恼怒的儿子已经折断了他的箭，
> 发誓以后不再射人，只跟麻雀们玩玩。[①]

这是第一封信。

[①]莎士比亚《暴风雨》，第四幕第一场，原文：Her waspin-headed son has broke his arrows, swears he will shoot no more but play with sparrows.

"这是正确的英语吗？"吉奈罗问道，"'已经折断'①他的箭？"

没人回答他。

"'以后不再射人'，"迈耶说，"他告诉我们他以后不会再杀人了，格洛丽亚·斯坦福是他射杀的最后一个人。"

"除非他又改用箭了。"威利斯说道。

"或者长矛。"克林说。

"不，长矛的部分已经结束了，"卡雷拉说，"现在他改用箭。"

"'发誓以后不再射人。'"

"他将'只跟麻雀们玩玩'。"

"可爱的小鸟。"帕克讽刺道。

"你看过希区柯克写的那部电影②吗？"吉奈罗问道。

"不是希区柯克写的。"克林反驳。

"那是谁写的？"

"一个叫达芙妮的人。"

"两次。"威利斯说。

"她写了两次《群鸟》？"吉奈罗疑惑了。

"不，是箭这个字。这个字出现了两次。"

卡雷拉又坐在了电脑前，开始查找韵文。帕克低下头看着聋子的字条。

"我只看到了一次。"他说。

"第二个'箭'字在另一个词里蕴涵着，"威利斯说，"'箭'在'麻雀'这个单词里呢③。"

---

①原文为 has broke，按照现代英语语法，这里应该用完成时态 has broken。
②指希区柯克的电影《群鸟》，动物灾难片的先驱。编剧为达芙妮·杜穆里埃（Daphne Du Maurier）。
③箭的英文是 arrow，麻雀是 sparrow。

"这又意味着什么呢？"帕克问道，听起来有点生气。

"《暴风雨》，"卡雷拉宣布，"第四幕，第一场。"

约翰·马歇尔·弗里克警监本应该十年前就退休，但是他总是乐于告诉自己八十七分局根本离不开他。伯恩斯对他早有不满。也有很多像弗里克一样年纪的人——六十或者六十五岁——还在局里工作，他们仍然像年轻人一样思考，做年轻人做的事，说年轻人说的话，事实上看起来也确实要比自己的实际年龄要小许多。但是约翰·马歇尔·弗里克不是这样的人。

弗里克属于另外一种老年人——常常自居德高望重，但是除了每天通过邮件互相发低级笑话外，无所事事。他们过早地从自己的人生中退休了——虽然弗里克在他五十岁时退休决不能算早。

"告诉我你的名字。"他对酒鬼说。

"弗雷迪。"

"弗雷迪，那你姓什么？"

"弗雷迪·阿波斯托洛。使徒弗雷迪①。"

"你今天早上也喝了一点酒吧，弗雷迪？"

"一点点。我每天都喝一点。"

"你为什么写这封信，弗雷迪？"

"不是我写的。"

伯恩斯看着他的长官。难道警监真的会以为这个老酒鬼会把莎士比亚的名言从电脑里调出来，然后亲自送到警察局吗？难道他真的以为

---

① 弗雷迪的姓"阿波斯托洛"（Apostolo）与基督使徒（Apostle）发音相近。

这个不修边幅的、泛着尿臊味和酒味的老醉鬼，会是那个臭名昭著的聋子，杀害了格洛丽亚·斯坦福，并且写下无数字条来激怒——或者迷惑——我们的吗？他甚至都没有戴助听器。

"那是谁写的，弗雷迪？"

"我不知道。"

"那你是从哪儿弄到的？"

"有个女孩给我的。"

"什么女孩？"

"留着黑发和刘海的漂亮姑娘。"

她写的？伯恩斯几乎脱口而出。

"她叫什么？"

"不知道。"

"只是给了你这封信……"

"不。"

"……不是？她不是给了你……"

"不。"

"那是怎么回事？"

"她给了我五十美元劳务费，嘱咐我必须要把它送到警长桌子上。我试着这样做了，可是你们的人拦住了我。我以前是弹钢琴的，你知道。"

"是吗？"

"这就是我开始喝酒的原因。钢琴上总是放着酒，你以前注意过吗？一杯酒，一支烟。我很幸运没有得喉癌。你弹琴的时候就得喝酒、抽烟，就是那样。我猜我今天喝高了一点，嗯？"

"我认为是的。你和那个神秘的黑发女孩在哪里交易的？"

"她一点都不神秘。就在庙街收容所附近。她过来问我要不要五十美元，我说要。"

"谁不会呢？"弗里克说道。

"当然。所以我做错了什么，你能告诉我吗？"

"她告诉你她叫什么了吗？"

"没有。我也没有告诉她我叫什么。"

"你怎么来的，从庙街到这里？"

"我们打了一辆车。她把我放到了第四街区，然后说会监视着我，我相信了她。"

"为什么相信她？"

"她的样子让我觉得最好照她说的做。"

"什么样子？"

"她的眼睛。她的眼睛里有一种神情。"

"什么颜色？"弗里克问道，"她的眼睛。"

"棕色。"弗雷迪答道。

"她有多高？"

"五英尺七八英寸的样子。"

"白人？"

"当然。"弗雷迪顿了一下，"她的眼睛告诉我如果我不按照她说的去做，她会杀了我。"

伯恩斯又看了长官一眼。

"好的，回家去吧。"弗里克告诉弗雷迪。

"家？"弗雷迪质疑道。

* * *

　　她从街对面的公园观察情况，看到穿制服的警察上前询问并拦住了那个酒鬼。但是这无所谓，反正信也会通过另一种方式交到警察的手里。她也根本不在乎酒鬼是否会被逮捕，或者被倒吊在电线杆上。

　　她现在知道了，不管她雇什么样的人为她传信，信都会被截留，但是这也无所谓。信总归会到分局里去的，然后被拆开细读。当然，送信人也不会怎样，因为他们会说：“嗨，我只是个送信的！”如此而已。在这个城市里，大概会有两百万个留着黑头发和刘海的女孩，一百万个红发女孩。

　　今天唯一的问题是她还需要再找两个人为她送剩下的两封信，还有从下周的星期一到星期六——六月十二号所需要的不知多少人手。这是亚当规定的日子，鬼才知道为什么是这个日子。他的把戏？他的玩笑？他的恶作剧，他的笑话，他为了给那个保险柜再添上七位数的美元所计划的行动？她有时候真的希望自己能够再聪明一点。

　　但是她已经聪明地意识到，自己不能再在整座城市里晃悠，漫无目的地招摇雇人了。这种方法磨人又消耗时间。尽管她并不想再多一个人来分她的三万五千元，但她明白自己确实需要一个中间人。她唯一能够想起来的中间人就是她的第一个妓院老板，五年前在这个堕落的城市里遇到的第一个人。

　　安布罗斯·卡特是个黑人，十一个妓女的老板，她们其中有四个是白人。他见到小梅拉·萨马罗内①的时候非常高兴，还以为是她回心

---

①即卡梅拉·萨马罗内，梅丽莎的真名。

125

转意又来为他工作了。但是事实是，她想让他为她工作。

"让我们有话直说。"他说，脸上带着黑人特有的困惑表情。实际上，没有什么能够让他困惑，因为他极其聪明。

他们坐在位于响尾蛇街区的一个名叫"忽略"的酒吧里，名字可能来源于这里的毒品买卖和妓女交易常常被警察所忽略。安布罗斯正在喝着杰克·丹尼①和可口可乐。梅丽莎喝着不加威士忌的可乐。两个刚买来的假发被塞到了包里，她以本来面目——多少算是吧——面对安布罗斯，金黄的头发看起来非常俏丽，就像梅格·瑞恩②年轻时一样漂亮。安布罗斯非常后悔做她代理的时间太短了。他总是觉得自己是个代理人而不是个拉皮条的。

他仍然把她看做逃跑的人。部分原因是他不能用任何毒品来掌控她，她在这件事上头脑非常清楚；但主要还是因为她一点一点地开始存自己的钱，五年时间里攒了五万五千美元，用这笔钱赎回了她的自由。好吧，说到底，他没有扣留她的护照或者其他的东西，五万五千美元在当时也是一大笔钱，而你不知道这些女孩老得有多快，也许很快会变得一文不值。所以他说好吧，亲爱的，然后吻别她。但是她又一次回来了，然后让他以另一种方式做她的代理。

"你想让我帮你找人，下周做一些事情……"

"没错。"

"……让他们替你往警察局送信……"

"是的。"

"……你等着送他们去，每个人付一百美元，事实上是每封信……"

"每封信，是的。"

---

①杰克·丹尼，世界十大名酒之一，单瓶销量多年来高踞全球美国威士忌之首。
②梅格·瑞恩，美国影星，以形象甜美闻名。

"……送到警察局，哪个都行。"

"没错。"

"我斗胆问一句，为什么我要这么做？为你找人能得到什么好处呢？"

"今天先给你一千美元，以后从下周一开始每天还有额外的。"

"直到什么时候？"

"下周六。"

"总共就是七千。"

"对，七千。"

卡特想了想。

"我怎么知道自己不会惹上麻烦？"他问，"这些去警察局的人，进不了门就会被拦住。"

"我知道。他们会告诉警察，他们是从我这儿弄到的钱，你丝毫不会受牵连。我是付给他们钱的唯一的人，我是他们唯一的描述对象。"

"你不介意是吧？"

"完全不。"

卡特又权衡了一下。

"一万美元我就干。"他说。

"好吧，"她说，"我今天就需要两个人。我一会儿告诉你我在哪里等他们。"

"男的还是女的，有关系吗？"

"你看着合适就行。"梅丽莎说，"虽然我不建议你用手下那些妓女……"

"我现在看起来像是很蠢的样子吗，梅？"他问。

"没人能这么说你。"她笑了。

"我现在能到手多少钱？"他问。

"现在可以给你三千，"她说，"周一早上两千，然后每天早上一千，一直到十二号。"

"你相信我吗？"

"没有理由不相信呀。"

"到什么时候？"他问，"十二号？十二号要发生什么事？"

"你觉得我看起来像是很蠢的样子吗？"她反问。

周六早上还有一封信送出，收信人是新闻第四频道的霍妮·布莱尔小姐，内容如下：

亲爱的霍妮：

请原谅我不知道你也在那辆轿车里。

没有落款。

聋子的第二封信是一个男人在下午送到八十七分局的。在严密盘问下，他承认是一个漂亮的红发女孩给了他一百美元，让他这么干。他们是在位于路易斯和奈斯街区的幸运钻石酒吧遇到的，之前他从未见过她。这难道意味着他们想把他到手的钱拿走吗？

"是《麦克白》。"吉奈罗说道。

生存还是毁灭？这是个问题：

究竟哪样更高贵，

去忍受那狂暴的命运之箭无情的摧残

还是挺身去反抗那无边的烦恼，

把它扫一个干净。①

即使是帕克也知道这显然不是出自《麦克白》。

"是《罗密欧与朱丽叶》。"他说。

艾琳并不认为警督办公桌上放着的这张字条出自罗密欧与朱丽叶。她清楚地记得巴兹·鲁霍曼版的电影②，她曾经看了七次，并一度疯狂迷恋上了莱昂纳多·迪卡普里奥③，虽然他现在看起来有些过气而发福了。这句话显然不是出自《罗密欧与朱丽叶》。

卡雷拉知道这句话是出自《哈姆雷特》的。在他青涩的年代里曾演过无数次这部话剧。他扮演长着大胡子的克劳迪乌斯④，莎拉·戈尔布扮演丰满的乔特鲁德⑤。莎拉把哈姆雷特有俄狄浦斯式恋母情结的理论当真了，在那场著名的"现在，妈妈，发生什么事了？"的戏中，她在女皇的衣橱里给了扮演哈姆雷特的二十岁的阿伦·爱泼斯坦一个舌吻。"我究竟做错了什么？你为什么对我恶语相加？"年轻的莎拉责难着，在低胸的伊丽莎白式长裙下，她的胸部一起一伏，气喘吁吁，

---

①莎士比亚《哈姆雷特》，第三幕第一场，原文：To be or not to be：that is the question：Whether'tis nobler in the mind to suffer, the slings and arrows of outrageous fortune, or to take arms against a sea of troubles, and by opposing, end them?
②一九九六年改编自莎士比亚戏剧《罗密欧与朱丽叶》的同名电影，编剧为巴兹·鲁霍曼。
③莱昂纳多·迪卡普里奥，美国著名影星，在《罗密欧与朱丽叶》中扮演罗密欧。
④克劳迪乌斯（Claudius），《哈姆雷特》一剧中的丹麦现任国王，哈姆雷特的叔父。
⑤乔特鲁德（Gertrude），《哈姆雷特》一剧中的丹麦王后，哈姆雷特的亲生母亲。

红色鬈发上的王冠倾斜了。

当晚话剧首演庆祝结束之后，莎拉和卡雷拉一起练习了同样的接吻技巧，在他父亲汽车的后座上。这段火热的插曲被两个穿制服，开着巡逻车驶过的警察给打断了。他们用手电筒往车里照过去，惊吓到了这对年轻的情侣——莎拉穿上了裤子，卡雷拉上了拉链——这两个勤勉的警察让他很长一段时间对所有的警察都怀恨在心。但是他永远也忘不了《哈姆雷特》，这句话肯定是出自《哈姆雷特》的。

霍尔·威利斯正在琢磨为什么聋子要在周六给他们寄来——如果真的是他送来的话——如此著名的文学经典独白，来掀起第二场戏的幕布。难道他认为他已经说了太多关于长矛的信息，转而另起话题了吗？如果是这样的话，新话题又是什么呢？

信显然是电脑打出来的，像以前一样打在雪白的纸张上。

"为什么是《哈姆雷特》？"威利斯问道。

"为什么是《麦克白》？"吉奈罗坚持。

"他又打算在格罗弗公园干点什么？"布朗建议，"就像上一次的盗窃案，或者像牛奶牧场那次？"

"莎士比亚什么时候在绿地剧院开演？"艾琳问道。

"这个月晚些时候。"

"好像是十五号？"

"再晚一点，我想。"

"但是即使他指的是绿地剧院的莎剧开演……"

"对。"艾琳说。

"当然。"迈耶也表示同意。

"……那这些也都是废话，无论如何。"

"他从来都不告诉我们他真正的意图。"

"所以撕掉信好了。"帕克耸耸肩建议道。

"他一定是想告诉我们点什么。"卡雷拉说道。

"即使是误导?"

"诗歌。"布朗点着头说。

"莎士比亚的诗,就是这样。"

"《麦克白》,就是这样!"吉奈罗表示同意。

梅丽莎算起账来:亚当给了她三万五千美元办这件事情,卡特要了一万,其他的送信人还得花掉两、三千美元,这要取决于送信人是否会和她讨价还价。最后她手里还能剩下一笔不小的数目——两万美元。

她已经给了卡特三千,给了十二点送信的人一百。因为下午四点送信的女孩看起来非常干净整洁,无辜可人,所以梅丽莎给了她两百美元。她很纳闷安布罗斯在响尾蛇街区怎么可以找到一个像大学生一样的女孩子。除去今天早上亚当给她的五千,她现在剩下了一千六。这已经包括了幸运钻石酒店和另一个场所——她喜欢"场所"这个词——的酒水、咖啡、服务费。梅丽莎是在富丽酒店的休息室里和第二个送信人会面的。

现在她已经有了一千六百美元,可以给自己买点东西了,当然包括亚当建议的高级内衣。但是她想给亚当买件礼物,作为自己的一项投资。她决定给他买一件羊绒袍子;一件漂亮的黑色羊绒袍子一定很衬他那金色的头发。

但是,她又转念一想,如果哪一天他的欲望满足了,他很有可能会杀了她……

……她已经来到了市中心，这个让她了解生活中各种罪恶因素的地方；那时她不分白天黑夜地做着肮脏的工作，装满了她的代理人，安布罗斯·卡特的保险柜。

……她决定去找一个叫布雷克·福勒的人。他卖给她一把九毫米口径的小型手枪①。手枪不装子弹时只有十六点九盎司重，长五英寸半，高四英寸，可以完美地藏在她的钱包里，以防万一有什么情况发生。

经过讨价还价之后，以区区五百美元成交。福勒说她是个擅长讲价的人。

还剩一千一，留着买羊绒袍子用。

想到自己已经奔波了一天，她打了一辆出租车，径直往城中的大商场驶去。

与此同时，可爱的女大学生也把聋子的第三封信送到了。

信的内容是这样的：

即使是这样，他们说，站在狭窄的走廊里。

回击我们的注视，抢劫我们的乘客。②

"至少他这次没有拼错，"吉奈罗说道，"不是吗？"

卡雷拉已经坐在电脑前，打开了"莎士比亚韵文搜索"。

---

①原文为 Kahr PM 9，一种小型轻便手枪。
②莎士比亚《理查二世》，第五幕第三场，原文：Even such, they say, as stand in narrow lanes, and beat our watch, and rob our passengers.

"又是'箭',"艾琳说道,"蕴涵在'狭窄'这个词里①。"此时卡雷拉刚刚键入"站在狭窄的走廊里"。

"一开始是矛,现在又是箭。"克林说道。

"整天都是箭。"

"《理查二世》,第五幕,第三场。"卡雷拉望着屏幕读道。

"一开始是《暴风雨》,然后是《哈姆雷特》,现在又是《理查二世》。"威利斯说道。

"他选的剧目有什么目的吗?"霍斯问道,并尽量不让自己打着石膏、穿着敞口鞋的脚踩到任何围在卡雷拉办公桌旁的警探们。

"他随意选的。"帕克说道,"都是一派胡言。"

"我可不这么认为。"卡雷拉说,"首先,他告诉我们他要'回击我们的注视'"。

"真聪明。"吉奈罗说道。

"谢谢。"卡雷拉说。

"我指的是他,他想到用这句话真的是很聪明。"

"他将要抢劫我们的乘客。"艾琳说。

"我们根本没什么乘客啊。"帕克纳闷。

"肯定跟某种交通工具有关。"她坚持。

"火车?"

"飞机?"

"船?"

"哦,天哪,不要再来一条船了!"

"也不要再来一个摇滚明星了!"

---

①箭的英文是 arrow,狭窄是 narrow。

133

"谁会'站在狭窄的走廊里'呢？"霍斯问道。

"妓女。"帕克立刻回应。

这一点他可以肯定。

　　帕克提议他自己去审问那个女孩，因为他比霍斯、威利斯、吉奈罗，还有克林的年纪都要大，这样看起来会更和蔼可亲。他觉得自己虽然比卡雷拉要年轻，但比卡雷拉有经验。当然事实上并非如此，卡雷拉当警察的时间要比帕克长；卡雷拉刚刚四十，而帕克已经四十二岁了。

　　但是由于警察局是性别比例悬殊最大的部门，伯恩斯警督仍然坚持认为只有所谓女人的直觉才能对症下药，所以他派了艾琳·伯克去询问周六下午的送信人艾莉森·凯恩。

　　"那么你是从哪里得到这封信的，艾莉森？"她以一种亲切的室友口吻问道。

　　"在富丽酒店的休息室。"

　　"那儿漂亮吗？我从来都没去过那里。"

　　"很好，是的。"艾莉森答道。

　　她二十四五岁的样子，顶多二十六七岁。修长的身材，曲线很完美但是不丰满；穿着不算太短的绿色裙子，配套的浅绿色毛衣，翻领带扣羊毛开衫，脖子上戴着珍珠项链，简直就像是常青藤盟校的学生。艾琳看出来她是个妓女。

　　"你在富丽酒店做什么？"她问道。

　　"只是小憩喝杯茶。"

　　就像常青藤盟校学生的口吻一样。

"只是碰巧散步到那里……"

"我在逛街。"

"就进去了……"

"是的，要了一杯咖啡。"

"然后碰巧……呃，那封信怎么到你手上的，你能告诉我吗？"

"一个女人给我的。"

"哦，什么女人？"

"我在那儿撞见的女人。她说她男朋友是个警察，他们昨天晚上吵了一架，她想找人替她把道歉信送给他。"

"然后你相信了她。"

"她看起来真的很后悔。"

"哦。"

"当然，她也给了我劳务费。"

"哦。"

"两百美元。"

"哦。"

"所以我决定帮助她。为什么不呢？她男朋友的名字就在信封上，好像是意大利人，所以我就相信她讲的都是真的。否则她怎么知道这个名字的呢？"

"她的名字呢？她告诉过你吗？"

"库琪。"

"库琪，哦。"

"是的。"

"她姓什么？"

"她没有说。"

"那库琪长什么样呢？"

"红色短发，棕色的眼睛。和我差不多高，我猜。身材很好。和我差不多大，或许更小。穿着得体。"

"就像你一样。"

"谢谢。"

"她戴手套吗？"

"什么？"

"手套。"

"没有。你是说手套？"

"手套。我想你也没戴手套，是吧？"

"不，我没有。为什么戴手套？现在是六月份！"

"凯恩小姐，你介意在离开分局之前让我们采集一下你的指纹吗？"

"是的。我的意思是我介意。我非常介意。为什么要采集我的指纹？"

"因为这封信上有你的指纹，我们检查它的时候要用到。"

"什么检查？"

"看看是不是还有其他的指纹。"

"不。"艾莉森说，"没有指纹。"

"为什么没有？"

"因为我没做错什么。"

"嗯，"艾琳望着她那绝望的眼神，"你曾经犯过法，凯恩小姐？"

她没有做声。

"艾莉森？你曾经……"

她供认出了安布罗斯·卡特。

＊　＊　＊

"就是这个样子。"安布罗斯对威利斯和艾琳说，"这就是茶壶里的风暴。"

他很想把桌对面的红头发女人纳入他的麾下，没想到她却是警察。

"女孩说你是她们的皮条老板。"艾琳说。

"我已经很久都不干了。"卡特说。

"我们并没有指第二百三十条。"威利斯说。

卡特明白这个男人指的是刑法二百三十条第二十五节，任何在已知情况下从事经营、管理、控制妓女的活动，以及拥有卖淫场所都会被判有罪。

卡特事实上难脱干系。不要说是一两个妓女了，他拥有十一个。但是他并不在乎威利斯所说的话，因为不管他承认自己是个皮条老板还是一个正经中介，性质都是一样的。

"你们想要什么，警官？"他一面评估着艾琳的等级、相貌和胸围，一面问道，"跟我有什么关系？"

"艾莉森·凯恩。"艾琳又强调了一次，就像谈话开始时一样。

"说你让她去见一个女人……"

"我告诉过你们我已经好久不干这种事了。"

"别转移话题，"艾琳说，"这个女人需要有人替她送信。"

"给我们。"威利斯强调。

"给八十七分局。"

"那个女人给了她两百美元。"

"我仍然不知道你们说的到底跟我有什么关系。"卡特说着，摊开双手，一副无辜的样子。

"我们想知道这个女人的名字。"

"我不知道你们指的是哪个女人。"

"那个给艾莉森两百美元，叫她送信的女人。"

"我不知道这个女人。"

"艾莉森说是你叫她去的……"

"我根本不认识叫艾莉森的或者是凯恩的什么人。"

"那格洛丽亚·斯坦福呢？"威利斯问道。

"也不认识。这些女人都是谁？"

"格洛丽亚·斯坦福在阵亡将士纪念日被人谋杀了。"威利斯说。

"这可不是茶壶里的风暴了。"艾琳提醒他。

卡特供出了卡梅拉·萨马罗内。

六年前的十二月洛杉矶进行过一打击活动，逮捕了很多妓女。他们从艾莉森·凯恩所送达的信封上提取了一部分指纹，指纹自动识别系统显示，这些指纹与卡梅拉·萨马罗内的资料吻合。

之前，他们有理由相信是聋子谋杀了格洛丽亚·斯坦福。可是问题在于他们不知道究竟谁是聋子，他现在究竟在哪儿。

现在，他们同样有理由相信，他雇用了一个叫卡梅拉·萨马罗内的妓女，并让她叫人为他到分局送信。

可是问题仍然在于，他们也不知道她现在究竟在哪儿。

而且他们也不知道卡梅拉如今叫做梅丽莎·萨默斯。

7

星期日上午九点刚过，电话铃响了起来。莎琳睡在卧床靠近电话的一边，因为在这个城市里，你不知道什么时候会有哪个警察被枪击。作为一个副主任医师，你必须在第一时间作出反应。

莎琳拿起话筒："我是库克。"听了一会儿，问，"在哪儿？"然后又听了一会儿，说，"我这就赶过去。"她挂上电话，掀起被子，冲进卫生间。

克林已经穿好了衣服，在她收拾完以前。

"我送你去。"他说。

"不用了。"她回答。

"我想送你去，"他说，"你办完事以后我们一起吃早饭。"

"我的甜心。"她上前吻了一下克林。

他们在麦当劳喝了杯咖啡，驶向马杰斯塔区。途中他们摇下了车窗，清新的空气迎面扑来。周日早上人很少，他们只花了十分钟就驶过了大桥，又花了十分钟就到了普利森山。普利森山是这个城市最好的医院之一，所以莎琳没有必要安排转院了。但是这名警察由于试图阻止在肯顿大道圣马修教堂外发生的帮派争斗事件而受了重伤，她得保证患者可以在这家医院得到最好的治疗。

但为什么詹姆斯·梅尔文·赫德森医生也站在医院的大门外呢？

克林突然想起了詹姆斯·梅尔文·赫德森先生就是在这家医院工作的。当他不在四英里外兰金广场的警局医务室上班的时候，他就待在这里。医学界和警察界的双重生活。

詹姆斯·梅尔文·赫德森先生一大早穿着白色大褂，听诊器的线从右边口袋里伸出来，看起来朴素而又专业。詹姆斯·梅尔文·赫德森先生是个黑人，又高又帅。当克林第一次遇到莎琳的时候，他还是莎琳的男朋友。他是肿瘤科的主任，也在兰金广场工作，因为警察不仅会受枪伤、刀伤或者砍伤，他们有时也会得癌症。

克林想起来是一个杰米的人告诉莎琳，霍斯受了枪伤。

他突然想知道，那个给莎琳推荐《质问》这首歌的同事，恐怕就是杰米·赫德森吧。

莎琳下了车。

"嗨，杰米。"她说，"他在哪儿？"

然后她径直朝医院走去，也没有告诉克林一会儿在哪里共进早餐。

他最喜欢的就是独自思考。一个人待在他作为办公室使用的房间里，坐在电脑后面，开始深思熟虑下一周的计划。很少有人能够获得像他一样的满足和愉悦感。

对于他来说，计划本身远比执行它还让人兴奋。他从哪里听到过

140

一种说法，阿尔弗雷德·希区柯克放下他手中的故事板时，就觉得这部电影已经完成了。在许多方面，他对此感同身受。

那些信他将要……

或者梅丽莎将要……

或者梅丽莎的信使们将要在下周送出。信的内容已经构思完毕，打印出来，分装到各个信封内。每一个信封上都写着"斯蒂夫·路易斯·卡雷拉探员收，八十七分局"。一步一步，一点一点，从周一到周五，这些信将要逐步解开他精心的计划，领着那些启斯东警察踏上花园的小径，直到周六。哈！到最后一切都会水落石出——如果他们足够聪明的话。但是到那时一切都已经太迟了。

他微笑着，敲打键盘，先打开一个叫"计划表"的文件夹，再打开里面那个叫"日程"的文件夹：

星期一 6/7　飞镖

星期二 6/8　回到未来

星期三 6/9　数字

星期四 6/10　伙计们

星期五 6/11　什么时候？

星期六 6/12　现在！

他满意地点点头。

一点一点地，他想。

一步一步地。

事实上他对于下周六的演出并不感兴趣，即使最后能拿到的钱也提不起他的精神。只有制订整个计划的过程才能让他感觉到深入脊髓

141

的战栗——去撰写一个新词。这是一个伟大的计划！

他突然快乐地大声唱起了歌。

当梅丽莎听到他放声歌唱的时候，她觉得他终于疯了。她叹了口气，找到安布罗斯·卡特在响尾蛇区的电话号码。他在电话铃响第三声时接了起来。

"嗨。"她说，"是我。"

"这个时间打电话有点早啊，不是吗？"

她看了下桌上的表，已经是十点十分了。

"对不起，"她说，"但是我想知道明天是怎么打算的。"

"什么明天？"

"你找好三个人了吗？"

"什么三个人？"他问。

她把话筒从耳边拿开，盯着它看，就好像电视剧里常有的画面，当人们搞不懂自己听到的东西时那样，眼睛眨着，皱起了眉头。

"信。"她说。

"什么信？"他问。

"你找人递信……"

"什么信？"他又重复了一遍。

"我付你该死的三千美元去找人递信……"

"我不知道你在说什么，姑娘。"他说，然后挂上了电话。

她又看了一眼电话。

就像电视里演的那样。

＊　＊　＊

霍斯很难想象自己会和一个名人约会，但是他猜测也许霍妮·布莱尔的确是个名人。这就是城中南部的侦探对四天前，也就是六月二号星期三[①]早上，上午不到十一点，发生在杰弗逊大街五百七十四号枪击事件展开了积极调查的原因。霍斯自己同样坐在那辆被枪弹打穿的轿车上，但丝毫没有引起布罗迪·霍利斯特——城中南部分局调查组主任——的兴趣。

"谢谢，科尔顿。"他对电话另一头的霍斯说，"我们会记下的，如果什么时候有需要的话。"

"谢谢。"霍斯回答，"顺便说一句，我的名字是柯顿，柯顿·霍斯。"

"是吗？"霍利斯特放下了电话。

浑蛋，霍斯想。下一个电话打给八十六分局，至少在他们手上的案子里，柯顿（有时候被叫成科尔顿）才是目标受害者这一点无人质疑。接电话的人是巴尼·奥尔森，他告诉霍斯他在着手处理这个案子，但是他们现在正在为婴儿床盗窃案忙得焦头烂额，很抱歉他没法集中注意力来处理他的枪击案了。

他的声音心不在焉，还带一点讽刺，把"集中注意力"几个字说得特别重。婴儿床盗窃案不仅仅是让婴儿们没有床可以睡，更威胁到了居民住宅而非政府机关，因此对于号称贵族分局的八十六分局来说再没有比这更重要的了。但是，该死的，有一个人——就是霍斯自己——被人从屋顶上射击！霍斯几乎可以肯定周三早上威胁他生命的事件和周五早上发生在杰弗逊大街整形外科外的枪击案是紧密相连的。他不知道该拿那些"集中注意力"的警察怎么办才好。

---

①原文这里出现了错误，正确的枪击时间是六月四号星期五。星期三是之前霍妮公寓门口那次枪击发生的时间。

他不知道有人已经在昨天给位于穆迪街十七层办公楼的第四频道寄去了道歉信。

霍妮同样也不知道。

她从昨天开始就已经休假了。今天是周日，事实上他们计划今天下午去克拉伦登音乐厅听克里夫兰交响乐团演奏的斯特拉文斯基①的作品。现在，霍斯已经打完了电话，霍妮正在享受着美好的泡泡浴。

他想是不是应该到浴室里给她搓搓背呢?

卡雷拉现在满脑子都是聋子。

他看着妻子飞舞的手指，不断翻译给他的母亲和妹妹听，但注意力却始终集中在聋子身上。他究竟在哪儿，他在本周日——六月六号的计划是什么。

卡雷拉在早上八点零七分就已经询问过八十七分局前台的警员了，但是到了八点三十分还是不见亚当·芬先生的信。到了十二点三十分，他的母亲、安吉拉，还有安吉拉的两个女儿开始共进午餐的时，他又问了一次，还没有聋子的任何消息。

现在，一边翻译着手语，卡雷拉一边拼命思考。

特迪说她觉得意大利北方的食谱比较合适，因为路易吉和他的孩子还有很多朋友都是从米兰赶过来参加婚礼的。而卡雷拉此时正在思考：头两天是变位词。从周二下午的"那是谁"开始，到周三的"我是傻瓜，嘿"结束，五张字条都预示着他是杀害格洛丽亚·斯坦福的凶手。

特迪的手指打出了一连串好吃但是很难拼写的东西，比如蒜蓉烤

---

①斯特拉文斯基（Игорь Фёдорович Стравинский，1882—1971），俄罗斯著名作曲家。

面包、蘑菇馅饼和盐鳕鱼三明治①等。卡雷拉一边用他不太灵光的意大利语大声解释着，一边安静地思考着从周四开始的一系列莎士比亚的引言，包含着三个"摇晃"和一个"矛"……

> Rough winds do SHAKE...
> SHAKE off slumber...
> SHAKE me up...

最后……

> ...footing of a SPEAR

毋庸置疑，它们代表着接下来的信都出自莎士比亚。事实也如此。从周五早上开始……

"斯蒂夫？你在听她说话吗？"

他妹妹的声音，好像从远古五个世纪之前传来。

"抱歉。"他说。

特迪看着主菜单。

这儿有两个选择，她比画着。

"我们有两个选择，"卡雷拉解释道，读着她手指传达的信息，"意大利混合香料烤羊排……"

"哦。"安吉拉说。

"或者是托斯卡纳风格的牛里脊。"

---

①原文均为意大利语。

"我想我更喜欢牛肉。"他母亲说。

"两种都可以选的，妈妈。"

"我知道，亲爱的。我刚才不是说喜欢牛肉嘛。"

我想还是不要鱼了，特迪比画着，鱼太难做了。

这句话同样也很难比画。

她继续解释开胃餐里有甜豌豆和珍珠洋葱……

"和新鲜土豆。"卡雷拉读道。

和西班牙沙拉……

"山羊奶酪、核桃、意大利辣肠。"卡雷拉说。

当然，我们还有一些甜点。特迪比画。

"听起来很美味。"安吉拉说道。

"斯蒂夫？"他的母亲说，"你觉得呢？"

"都等不及了。"他点着头同意，却又开始神游了。

当女人们开始倒咖啡，吃甜酥卷的时候，孩子们开始围着房子跑着，欢笑着，玩着他们这一周新发明的游戏。卡雷拉却坐在马克的电脑房里，又想起了周五收到的三封含有"矛"的信。

用针茅刺我们的鼻子——出自《亨利四世》。

老兄，你那打猎的矛呢——出自《理查三世》。

最后一封信——恶毒的诽谤如矛尖一样——出自《理查二世》。

选择这些剧目有什么特殊意义吗？还是说它们的排列顺序有什么用意？

如果有，那么昨天的字条又是什么意思呢？

"矛"已经不再出现。现在聋子又开始用"箭"了：

她那恼怒的儿子已经折断了他的箭，

发誓以后不再射人，只跟麻雀们玩玩。

　　——《暴风雨》第四幕

狂暴的命运之箭

　　——《哈姆雷特》第三幕

最后一封：

站在狭窄的走廊里

　　——《理查二世》第五幕

历史剧，正剧，悲剧。卡雷拉看不出这中间有任何线索。

邮递的顺序也没有线索。

他沉浸在只有矛和箭的世界当中。一定有些东西包含在里面，而他仍然不知道到底会发生什么该死的事情。

在音乐会中场休息时，霍斯讲了自己被城中南部和八十六分局的同事托词拒绝的事。霍妮非常吃惊。

"在周五晚上那次节目之后？"她问。

"是的，他们重视的是你，但是他们看起来对谁开枪打我根本没什么兴趣。事情发生在你的公寓外，我是说。"

"你认为两起枪击事件是有联系的？"

"是的……你不这样认为吗？"

"说实话，我不知道。"

"你不知道？亲爱的，这太明显了，我是他们袭击的目标。"

"你？为什么会有人……？"

"可能是因为我得罪了一两个家伙，而他们中有些人现在出狱了，仍然不喜欢我……"

"抱歉，布莱尔小姐？"

霍斯转过身。一个高瘦的男子越过他和霍妮搭讪，脸上带着傻笑。

"您能给我签个名吗？就写'致：本'。"他递上了一份节目单和笔。

霍斯往旁边挪了一下，给霍妮腾出地方签名。他假装无所谓的样子，看自己手中的节目单。

下周的音乐会将在周六下午开始，演奏贝多芬D大调，还有六十一号作品，他唯一的全部用小提琴演奏的协奏曲作品。客座小提琴家康斯坦丁诺斯·萨拉斯，将……

"给你，本。"霍妮越过霍斯把笔和纸递了回去。那个男人恭敬地站在一边，笑得就像学校里的男孩一样。

"谢谢，布莱尔小姐。"他说。

霍妮笑了，捏了一下霍斯的手。

厅里的灯光昏暗了下来。

下午四点多，艾琳在搜完整个冰箱发现只剩下一些酸奶可以作为晚餐时，电话响了。她下意识地看了一下表，跑到卧室去接电话。

"我是伯克。"她说。

"艾琳，嗨，我是霍尔。"

"嗨！"她招呼。

"有时间吗？"

"当然。"她问，"怎么了？"

"我有一些关于聋子的想法。"

"我洗耳恭听。"她回答。

威利斯笑了。

"想出来喝杯咖啡或者吃点什么吗？"

"好的。"她说，下意识地又看了一下表。

"马克斯路上的霍顿咖啡店怎样？"

"我十分钟后到。"

"再见。"

她看着话筒，疑惑地耸了耸肩。

放下电话，她跑向卧室看了一下镜子中的自己，认为自己的装扮对于出门喝咖啡已经足够好了。又看了一下表，她离开了公寓。

马克斯的霍顿是一家咖啡连锁店的分店，以分店的地理位置命名。这些分店包括豪斯的霍顿、雷街的霍顿、格兰杰的霍顿、梅普斯的霍顿等。马克斯的霍顿是因为坐落在马克西米利安街而得名，这条街又是根据费迪南德·马克西米利安命名的。他是十九世纪墨西哥的一个被废除的国王，一八六七年六月被墨西哥共和国军的一个射击队处决，在一个叫做 El Cerro de las Campanas 的地方。

"英语中是'山上的钟声'的意思。"威利斯告诉她。

马克西米利安街并不临山，也没有教堂，更谈不上钟声，以一个被人遗忘很久，几乎从未得到纪念的墨西哥国王来命名，有点令人难以理解。命名的真正缘由还是因为一场激烈的市长选举，当时有人预言一大群墨西哥移民可能会拥入这座城市——最后证明是错的——造成大规模的外族侵入。时任市长翻开历史的簿子，发现上一次大批从奥地利迁来的墨西哥移民长期处于被忽视的状态，所以他把带有东方色彩的"顶针街"——这个名字的来历又是另外一个故事了——改成了自认为更被墨西哥裔接受的"马克西米利安街"。

"独立"的主题更有利于美国的选举……

"又有一种'爱国主义'色彩。"威利斯说。

……也许时任市长以为马克西米利安带有这样的意味："我原谅了所有人，我同样也要求人们原谅我。我的血在流，为了我们的国家的利益。墨西哥万岁，独立万岁①。"

"但是我跑题了。"威利斯说。

"你怎么知道这么多关于墨西哥的事？"艾琳问道。

威利斯犹豫了一会儿，说："呃，玛丽莲曾经在墨西哥住过很长时间，你知道的。"

"是的，我知道。"

"是的。"他说，然后陷入了沉默。

他们在一个靠窗的角落品着卡布其诺咖啡，面对面坐在扶手椅上。

"你现在恢复过来了吗？"她问道。

她指的是玛丽莲·霍利斯被两个阿根廷土匪枪杀的事。

"人怎么可能从这样的事情中恢复过来？"他突然伸手越过桌子，碰了碰她的脸颊，"你恢复过来了吗？"

他指的是她脸上的伤疤，被一个狗娘养的用刀划伤所致。那个人随后强奸了她。

"我没事。"她说。

---

①原文为西班牙语。

"所以——"他说，然后点了点头，抽回了手。犹豫了很长时间，他说："你和伯特怎样了？"

"没怎样。"她说，"为什么这么问？"

"我只是想确认一下我不是……"

"什么？"

他摇了摇头。

"什么？"

"你知道。"

她看着他，点点头。又一段很长时间的沉默。

"还记得我们共度的那晚吗？"她问。

"哦，天哪，是的。"

那是他们第一次和聋子打交道。他们在格罗弗公园进行监视，艾琳和威利斯在一个睡袋中伪装成一对情侣。一个午餐盒放在一张长凳上，里面没有放聋子要求的五万五千美元，而是一堆报纸屑。

扮演"激情的情侣"的机会是威利斯和霍斯抽签赢来的，之前他只和艾琳在一起贩毒案件中合作过。现在他们靠得很近，在同一个睡袋里。

"我们应该亲吻。"他对艾琳说。

"我的嘴唇干裂了。"她说。

"你的嘴唇很漂亮。"他说。

"我们在这里是为了公事。"

"嗯。"他回答。

"把你的手从我后面拿下去。"

"哦，是你的后面？"

"听！"她说。

"我听到了，"他说，"有人来了，你最好吻我。"

她吻了他。

"那是什么？"威利斯突然问道。

"别怕，guapa，是我的手枪。"艾琳说，大笑起来。

现在他们回忆着，喝着他们的咖啡，注视着对面的彼此。艾琳舔着嘴唇上的咖啡泡沫。

"我不知道 guapa 是什么意思。"威利斯说。

"兔子。"艾琳说。

"我现在知道了。"

"这个词出自《战地钟声》①。罗伯特和一个叫什么来着的女人在一个睡袋里的场景。"

"英格丽·褒曼。"

"我指的是书里那个角色的名字。"

"我忘了。"

"哦，我们忘记事情可真快。"她说。

他们又望着彼此。

"那么关于聋子你有什么想法呢？"她问道。

"我没有任何关于聋子的想法。"他说。

"根本没有，没有任何线索。"

"然后……"

"我说了谎。"

"你本可以不用撒谎的。"她说，然后握住了他的手，"但是对我发

---

①影片《战地钟声》，根据海明威的同名原作改编而成。以西班牙内乱为背景，描述了与格里拉军共同作战的美国教授（加里·库珀饰）与市长的女儿（英格丽·褒曼饰）在战争时期的恋情。

誓，哈尔。"

"嗯？"

"别再向我撒谎。"

"好的。"他说，"我想和你上床。"

她笑了。

"艾琳？我想和你上床。"他说。

"我听到了。"她说。

"艾琳？"

"是的，霍尔，我听到了。"

"所以……你认为……你认为你会……"

"是的，"她说，"我也这么想。"然后绕过桌子拉起他的手，"是的，霍尔，"她温柔地说，"是的。"

梅丽莎知道怎么找到他，因为她曾经为他工作过，了解他所有的去处。安布罗斯·卡特可是个忙人。当她周日晚上找到他的时候，已经是七点钟，天开始黑了。

她一眼就透过玻璃窗认出了他，他坐在吧台上，喝着黑杰克酒，他的最爱。她不打算走进去面对他，那里有他的一帮打手给他撑腰。他们会把她拉出来，十几个，二十几个人，把她弄得遍体鳞伤，给她，这个小小的妓女好好上一课。

今晚她是来给他上一课的。

教给安布罗斯·卡特一课。

告诉他不要从一个人身上不劳而获，即使是一个妓女。不要违背你的承诺。你绝对不能这样做。

至少不能对梅丽莎·萨默斯这么做。

她等到他喝完酒，付完账从酒吧里走出来，有些摇摇晃晃地走过了路口，然后在他正要打开车锁时追了上去。

"嗨？"她说。

他转过头来。

他看到她手上有一支小手枪。就像小孩玩的塑料手枪一样。

"啊，看看这是谁啊。"他说。

"我要拿回我的钱。"她说。

"丢了，婊子。"他说，然后打开了车锁，转身背对着她。

他叫她婊子，她想。他不应该叫她妓女，不应该转身背对着她。他不能对她如此无礼。这就是她朝他的后背开了两枪的原因。第一枪时他还站着，第二枪时他已经在人行道上爬行。

或者是因为这五年来这个狗娘养的命令她睡过太多男人了。

或许这才是真正的原因。

她从浴室出来，只穿着白色吊袜带和红色高跟鞋。那条白色吊袜带让她有了某种纯洁的气质，红色高跟鞋与她的口红颜色相同，比她的红发更明亮。那种鲜亮的红色你只能在妓女身上看到。她把头发扎成了马尾，看起来有几分少女气息，和纯白色的吊袜带相呼应。吊袜带下露出了阴毛，让妓女的形象更深入人心。她今晚显然在研究"对比"这个概念，艾琳·伯克。

"我觉得我看起来很漂亮。"她说，听起来对自己的样子印象深刻。

"你的确很漂亮。"威利斯说着，握住她的手。

她走到床边坐下。他先亲吻着她的手指，然后是她左边脸颊上浅

154

浅的伤疤。接下来他吻着她咽喉处的凹陷，慢慢下移到她的乳房，和吊袜带下方纠结的红色阴毛。最后他吻了她的唇，温柔而急切，对着她的双唇，她的头发，她的耳朵，她的脖颈，她的肩膀，喃喃地呼唤她的名字："艾琳，艾琳，艾琳。"自从被刺伤和强暴以来，她第一次觉得自己如此美丽，如此干净。

他把她抱在怀里，轻轻放在床上。

他感觉着她的每一寸肌肤，赞美她躺在自己身边这一奇迹。他一遍又一遍地呼唤着她："艾琳，艾琳，艾琳，艾琳，艾琳。"

她的名字。

不是其他任何人。

只有她，独一无二。

8

"好吧，好吧，好吧，这里发生了什么？"侦探奥利弗·温德尔·维克斯问道。

他现在正在询问几个穿着制服的警察，因为巡逻员玛丽·汉尼根和罗杰·布拉德利报告说在周一早上——六月七号八点十五分，人行道上的一辆宝马轿车边有一具尸体。

在巡逻员开始亚当区的第一轮晨间巡逻并发现这具尸体之前，已经有很多人看到了人行道旁的一大摊血迹。整个晚上和早晨，所有经过这里的行人和邻居没有一个人报案，因为在这个地区，人们都害怕自己被误认为凶手。尤其是好市民们发现尸体是安布罗斯·卡特——一个颇有影响力的皮条老板——的时候。

当法医给他翻身的时候奥利①认出了他。

---

①即前文的奥利弗·温德尔·维克斯。奥利是奥利弗的简称。

"安布罗斯·卡特，皮条老板。"他嚷着，挥舞着手臂，提高声音仿佛想让全世界都听到，尤其是对着八十八分局的两位警察。他们被派来这里全权处理耻辱的勾当。

"我知道他名单里的所有姑娘。"维克斯说道。

"还是按圣经那样分类排序的，毫无疑问。"法医冷冷地评价。

"你是说是其中的一个杀了他？"马尔登问道。

"看起来好像是这样的。"马尔雷迪说。

两位重案调查人员穿着黑衣服、黑袜子、黑鞋子、黑领带、白衬衫、黑色宽边帽子。他们看起来跟汤米·李·琼斯[1]和威尔·史密斯[2]一样，除了他们两个都是白人。他们觉得这里发生的事没有什么大不了的。一个死去的皮条老板？谁在乎？

"那儿有子弹壳。"马尔登说道，点头示意。

"我看到了。"维克斯说。

"对了，你找到偷你书的家伙了？"

"还没呢，"奥利说，"但是我会找到的。"

"什么书？"马尔雷迪问。

"维克斯探员写了一本书。"马尔登回答。

"你开什么玩笑。"

"给他讲讲，奥利。"

"我写了一本书，是的。"奥利说道，"很奇怪吗？"

"没什么。"马尔登说，"我认识的每个侦探都写了一本书。"

"我没有。"马尔雷迪说。

---

[1] 汤米·李·琼斯，美国著名男影星，擅长演冷血的反派角色。一九九三获得奥斯卡最佳男配角奖。
[2] 威尔·史密斯，美国著名黑人影星，同时也是嘻哈歌手。曾获奥斯卡奖和金球奖提名。

"我也没有。"马尔登说,"但是我们是例外,是吧,奥利?"

"少给我来这个。"奥利说。

"我能在亚马逊①买到吗?"马尔登问道。

"还没出版呢,"马尔登说,"说来这么巧,手稿放在维克斯的车座后面,却被一个异装癖的妓女偷走了。"

"你又在耍我,是吧?"马尔雷迪说。

"你还没抓住罪犯,是吧,奥利?"

"我踹你一脚。"奥利说道。

刑事机动侦查组的人到了。

梅丽莎刚离开警察所谓的"犯罪现场",就开始寻找起了下面三封信的送信人。她没有来得及清理犯罪现场,没有想到把人行道上的子弹壳之类的小东西带走。这些事她过后才想起来。他们能从这些东西上锁定凶器,不是吗?但当时她只是想快点离开那地方。在那个晚上之前,她还从没有杀过人,一个都没有。她感觉到纯粹的恐惧。

但是昨晚是昨晚,现在是现在。

坐在雷弗十一街的星巴克咖啡馆,她把一杯浓缩咖啡玛奇朵举到嘴边,手仅有微微的颤抖。她将两份晨报都读了一遍,找不到关于安布罗斯·卡特的任何文章,甚至一个段落,一个字都没有。就像她妈妈说的一样:丢掉垃圾是件好事。

她今天早上感觉特别好。

---

①指亚马逊网上书店,美国最大的在线零售商。

158

成为妓女是一件遗憾的事，但并不是每天你都有机会亲手杀掉那个把你变成妓女的人。

　　她神秘地笑了，安静地小啜。

　　现在，第一封信应该已经送到八十七分局了。她安排了下面两封信的送信人。一手交钱一手交信。第一封，第二封，第三封，今天的任务完成。

　　她是靠着她妈妈的话找到今天这三个男孩的：绝望的人才做绝望的事。

　　这次，她找了她能找到的最绝望的人。

　　很简单。

　　她啜了一口浓缩咖啡。

　　也许她该为自己再点一杯。

　　也许可以点双份。

　　和一块巧克力饼干。

　　管他呢。

　　　　您知道他的天性，

　　　　是专爱报复的，我也知道他的刀刃

　　　　十分锋利：刀锋很长，伸得很远，

　　　　凡是刀达不到的地方，他就把刀像飞镖一样扔出去。

　　　　请您把我的忠言放进胸前，

　　　　定有好处。[1]

---

①莎士比亚《亨利八世》，第一幕第一场，原文：You know his nature, that he's revengeful, and I know his sword hath a sharp edge: it's long and, 't may be said, it reaches far, and where. 't will not extend, thither he darts it. Bosom up my counsel, you'll find it wholesome.

"现在是一把刀？"迈耶问道。

"从矛到箭再到刀。"卡雷拉说。

他已经坐在电脑桌前了。

"'有十分锋利的刃'不是应该用 has^① 吗？"吉奈罗问道。

"Hath 是过去的语法。"帕克解释道。

"听起来像是口齿不清。"吉奈罗说。

"可能他是一个同性恋，"帕克建议，"这个家伙的刀有一个锋利的刃。"

"别忘了它还很长。"艾琳说，睁大了眼睛看起来很天真的样子。

"还伸得很远。"威利斯加了一句。

克林瞪了他们俩一眼。

"猜字派对又搞砸了。"霍斯说。

"'胸前'，嗯。"吉奈罗笑着说。

"出自《亨利八世》，"卡雷拉说，"第一幕第一场。"

"可是这并没有告诉我们任何信息。"克林说。

"他告诉我们，我们认识他。"布朗说，"而且我们知道他专爱报复。"

"当然。"

"你认为他真的会用刀吗？"霍斯问道，"不管他的下一步计划是什么？"

"呃，他没再说箭，是吧？另外那封信在哪里？"

卡雷拉赶忙去找上一周他们收到的信。他找到了，平铺在桌子上，大家都凑过来看：

---

① 在英语中，hath 是 has 的古代用法，这里吉奈罗对 hath 这个词产生了疑问，认为应该用 has。

她那恼怒的儿子已经折断了他的箭，

发誓以后不再射人，只是跟麻雀们玩玩。

"没有说关于刀的事，"帕克说，"只是说从现在开始他要跟麻雀们玩玩。"

"他指的是那个女孩吗？"吉奈罗问道，"鸡？"

"在英国他们管妓女们叫'鸟儿'。"威利斯点头同意。

"麻雀，"迈耶耸耸肩，"可能是，谁知道呢？"

"魅影奇侠①知道。"吉奈罗说。

"'那位'魅影奇侠才知道。"布朗模仿着深沉厚重的旁白口吻，好像嘴里吃着西瓜。

"'麻雀'has'箭'，你们知道。"威利斯说。

"Hath。"帕克更正道。

"我的意思是说，麻雀这个单词里包含箭这个字。"

"所以你想告诉我们什么？"霍斯说。

"只是提提而已。我的意思是说，如果我们总是揪住矛——箭——刀这些词不放的话。"

"别忘了是一把很长的刀。"艾琳又天真地说起来。

"他将掷出他的刀。"威利斯说。

"人家可没直接这么说。"克林有点生气。

卡雷拉看着他。

"反正差不多。"威利斯耸耸肩。

---

①魅影奇侠（Shadow），二十世纪三十年代《魅影奇侠》系列故事的主人公，白天是名叫拉蒙·科朗斯通的俊朗公子，晚间就化身成犯罪克星"魅影奇侠"。一九九四年根据该系列小说改编了一部电影。

艾琳也耸耸肩。

"或者我们都没有找到敏感点。"霍斯笑了。

"这不会又是一个关于刀的玩笑吧？"吉奈罗问道。

康斯坦丁诺斯·萨拉斯看起来是一个服从于自己习惯的人。

聋子已经跟踪了他一周，而他每天的路线从未改变。现在他正待在格罗弗大街的洲际旅馆中，这家旅馆面朝格罗弗公园，是八十七区租金最贵的公寓。穿过公园，跨过河，走过拱桥，就到了第八十七分局警署了——聋子现在看了一下表——第二封信应该送出了。

自萨拉斯从雅典过来那天算起，他每天都是在上午八点三十分离开旅馆，由保安护送他到克拉伦登大厅。这要花掉他宝贵的十七分钟时间。每天八点四十八分，他都会穿过音乐厅的舞台大门。只有第一天有一个便衣拦住了他检查了一下。

今天也没什么不同。

现在聋子的电子表指向了八点四十八分零十七秒，萨拉斯正走进大厅，保镖尽责地尾随其后。

再等一会儿，聋子想。

周一早在八十七区附近犯罪的人不只聋子一个。

九点一刻，帕克和吉奈罗去调查一起七个月大的婴儿在摇篮里窒息的案件。她的父亲，一个邮递员，在早上五点就去上班了。当探员们走进公寓时，母亲正处在歇斯底里的状态中。婴儿的喉咙处有明显的紫色淤痕，舌头吐在外面。孩子的床挨着窗子，六月的微风徐徐吹

162

来。母亲说她丈夫走的时候，她睡得很熟，直到她八点四十五分醒来的时候，才发现孩子已经死了。她立刻报了案。

在外面的走廊里，吉奈罗说："是她爸爸干的。"

"错了，理查德。"帕克说，"是她妈妈。"

二十分钟以后，威利斯和艾琳一起出去调查一件内衣店盗窃案。店主——一个操着法国腔的女人手舞足蹈地比画着告诉他们，她今天早上十点打开店门时，里面就已经是现在这样凌乱不堪了。事实上，这里有内裤和衬裙、胸罩和吊袜带、晨衣和裤裙……无所不包。收银柜敞开着，但是老板娘说她前天晚上七点已经把柜里的钱物都取走了。这可能就是窃贼把其他东西翻得狼狈不堪的原因。

"在英国，他们管这些叫'吊带'。"威利斯对艾琳说，拎起一条带有黑色蕾丝边的吊袜带说。

"您这儿有白色的吗？"艾琳问老板娘。

花了她六十美元。

她对威利斯抛了个媚眼，两人一起走出了商店。

早上十点三十分，卡雷拉和霍斯去调查一起银矿广场的自杀案件。和一周前格洛丽亚·斯坦福的谋杀现场离得不远。这个女人赤身裸体躺在浴缸里。法医宣布她已经死了，并报告说她应该是自己把吹风机掉进浴缸里触电身亡的。

"不过挺有料的。"马诺汉说。

"是'波涛汹涌'。"门罗纠正道。

卡雷拉怀疑是不是有其他人把吹风机放到了水池里。楼上的邻居告诉他们女人的丈夫是个银行经理人，在市中心上班，每天一大早就跑去工作。十一点之前，他们赶到金融区问了她丈夫几个问题。

克林和布朗，这个最佳和最差警察组合，在十一点过五分的时候去调查了一起枪击事件。黑帮干的。一个年轻人死在了人行道旁，没有人看到或听到。他们在十二点十五分回到了警署。其他的人也在半小时之内陆陆续续地回来了。

现在是十二点三十分，康斯坦丁诺斯回来了。

走出舞台大门，向武装门卫打了声招呼，到了大街上，径直向他最喜爱的熟食店走去。

聋子一直尽职尽责地跟着他。

每天，萨拉斯都在十二点三十分出来，走到萨肯诺夫街的希腊熟食店——毫无悬念！吃完午饭，一点钟的时候又回到音乐厅准时进行排练。下午四点，走出舞台小门，贴身保镖紧随其后，小提琴在右手中摆动，在格罗弗大街散一下步，经过博物馆和八十七分局，然后又回到旅馆。

再等等，聋子这样想。

在第二封信到达警察局之后，警察们发现了一个规律：卡梅拉·萨马罗内正在招募吸毒的人给她跑腿。至少在今天，她所选出的送信男孩都是这样的。

在这个城市的大街上找个吸毒的人并不难。给他们点儿毒品，或者直接给点钱，他能为你把他的妈妈杀掉。辨认谁是毒虫也很容易：湿润的红色眼睛，瞳孔或者过大或者过小，浮肿的脸颊，冰凉汗湿的掌心，双手颤抖，皮肤苍白。有些时候，他们身上散发的味道可以让你知道这一周他都抽了什么，是可卡因还是大麻。那些东西会沾在身体上，衣服上或者呼吸中。

更多时候，你可以看到瘾君子们空洞绝望的眼神。在那双已经死去的眼睛背后，他们深知自己嫁给了怎样一个残暴的奴隶主，并且这个世界上没有一个人——姐妹、母亲、兄弟，父亲、配偶及重要的人，社区工作者、医生，或者是警察——能看得起你。除了怜悯和鄙视没有其他的感情，因为他们认为只有你自己才能对你染上毒瘾这件事负责。

"你从哪儿拿到的信，约瑟夫？"他们问第一个送信人。

当时，他们猜到他是个毒虫，但是并没有意识到这将成为一项规律。

"兰利公园的一个女孩给我的。"

"什么女孩？"

"谁知道她是谁。"

"她告诉你她叫什么了吗？"

"没有，先生。只是给了我一封信，说她会监视着我把信送到。"

"在哪儿，约瑟夫？"

"告诉过你嘛，兰利公园。"

"她有多大？"

"我对年龄没概念，很年轻的样子。"

"多年轻？像你一样大？"

"比我要大一点。"

"你多大了，约瑟夫？"

"十七岁。"

"她长什么样？"

"红色短发，棕色的眼睛。"

第二个送信人是一个姑娘，染出来的金发，绿色的眼睛。她的头

165

发颜色暗淡，又细又软，眼睛失去了光泽，瘦得皮包骨头，衣服破烂不堪，散发出呕吐物的味道——上帝知道还有些什么！她可能也就是二十多岁，可是看起来有三十岁，或者更老。一个三十岁令人厌倦的女人。

她说话时带着卡姆斯角地区的口音——像爱尔兰人，而不是那里的黑人或意大利人——她告诉他们她十七岁就开始吸毒了，十八岁当了妓女，吸上了可卡因，这就是一切的开始。先是浅尝辄止，后来吸卷烟，点锡纸，直到直接静脉注射。欢迎来到吸毒者俱乐部，甜心！她告诉他们一个留着黑色长发的女孩给了她两百美元——这让她难以拒绝，来这里送信。她没有说她是谁，没有说出她的名字，以前从没见过她，如果在教堂或其他什么地方再见面的话也不会再认出她。

当她拿到信封的时候，脑子里一片混沌，她现在已经记不清在哪儿接的信，在哪儿见到那个留着黑色长发的女孩了。

"我天生是红头发，想看看吗？"她说着撩起了裙子。

她写下自己的名字：安妮·达根，但是却发成安雅·杜干的音。

他们意识到她毫无用处。

但是他们已经知道了卡梅拉·萨马罗内正在一群吸毒者中间寻找送信人。

而吸毒者的数量无穷无尽。

> 我想说，把这个消息丢向他
>
> 就像钢铁的刀刃和染毒的飞镖
>
> 贯入耳中[1]

---

[1]莎士比亚《裘力斯·恺撒》，第五幕第三场，原文：I may say, thrusting it; for piercing steel and darts envenomed, shall be as welcome to the ears.

"他把这个丢给我们了。"帕克说。

"这就是'丢'的含义。"吉奈罗表示同意。

"放在我们眼皮底下。"

"丢向我们。"

"'我想说',"迈耶引用信上的话,"这听起来简直像是拉姆斯菲尔德①。下一次他该说'上帝!'和'我的天!'了。"

"又出现了刀。"艾琳说。

"哪里?"威利斯问。

"'钢铁的刀刃'。"

"以及毒飞镖。"克林说。

"我没有看到任何毒飞镖。"吉奈罗说。

"'染毒的飞镖'②。这就是飞镖有毒的意思,小男孩。"

"还没有人叫过我'小男孩'呢。"吉奈罗说。

"难道你妈妈也没有叫过?"

"大家都叫我理查德。"

"'染毒的飞镖'就是毒飞镖,理查德。"

"谢谢提醒。"

"'贯入耳中'。"卡雷拉把这句话键入了电脑。

"拿他自己的弱点开玩笑。"霍斯建议。

"你这样想的吗?"

"《裘力斯·恺撒》,第五幕,第三场。"卡雷拉读着屏幕上的信息。

"到现在为止有多少了?"

---

①拉姆斯菲尔德,德裔美国人,曾任两届美国国防部长。
②原文为 Darts envenomed, envenom 是加上毒药的意思,这个词在口语中并不常用,因此吉奈罗不认识。

"什么多少了？"

"他引用的剧目。"

"九部？"克林说。

"不，有十部。"

"不，等一下……"

"加上一首出自于《十四行诗》的，那个可爱的五月花蕊。"艾琳看着威利斯说。

"还有一个仍然不清楚是从哪儿来的。"卡雷拉说。

"哪一个？"

"关于'一个演员的艺术生涯'什么的。"

"'可以死去，可以留存，可以扮演第二种人生'。"克林引用着。

"所以一共有多少了？"

"肯定是九部，加上《十四行诗》就是十部。"

"一共多少？"吉奈罗问道。

他们都看着他。

"他一共写了多少部？"

"数以千计。"帕克回答。

"肯定有地方能找得到，"吉奈罗说，"难道没有一本全集什么的？"

"他写了多少有什么关系呢，理查德？"

"我想知道哪儿有卖全集的……"

"然后呢，理查德？"

"我们可以找出他一共写了多少。"

"然后呢？"

"线索总是一步一步来的。"吉奈罗耸耸肩。

聋子思考着：在美国，任何一个人都能带着一枚炸弹走进任何一个地方，然后把这个地方炸成碎片。走进任何一家餐馆、任何一家电影院、任何一个体育场，你都有可能遇到一个腰缠炸弹的人，然后余下的故事就会成为当天晚上的新闻。当死亡意味着有七个，或者十七个，或者七十个，或者不管多少个处女——他个人认为这个世界上根本不存在处女——的天堂正在等着你①，那么怎样才能阻止这群腰缠炸弹，手里握有通向天堂的门票的疯子呢？

保安系统？

在这个自由的社会里没有真正有效的保安系统。

此时此刻，他正要走进这个城市最大的图书馆。在入口处便衣警察开始例行检查，打开他的行李箱仔细搜寻，就像猎犬一样，但是从来没有让他脱下夹克或是鞋子。因为在美国至今还没有身上绑炸弹的先例。此类事件只要发生过一次，情形就会完全改变。不久之后，在你走进电影院去看最新上映的大片之前，必须要接受全身搜查，但是现在……

"谢谢您，先生。请收好您的包。"

他走过带有回音的、装饰着拱形大理石的大堂，来到后面的衣帽间，左面就是保安办公室。他把箱子递过了柜台，拿到号码牌，然后按照指示，找到了莎士比亚初版本。

有一段时间，奥利对安布罗斯·卡特名单上的和曾经出现在名单

---

① 一些哈马斯激进分子在招募恐怖分子进行自杀性爆炸袭击时，宣称真主为补偿他们的牺牲，将在天堂中为他们准备七十个处女。也有说法是七十二个。

上的妓女都很熟悉。不是因为他自己和这个名单上的妓女有过亲密接触，而是因为他对这一行非常了解。以前也有一段时间奥利把一个西班牙裔的妓女叫做"西班牙婊子"，但那是在他遇到帕特里夏·戈麦斯之前。帕特里夏是波多黎各人，一个警察，他的……不算是他的女朋友，但曾经有过……嗯……某种接触。现在，如果谁要是叫帕特里夏西班牙婊子，他就打破这个人的头。

第一个与他交谈的妓女实际上就是一个叫帕基塔·弗洛雷斯的西班牙婊子，肤色很深，穿着一身在六月初很少能见到的性感可爱的裙装。她坐在自己的公寓前的台阶上，裙子短得盖不住屁股，亮出一双长腿，舔着棒棒糖，好像她的职业还不够明显一样。

"嘿，伙计，"她说着，抬起头，嘴里仍然含着棒棒糖，"好久不见。"

他尝试着回忆起一些往事，那时他常常对妓女们施以宽大处理，换取一些服务。帕基塔那时有十六岁的样子。她现在多大？二十？二十一？他坐在她的身旁。微风中，她用料很节省的褶边裙抚弄着她的膝盖。她还是在吃棒棒糖。

"有什么事①？"她问。

"有什么关于卡特的谣言吗？"他问道。

"哦，伙计，他好像死了，你不知道吗？"她说着，含着棒棒糖笑了。

"街上有传言说是为什么吗？"

"他可能骗了一个妓女。"

"哪一个？"

"不知道，伙计。"

"谁知道呢？"

---

①原文为西班牙语。

"卡特不是我的'院长'①，"帕基塔说，"你问错人了。"

"那我应该问谁？"

"去'三只苍蝇'问问，他的姑娘们都在那儿。"

书被放在一个厚厚的玻璃盒子里，四周都有穿制服的警卫。聋子清楚地知道，一旦有人触动了玻璃，不仅图书馆二层的警报会骤然响起，整个安全系统也会触动，然后立刻会传到整个图书馆的各个警报系统和四个街区外的城中南部警察局。

红色天鹅绒带子把参观者隔到四英尺之外。书打开在标题那一页。

伊丽莎白风格的房间里，墙上牢牢贴着一块有机玻璃板，上面的说明文字告诉参观者，这本书是从华盛顿的福尔杰莎士比亚图书馆借来的。那里有最全的莎士比亚印刷藏品，包括三十一万本书籍和手稿影印本，二十五万个剧本，两万七千幅画作和音乐剧本、服装、道具、电影等。

说明还告诉参观者说，这本书是世界仅存的四本莎士比亚全集初版本之一。在他有生之年，只有十八个剧本曾经出版。第一部对开本合集包括三十六个剧本，当时公司的演员名单，以及来自他们的相关评论与颂扬。这本书出版于一六二三年的伦敦，当时每本的估价大约六个先令，未装订的版本在伦敦的零售价是十五先令，普通平装版则需要一个英镑。

现在这本书的价值不下六百二十万美元。

---

① 原文为西班牙语。

"三只苍蝇"酒吧一度是八十八分局臭名昭著的红灯区，直到一个皮条老板朝着一名下班后的警察来了一枪，因为他不喜欢自己手下的姑娘和警察多次发生关系。那个女孩逐渐染上了这个坏习惯，导致附近街区所有的皮条老板都要求他作出面对面的解释——这无疑是"一桩丑闻"①。那位悲惨的警察因此吃了子弹，一不小心把命丢掉了。八十八分局的其他警察被激怒了，他们像扫荡伊拉克一样扫荡了整个街区。相对而言，现在这个地区已经很干净了，但是"三只苍蝇"仍旧是一个固定的聚集地点，供那些穿过公园游荡到这里来的比斯利大学学生找毒品或者女人，也可能二者兼得。

当奥利下午三点来到这里时，里面还很空。学校男生正在忙着写他们的作业，大多数妓女还没有从昨晚的狂欢中恢复。点唱机里正在播放某种类似斗牛的音乐，两个女孩坐在一个隔间里，对此大加嘲讽。奥利朝她们走去。他不认识她们，所以他告诉她们自己是警察，并坐在她们的对面，笑着看着她们。女孩们一点都不害怕，因为有时候警察也是她们最好的顾客。

"安布罗斯·卡特。"他说。

其中一个女孩盯着他。她黑皮肤，金黄色头发。另一个也是金黄色头发，但是个白人。她们都差不多二十岁，奥利猜测。她们抽着烟，从同一个瓶子里喝着啤酒，并把那个瓶子传来传去。奥利想她们也许在进行某种小组训练，把形状相似的东西来回传递。

"关于他的什么？"黑皮肤女孩问。

"谁杀了他？为什么？"

---

① 原文为西班牙语。

两个金发女郎互相打量了一下。

面无表情地，她们又转向了奥利。

"怎么样？"他问。

"你想让我们做什么？"白皮肤女孩问。

"听着，泼妇①，"奥利说——这个词在西班牙语中是婊子的意思，但那个白皮肤的妓女没听懂，因为她是苏格兰或爱尔兰那边的人，"我不想浪费时间，懂吗？"

那个黑皮肤的妓女其实也没听懂"泼妇"这个词，因为她的祖先来自象牙海岸②。但是她看懂了面前这个人脸上的表情。

于是她说："卡梅拉·萨马罗内。"

这意味着他得到八十七分局走一趟了。

奥利仅仅比第三封信晚到了几分钟。

"她招揽了全城的白粉俱乐部会员为她送这些该死的信。"伯恩斯对集合起来的探员们说。

"还有注射器爱好者和梦游的人。"帕克说。

因为他们发现送第三封信的是个海洛因吸毒者。

第三封信是这样写的：

> 让我们不要坐失时机，
>
> 赶快亮出我们的刀剑和飞镖，

---

① 原文为西班牙语。
② 即科特迪瓦，位于非洲西部，曾是法国殖民地，官方语言是法语。

就在这一小时内和他们决一胜负。[①]

"又是刀。"迈耶说。

"从矛到箭，再到刀。"

"或者飞镖，"卡雷拉说，"可能这就是他要告诉我们的。飞镖。"

"就像你把飞镖扔向镖靶，"吉奈罗点着头，"在酒吧里的时候。"

"什么酒吧，理查德？"

"就是他们那儿的那种酒吧。"

"在哪儿，理查德？"

"在英国，莎士比亚的国度。"吉奈罗犹豫了一下，"不是吗？"

"越来越小，"艾琳说，"武器。"

威利斯看着她，克林也看着她。

"它们变得越来越小。"

"一把刀不能比一支箭还小吧。"帕克说。

"但是一只镖是。"霍斯说。

"他将要用毒镖谋杀某人！"吉奈罗兴奋地说。

"谁要谋杀？"奥利·维克斯问道。

他推门进来——那扇铁板把走廊和办公室截然分开——就像在他自家地盘上一样随便地溜达着，走到卡雷拉桌子前那群围着看信的警察中间，耸耸肩问："谁是卡梅拉·萨马罗内？"

"为什么问这个？"艾琳问。

"嗨，亲爱的，你怎么在这儿？"奥利露出了鲨鱼一样的笑容，他

[①]莎士比亚《科利奥兰纳斯》，第一幕第六场，原文：And that you not delay the present, but filling the air with swords advanced and darts, we prove this very hour.

指的是她最近的调动。

"我喜欢这儿，谢谢你。"她说，差点加上一句"胖子"，但是又觉得他可能会对此有些敏感，"为什么你想知道卡梅拉·萨马罗内的事？"

"因为我这儿有一具皮条客的尸体，我听说他向你们供出了他手下的一个女孩，是吗？"

"以前他的一个女孩，是的。"

"所以，抑或是①他这么做惹怒了她，"奥利说，"抑或是，她因此就赏了他两发子弹？"

"你也在讲莎士比亚吗？"吉奈罗问。

"啊？"奥利说。

"'抑或是'，我是说那个词。"

"啊？"奥利还是不明白。

"我们一直收到莎士比亚的信。"

"别开玩笑了，莎士比亚早就已经死了。"

"是引用他的信。"吉奈罗解释道。

"所以呢？"奥利说。

"卡梅拉给我们送来这些信。"威利斯说。

"是雇人给我们送这些信。"

"卡特把这事儿搞砸了。"

奥利想了一会儿。

"这听起来不像是个杀他的理由啊。"他说。

"有可能是，"帕克说，"我们猜测她是为上周给我们造成大麻烦的那个男人工作的。"

---

① 原文为 mayhaps，是"可能"（perhaps）的一种过时的说法，因此后文中吉奈罗以为这个词来自莎士比亚。

"那就有可能了，我承认。"奥利说，"为什么我们不把他们俩一块儿逮起来？"

"去哪儿逮？"

"我们不是有她在洛杉矶的地址吗？"

"我可以再上我们那儿问问，"奥利建议，"看看有没有其他女孩知道她的下落。"

"你可以试试。"威利斯表示同意。

"出自《科利奥兰纳斯》。"卡雷拉看着电脑说。

"那么一共就是十个剧本了。或许是十一个。"

"我还是很想知道他究竟写了多少。"吉奈罗说。

"那你去图书馆就好了，理查德。"

"你知道关于布什的那个笑话吗？"奥利问道。

"哪个？"

"当他们问他是不是推崇自由的时候，他说：'我爱自由。呃，你知道，我夫人曾经是一个图书管理员①。'"

"没听懂。"帕克说。

"你们对最后一行是怎么看的？"卡雷拉问道。

他们都看着字条。甚至奥利也盯着看。

就在这一小时内和他们决一胜负。

他们都看着墙上的时钟。

现在是三点四十五分。

---

①英文中自由（liberia）和图书管理员（liberian）只差一个字母，这里布什理解错了提问的含义。

"可能他想告诉我们下一步行动的时间。"艾琳说。

"什么行动?"奥利问道。

"他正在计划着的行动。行动开始的时间,'就在这一小时'。"

"谁?"

"聋子。"

"我认识他吗?"奥利说。

"没人认识他。"吉奈罗说。

"这对我来说有点难于理解了。"奥利说,"很抱歉跑来找你们,再见。"他开始往外走。

"等一下。"帕克说。

两个男人一起走到了走廊,帕克拉着奥利的手肘,靠了过来。

"你仍在和她约会吗?"他问道。

"和谁?"

"西班牙小婊子。"

"如果你指的是戈麦斯警官,是的,我们仍然在约会。"

"你有什么进展?"帕克轻声问。

"我还有我的工作要做。"奥利把自己的手肘拉开。

"仍然试图寻找您的大作?"

"再见,安迪。"奥利说。

"仍然没找到是哪个西班牙鸭子①偷了你宝贵的书?"

但是奥利已经走下了铁质横档的楼梯。

---

①原文为 spic faggot,前一个词是对西班牙裔人种的蔑称,后一个词是对同性恋的蔑称。按照前文,这里指的是一个扮成妓女出现的异装癖男人。

177

＊　＊　＊

第四频道下午的会议主题是那张被大家叫做"那封信"的字条。

亲爱的霍妮：

请原谅我不知道你也在那辆轿车里。

出席会议的当然有霍妮·布莱尔；除此之外还有丹尼·迪·洛伦佐——栏目总监，艾弗里·诺尔斯——新闻导演和主持人；米莉·安德森——诺尔斯的主持搭档；吉姆·加里森——周末体育新闻主持；杰西卡·哈迪——天气预报主持人，但她自称气象学家。

"我觉得我们得封锁这封信的内容。"迪·洛伦佐说道。

作为新闻导演，艾弗里·诺尔斯清楚地知道这封信的新闻价值所在。但他不是栏目总监，所以他只是听着。

"这封信特别提到了霍妮不是袭击的目标……"

"谢天谢地。"杰西卡说。

她是个虔诚的教徒，此时她几乎要画十字了。

"……对霍妮来说是件好事，但是对我们来说就不那么好了。"迪·洛伦佐说道。

"谁和你一起在车里？"米莉问道。

"我的一个朋友。"霍妮说。

"什么朋友？"迪·洛伦佐问道。

"一个侦探。"

"一个警察？"

"是的。"

"这就更糟了。"

178

"为什么？"艾弗里问道。

"如果他是个警察，他就要弄清楚是谁枪杀他。"

"那么？"

"而这是我们的工作。这是第四频道的任务。我们要找出试图开枪谋杀霍妮的……"

"但是我……"

"……元凶。"

"……不是！他在信里说了，他甚至不知道我在车里，柯顿才是目标。"

"柯顿？"

"柯顿·霍斯。那个跟我在一起的警察。"

"是他的名字？柯顿？"

"是的，柯顿·霍斯。"

她带着某种抗拒意味说道。她不想和迪·洛伦佐发生冲突，因为毕竟他是栏目总监，而她只是一个默默无闻的播音员——当然，在周五的枪击事件带给她十五分钟的知名度之后，也不算那么默默无闻了。但是他们难道不能告诉观众说她并不是被袭击的对象吗？真正的目标是……

"柯顿·霍斯，"迪·洛伦佐点了点头，"一个无足轻重的小人物。"

霍妮想说，身高六英尺两英寸的柯顿怎么也不能被称为"小"人物吧。而且他也不是无足轻重的，事实上，他是二级警探，最近破获了一起塔马尔·瓦尔帕莱索绑架案。很快，他将要成为霍妮生活中的"大人物"。但是她没有把这些想法告诉迪·洛伦佐，因为她已经逐渐明白了他的想法，并懂得他的决定对她的职业生涯会产生莫大的影响。

179

"我们现在掌握的情况是，"迪·洛伦佐说，"我们的一位著名的主持人被袭击……"

"但是事实上不是，"米莉说，"他的信上……"

"除了我们没人看到过这封信。"迪·洛伦佐说。

"我应该给柯顿看一下。"霍妮说。

"为什么？"

"因为有人想杀他，天哪！"

这次杰西卡真的画了个十字。

"他是一个警察，不是吗？"迪·洛伦佐问道。

"是的，但是……"

"所以我也肯定他有这个能力照顾自己。重点是——上周五早上有人朝你的轿车开了枪。我们的工作是找出这个凶手，不管他是谁……"

"你说这是——我们的工作？"艾弗里提醒他。

"不。我们的工作是把这个故事坚持讲下去。我们越尽情演绎这段故事，大众就会越喜欢在每天晚上六点和十一点把电视调到第四频道。我才不在乎我们能不能找到凶手。重点是，某处有……"

我在哪儿听到过这些台词呢？霍妮想。

"某处有，"迪·洛伦佐重复着，指着七层窗户外面壮观的天际线，"一个人想杀害我们的霍妮·布莱尔。让我们都认真记住。"

他早就忘了信上所说的霍妮不是袭击目标的事了。

上次他跟踪自己心爱的女人时，他还是奥古斯塔的丈夫。她是时尚界的名模，在和她结婚前，他本应该更多地了解这一点的意义。作为一个小警察，他应该预料到这段婚姻最终的结果。那时他觉得跟踪她让自己不太舒服，现在跟踪莎琳也让他很不舒服。

四点四十五分，他等在她位于安斯利大街的办公室门口。莎琳通常会坐地铁到兰金广场，警局医务室坐落在那里。她会在那儿待到中午，然后在马杰斯塔区吃午饭，再乘公交车返回自己的私人办公室。早上，她是副主任医师莎琳·库克，下午就成了内科医生莎琳·库克。他明白现在自己只是一个三级探员，他爱她，所以这无所谓。他是白人，她是黑人，但是这也无所谓。

有所谓的是……

他发现奥古斯塔和另一个男人躺在床上。

几乎杀了这个狗娘养的。

他和奥古斯塔对视着。

他们的眼睛说出了他们想说的所有话，那就是无话可说。

在街对面，莎琳从她的办公室里出来了。

他转过身，从药房玻璃窗的反光中观察着她。熟练的警察手段。她离开办公室，大踏步地昂首走去；他从街的另一边尾随着她，用帽子遮住了自己金黄色的头发。黑人和白人，医生和警察。这次他也该早有心理准备吗？

她走进对面街的星巴克，五分钟后，拿了一个纸杯出来，喝着咖啡，愉悦地沉浸在美好的微风之中，和载她回克林公寓的公交车擦身而过。今晚应该到克林家里，而明晚在她家，他们交替在对方家里留宿。他们彼此相爱，至少克林是这样希望的。

莎琳办公室周围的街区在十年前翻新过，但现在已经全方位沦落成了贫民窟。曾经是公共游泳池的地方后来变成了健身中心，再后来变成了一个破破烂烂的炸肉馆，供街区少数西班牙裔游民填饱肚皮。他们在黑人的地盘里艰难生存着。之前井然有序的公寓经过相似的变化最终成了一片破旧的民房。当可卡因大行其道的时候，毒品问题非常严重；随着加布里埃尔·福斯特牧师发起他著名的"今天开始拒绝垃圾"运动，它曾经暂时销声匿迹了一阵子。但如今它不但回来了，还满怀着复仇的情绪。目前最受欢迎的是海洛因。旧日时光又重现了，不是吗，加特[①]？

在这片熟悉得令人伤心的地方，白人克林尾随着他所仰慕的美丽的黑皮肤女人，并希望她不是急着去见詹姆斯·梅尔文·赫德森先生。

但是她的确是的。

咖啡店的名字叫"边缘"。

叫这个名字是因为它坐落在响尾蛇街区的边缘，就像一个与世隔绝的孤岛。虽然还没到季节，边缘咖啡店已经把桌子放到了人行道旁。莎琳到达时，已经有好多顾客正坐在夕阳之下，啜饮着咖啡和茶，吃些小点心。一个男人站起来，朝莎琳走去，伸出了手。

詹姆斯·梅尔文·赫德森先生。

克林转身躲在一扇门后。

她握了詹姆斯·梅尔文·赫德森先生的手，亲了他的脸颊。克林觉得对于两个医生，这是很奇怪的问候方式。警察们之间打招呼的时候甚至都不会握手。她坐在他的对面，而他向侍者示意，她只要了一杯咖啡……

克林能猜到她跟他说了些什么……

"如果你不介意的话，我就坐在那里。"

---

① 加特是加布里埃尔的昵称。

拒绝了侍者手中的菜单……

詹姆斯·梅尔文·赫德森医生倚着桌，她把手支在桌子上，他们靠得很近，严肃而亲密地谈论着什么。路人匆匆而过，不清楚也不在乎。这是个忙碌的大城市。

克林又观察了他们半小时，隐蔽地躲在门后，双肩耸起，如同身处寒冷的冬季，而不是六月初。他把帽子拉低，挡住金黄的头发。白种男人和黑种女人，难道一切从开始就是错误的？难道现在也是一个错误？在美国黑人和白人究竟能正常相处吗？

他看了一下表，詹姆斯·梅尔文·赫德森先生朝侍者打了个手势，莎琳看着他付了账，和他一起站了起来，当他走时再次亲吻了他的脸颊。然后她独自一人坐在桌子旁，沉思着。夕阳逐渐将影子拉长，遥远的天空变得昏黄。

吉奈罗自从十二岁之后就再也没去过公共图书馆，那时他借了一本约翰·杰克斯的《爱情与战争》[1]。他最近读的是哈利·波特系列，事实上是他自己买来的，因为他觉得应该支持一下这个在咖啡馆的餐巾纸上写作，快要饿死的穷作家。

距离他在卡姆斯角的公寓最近的图书馆一般开到晚上十点，他周一晚上到那儿的时候已经八点了。之前他在父母的小房子里与他们共进晚餐。他的妈妈做了地道的"小菜"[2]，她甚至当着他父亲的面，告诉他这个词的意思是"妓女的风格"。他询问图书管理员有没有一本书

---

①约翰·杰克斯（1932— ），美国作家，擅长历史小说，创作了南北战争三部曲：《北与南》、《爱情与战争》、《天堂与地狱》。
②原文为西班牙语。

包括了莎士比亚所有的作品，管理员打趣地看了他好长时间，然后拿了一本看起来相当重的大部头给他。吉奈罗带着这本书到了阅览室，那里安静得如同坟墓。

他并没有计划把莎士比亚写的所有作品都读完。他只是想数一下一共有多少作品。他的统计结果是：三十七个剧本，五首长诗，一百五十四首十四行诗。吉奈罗本以为十四行诗和普通诗没什么区别，但是他发现它们都收录在一个单独的"十四行诗"目录下，所以他猜想自己大概搞错了。他也猜到完成所有这些作品会是一个多么庞大的工程。事实上，他几乎难以想象任何人在他或她的有生之年能够写出如此之多的杰出作品。

他并不知道他的这些新知识对破案来说有什么作用，但是他认为这肯定是很有意义的工作。同时他也猜想，当他还书的时候，图书管理员肯定会以一种敬仰的目光望着他。

克林躺在床上，等着莎琳过来，告诉她自己猜出聋子下一步想用哪种凶器——或者哪些凶器——杀人了，尽管猜不出他将要杀谁，甚至不知道他是否要杀人。

"用飞镖。"他说，"好几只飞镖。飞——镖。很可能是带毒的。我们推断出这是一种递减规律。在他的字条中，他从矛写到箭，再到镖，越来越小。所以我们确定是飞镖。但是我们不知道会是谁，用什么方式——或者在什么时候做那件事。"

"嗯。"莎琳说。

她正在洗手间刷牙，看起来有些心不在焉，但是这是她上床睡觉之前的常态。女人睡觉前都这样。即使……

"但是问题是，这不是他的风格，"克林说，"我的意思是说预告一场谋杀。"

莎琳正在漱口。

"我们推断他上周杀了那个女人，可能是她背叛了他或者其他的什么原因。迷惑我们，这才是他的风格，引导我们朝相反的方向走。"

"听起来他是个大麻烦。"莎琳走进卧室，穿着可爱的睡裙，毛茸茸的粉红拖鞋，没有穿内裤。

"超级大麻烦。"克林说，"但问题真的很严重。"

"你冷吗？"莎琳问，"我怎么感觉这么冷？"

"有点凉，"他回答，"今天天气挺不错的。"

"的确不错。"

屋子安静了下来。

"你今天过得怎么样？"他问。

"很好。"她回答。

他犹豫了一下。然后下定了决心。

"都做了什么？"

"像往常一样，"她说，"走路到兰金广场，然后在中餐馆吃了午饭，走过贫民窟，回到响尾蛇区。像往常一样，像往常一样。"

她脱下鞋子，爬上了床靠近他。

"之后呢？"他问。

"什么之后？"

"下班之后？"

"在星巴克喝了杯咖啡，然后搭大巴回家。过来暖暖我的脚。"她说着蜷缩起来靠近他。

9

现在是六月八号星期二，早上一点。尽管毛毛细雨落在街道上，潮湿的凉意消减了这一地区的情色气息，但是霍巷从昨晚十一点起就开始有人活动了。

奥利曾经认为在这样的地方探险将会令人兴奋……事实上他已经感受到那种兴奋了，而不是"将会"。在这里，街上走动的女孩有一半看起来都好像在展示她们的内裤；另一半的女孩穿着短到大腿的迷你裙，她们中的一些人把裙子侧边再开一个叉，以露出更多的皮肤。她们光着腿，穿着高跟鞋，或是侧边镂空、绑着皮革带子的长靴。如果你还是个男人，怎能不为所动？

特别是当这些女孩做着一切被禁止的事情时，身上散发出的糜烂气息让人心跳。他指的不是口交之类的行为，现在这个时代，连高中女孩都会干这事儿了。他指的是"一切被禁止的事情"。在一个越来越"严格"的社会，任何事在这五个街区的范围内都是被允许的。巴比伦最伟大的妓女所能想象到的事，经过许多个世纪，已经被练习得无比纯熟，并且有明码标价。现在这些在外面卖场上揽生意的女孩随意谈论着各种姿势和花样，自然而大方。

应该有法律管一管了，奥利想。

事实上确实有相关的法律，但是你难以想象这些法律在晚上的这个时候依然有效。仅仅是在上个月，这些若隐若现的大腿、甜美的胸脯和闪光的潮湿嘴唇绝对会……呃……撩起他的欲望。即使是现在，他的腹股沟还能感觉到一点刺激，但是他怀疑这是一种条件反射，而不是真正想要做什么。或者可能是因为一个女孩抓着他的裤裆问道："你到这儿来干什么，大家伙？"

"不是为了你，亲爱的。"他说。

"肯定吗？我是从委内瑞拉来的处女。"

"我是从秘鲁来的斗牛士。"他说。

"让我看看你有什么，斗牛士。"

"拉开拉链，妮娜。"

"想让我摸摸你的剑吗？"

"快点，斗牛士，让我看看你的剑是什么材料做的。"

"也许是骗人的吧？"

"感觉这儿有一大包呢，安妮塔。"

"你说什么，斗牛士？"

"我们来一场真正的战斗？"

"改天吧，姑娘们。"他说着走了。

"你会遗憾的！"她们在他的后面窃窃私语。

奥利想，他下次一定不能空手过来。

一点半，奥利正在找一个叫万塔·利平斯基的女人。万塔并不是犹太人，她选了利平斯基这个姓，只是由于发音很像莱温斯基，以及这个名字所暗示的特长。有人告诉他，那种"特长"就是万塔独一无二的标签，把她和其他试图模仿她的妓女区分开来。但是如今奥利对这个不感兴趣，他也知道万塔的真名其实叫玛格丽特·奥尼尔。

小玛吉①和卡梅拉·萨马罗内一样都是自由职业者，都可能会去为格罗弗公园的男生们服务。更重要的是，小玛吉曾经和小梅拉在上周三的晚上去过城里，在旅馆间巡回服务，那里曾经留下了梅拉的痕迹，但没有这位"莱温斯基"小姐的。但奥利并不认为这是捕风捉影的传闻，因为它已经被面前的三个在寒冷雨中打战的妓女证实了。

以前，这些女孩也许会让奥利感到兴奋——白人、黑人、拉丁裔、亚裔，霍巷是个民主的地方——她们只穿着内衣，瑟瑟发抖。但是现在是六月初的清晨……

他当然不是空手过来的。

……她们看起来就像是一群可怜的生物，需要帮助和安慰，甚至是同情。

他皱着眉头，带着疑问，耸起双肩走进了细雨中。

直到早上两点，他才找到了万塔·利平斯基。她正慢慢从一辆蓝色雪佛兰飞羚后面出来。毫无疑问，她刚才在那里给一个小个子西班牙人提供了服务。她的裙子扯了起来，露出了红色丝绸的丁字裤。

他一直等到她收拾好自己，用力往下拉着短裙并走出来。

"万塔？"他问道。

---

① 玛格丽特的昵称。

她在人行道上猝然停住，然后转头习惯性地以一种妓女的微笑看着他。她是个吸引人的女孩——或者说女人，他猜测——可能有二十五岁以上，棕色长发，蓝眼睛，紧身短裙，丁字裤的边缘清晰可见，低胸衬衫和带衬垫的胸衣把她的胸脯直送到他眼前。她的眉毛轻轻挑起，好像在说：我认识你吗？

　　"警察，"他出示了警徽，"我想问你一些问题。"

　　"好吧。"她懒散地回答。

　　又是一个寒冷的夜晚，她想。

　　他想了解关于上周三晚上的情况。

　　"上周三晚上你是和卡梅拉在一起吗？"

　　"卡梅拉……"

　　"萨马罗内。你知道她是谁，万塔。你是和她在一起吗？"

　　他们现在正坐在一家叫做卡森—麦金太尔的夜店里。万塔喝着啤酒，夜晚对于她来说刚刚开始；而奥利正在品着一杯加柠檬的苏打水。虽然按时间来说他已经下班了，但他想保持清醒。他有一种感觉，小玛吉·奥尼尔可能不会太老实。

　　"卡梅拉。"他又重复了一遍。

　　万塔什么都没说。

　　"你确实知道她，是吧？"

　　"从没听说过。"

　　"你上周三不是和她在一起？"

　　"上周三晚上……上周三晚上……"万塔说着，转着眼珠子，思考着。

"是还是不是，万塔？"

"我记不起来了。"

"万塔，"他说，"别跟我耍滑头。"

"注意你的用词。"她责备道。

"我需要找到她，我知道你们去了市区……"

"我告诉过你我不记得了。"

"仔细想一想。市区的旅馆，想一想，万塔。"

"哦，你是说……"

"对，我是说？"

"梅丽莎？你说的是梅丽莎？"

"她叫梅丽莎？"

"梅丽莎·萨默斯，是的。"

"你知道她现在在哪儿吗？"

"不，我不知道。我又不是她该死的老娘。"

"注意你的用词。"奥利提醒道。

"她干了什么？"

"这就是我想问她的。"

"我不能出卖朋友。"

"所以你知道她在哪儿。"

"我告诉过你我不清楚。"

"你们两个上周三去了哪里？"

"谁说我们两个去了哪儿的？"

"有三个姑娘这么说。你想知道她们的名字？"

"丽西到底做了什么？"

"告诉我她上周三去了哪里。"

"为什么？她洗劫了那个家伙还是怎么了？"

"所以的确有一个男人，是吗？"

"这是你说的，"她耸了耸肩，"我可没说过。"

"你不介意今天晚上再被痛打一顿吗？"

万塔沉默着。

"想要在牢里过一晚，玛吉？"

依旧沉默。

"想被牢里的女同性恋们欺负？"

"又不是没有过。"她说。

"好吧，既然你什么也不说，"奥利站起身，"我们走吧。"

"去哪儿？又没人勾引你。"

"难道没有吗？我可以发誓，你曾经答应给一百美元就什么都干。"

她望着他。

"坐下。"她说。

他仍站着。

"坐下。"她又说了一遍。

不到三点，奥利到了奥林匹亚酒店，酒保正擦着玻璃杯。

"对不起，先生。"他说，"一小时之前就停止卖酒了。"

"怎么可能？"奥利有些吃惊。在这个城市里，早上四点之前点酒精饮料都是合法的。

"我们发现两点之后就没什么人了，"酒保说，"抱歉。"

奥利出示了警徽。

"问几个问题。"他说。

"能不能等等？"酒保问道。

"恐怕不行。"奥利说，然后抽出一个吧台坐椅，坐了下来。

酒保叹了口气，用毛巾擦干了手。

"上周三晚上，"奥利说，"是你的班吧。"

"是的。"

"有两个妓女。"奥利说，"一个是金发……"

"我们奥林匹亚不许妓女入内。"酒保说。

"是的，我知道你们的规矩，但是你又看不出谁是妓女。一个金色短发，棕色眼睛，另一个棕色披肩发，蓝色眼睛。都很漂亮，大概穿得也很时尚。"

"我们这儿有很多像你说的这样的姑娘。"酒保说。

"那个棕色头发的女人告诉我们，她和她的朋友在上周三大约十点的时候在这里，而那个金发的在十一点的时候找到一个男人，就和他一起离开了。你还记得当时的情形吗？"

"不，我不记得了。"

"高大帅气的男人，和女孩一样是金发。他右耳戴着助听器，你现在能回忆起来吗？"

"我们这儿有许多……"

"是的，我猜你们这儿每天晚上都有无数金发男人戴着助听器。"奥利说，"但是在上周三那个特别的晚上，这个特别的戴着助听器的金发男人用信用卡付了账。我们的消息来源非常可靠。"

"你想知道什么？"

"他的名字。"

"那些都在出纳那里。"

"哪些？"

"信用卡消费凭单。"

"你能记起我说的那个人吗？"

"我好像想起有个戴助听器的人，是的。"

"高个子，金发？"

"是的。"

"你也记得那些妓女？"

"我不知道她们是妓女。"

"当然。你看到他的信用卡了吗？"

"在他签字的时候，我肯定检查了他的签名。"

"你还记得卡上的名字吗？"

"你怎么可能指望我记起……"

"或者是什么样的卡？"

"我们这儿什么卡都可以划，你怎么能指望我……"

"你们出纳的办公室开着吗？"奥利问道。

"上周三的单子早就没了，如果你想要的话……"

"去了哪儿？"奥利问道。

迈耶被那个该死的聋子搞得几乎整晚都没有睡，一大早就来上班了。今天的早班只有藤原和奥布赖恩在警署，八十七分局剩下的勇士们在各自的街区执勤。

现在是早晨六点三十分，四周非常安静，没有电话，没有键盘打字的声音。他试图在他们已知的东西中找到一些信息。字条的复印件摊了一桌子，亚当·芬先生提到过的戏剧复印了一整本在手边，他现在需要做的就是把它们通通拼在一起，哈！

比起莎士比亚，最早的那些变位词看起来只是基础水平，但或许也不是这样？他们从字条中读出的最粗浅的信息是：

（一）这些是出自莎士比亚的作品，小子。

（二）我将要一点一点，一步一步地透露信息。

（三）我将要用飞镖作为我的武器。

非常清楚。

但是在聋子的世界里，没有什么是一清二楚的。一切都是假象和骗局，充斥着聋子炫耀的嘲讽，告诉他们他有多么聪明，而他们却是多么愚蠢。

他还有其他什么信息想要透露吗？

除了"这是莎士比亚，小子！耐心点儿，姑娘们！我要用飞镖了，谁想试试？"之外？

他把变位词放在一边，又开始研究莎士比亚，把它们在办公桌上重新排列好。如果聋子选择了shake（摇动）和spear（矛）两个词，那么他的意思显然是"莎士比亚"。站到教室前面来，小子，课间游戏已经结束了，现在我们讨论一些更严肃的话题：怎样考进研究生院。

好的。

所以下一步是什么呢？

更多的关于spear（矛）的引文。

spear-grass（针茅草）

boar-spear（猎野猪的矛）

venom'd spear（恶毒的矛）

好吧，去掉spear（矛）这个词，看看剩下什么。

194

grass（草），boar（野猪），venom'd（恶毒）。

有什么意义吗？

他什么都想不出来。

好吧，草是一种室内盆栽，野猪就是一种猪，恶毒指的是有毒。

盆栽，猪，有毒。

仍然一无所获。

他又仔细研究着带"arrows"（箭）的字条。

　　Broke his arrows（折断他的箭）

　　Slings and arrows（狂暴的命运之箭）

　　Narrow lanes（狭窄的走廊）

在最后那句话里，arrow（箭）隐含在 narrow（狭窄）这个单词之中。

去掉"箭"以后，就得到了 broke（折断），slings（绳索）和 lanes（走廊）。

也没有什么其他的意思。

那么关于飞镖的呢？

　　Thither he darts it（像飞镖一样扔出去）

　　Darts envenomed（染毒的飞镖）

　　Advanced and darts（亮出飞镖）

Thither（那里），envenomed（染毒），advanced（亮出）。

什么意思都没有，迈耶老家伙。

没有吗？那么关于他选出的三部关于国王的戏剧呢？

亨利四世，理查三世，理查二世。

四，三，二。

等一等……

数字越来越小，四，三，二。

也许这是个巧合。

不，对于聋子来说，没有什么是巧合。

他在用倒数的方式给他们提供信息！

四，三，二。矛，箭，镖。

从最大到最小，聚焦在最后的那个词上。

他们昨天的推理是对的，聋子要用的武器就是飞镖，毫无疑问。

他们已经解开了这个密码。

在美国，吸毒并不犯法。

这就意味着你可以走进警察局宣布："我吸毒了。"然后他们会告诉你：小子，快滚。除非你持有毒品，那就是另一回事了。

这个城市的刑法第二百二十章的第三千三百〇六节中规定，拥有各种出现在所谓"管制药物"清单里的东西都是不同程度的犯罪。清单很长，超过一百三十种，其中一些你从来都没有听说过——比如说佛莱西汀或者阿尔芬太尼①——除非你已经吸食了它们，

在法律范围之内，你可以是一个吸毒者，但是不能拥有毒品。如果这听起来很愚蠢，想想法律中如何定义召妓罪。刑法中的相关条文

---

①两种二级管制药品。

是这样写的：召妓的人将获召妓罪。

我的天。

这就是说，你不能到警察局去坦白说你是个妓女，或者你找了个妓女，因为这是截然不同的两项罪名；但你如果说自己吸了毒，那你什么罪名都不会有，除了表明自己是个彻底的傻瓜。

所以在早上八点三十分送第一封信的女孩轻易地宣称自己是一个吸毒者。她说自己在河源区的哈里森公园里遇到一个留着黑色长发的女孩，给了她一百五十美元让她去送信。但是她没有提到自己是个妓女，从前一天晚上起就在公园里揽客。

这是她在这个自由的国度享有的特权。

"啊哈！"迈耶说，"这回我们走到你的前头了，聪明的家伙！"

周二早上的第一封信：

　　"啊！"他说，"你往前扑了吗？

　　等你年纪和智慧增长之后，你就要往后仰了。"①

"《罗密欧与朱丽叶》，"威利斯从电脑上读道，"第一幕，第三场。"

"他以前不是用过这个剧本吗？"帕克问道，"'生存还是毁灭'？是这句话吗？"

"他只是想告诉我们他会'往后仰'。但是我们已经知道了！正中靶心！"迈耶在空中做了个开枪的手势。

---

①莎士比亚《罗密欧与朱丽叶》第一幕第三场，原文："Yea," quoth he, "dost thou fall upon thy face? Thou wilt fall backward when thou hast more wit".

"他想说的是，你们这些可恨的娘娘腔。"帕克显然不在乎此刻还有一位女士在场。

"他想告诉我们，我们的智慧还不够。"艾琳说。

"当我们的智慧足够的时候，我们就会向后摔倒。"

"他想要往什么人的背上扔有毒的飞镖吗？"吉奈罗问道。

路易吉已经在昨天下午四点五十分登上了从米兰飞往美国的〇四一三班飞机。他将要在法兰克福机场花去两小时十五分，预计上午九点就能到达。现在是九点四十分，他还没有到。卡雷拉、他的母亲和无数亲朋都在机场翘首以盼。路易吉曾经说过他最迟十一点到。

"你认为我们应该再问问吗？"他母亲问。

"妈，他们说可能会晚半小时的。"

"这是在四十分钟以前说的。"

"他会来的，别着急。"

他妈妈今天只穿了一件简单的浅蓝色针织衣，一双法式高跟鞋。她决定到婚礼前一天再做头发。现在她留着很显年轻的短发，上面戴了一顶或许是卡雷拉的祖母留下来的钟形女帽，蓝色天鹅绒质地，带着蓝色饰边。年轻时戴这样的帽子代表着小小的叛逆。她棕色的眼睛闪着亮光，一直盯着大厅墙上的时钟。

"你不觉得出了什么事？"

"没有，妈妈，工作人员已经告诉过我们了。"

"有时候他们不跟我们说。"

"一切都会顺利的。"

"现在这个年代……"她没有说完后半句话。

卡雷拉也一样望着时钟。

霍妮·布莱尔没有告诉霍斯那个枪手的留言，并为此感到非常愧疚。但是她又告诉自己说，这封信并不是很重要——至少就提取指纹方面来说——因为它在昨天下午的大会上已经传了个遍。而且对枪手的第二次挑衅在昨天六点一刻的新闻上播出后，收视率已经大幅增长。

所以，在希望柯顿抓住试图谋杀他的凶手的同时，她也不想让这个过程这么快就结束。她沉浸在这种前所未有的知名度中不能自拔。有人在音乐会上找你签名是一回事，但走在大街上，许多人跑出来跟你说"抓住他，霍妮！"或者"我们会一直支持你的，霍妮！"这是完全不同的。

名声真是个有趣的东西。

人们可以在很短的时间内选中你——大家都见过迈克尔·杰克逊是怎样成名的——或者他们会在很短的时间内让你成为他们最亲爱的人。她很自我陶醉于有人叫她亲爱的。当然，她也不想伤害自己亲爱的男朋友——此时他正在去整形外科办公室的路上，倒不是为了他的脚伤，而是因为杰弗逊大街至少不像八十七分局里一样，没有人看到任何有用的情况。

事实上，霍妮衷心祝福他交好运。

路易吉大步从海关走出来了，穿着一身棕色丝质外套，与之相配的棕灰色衬衫和棕黄两色条纹的领带，一顶棕色的高级毡帽微微倾斜着压在头上，像极了电影中诱惑凯瑟琳·赫本的罗萨诺·布拉齐[1]。他微笑着，眼神中充满希望的光芒。

当他看到卡雷拉母亲的时候，他立刻冲了过去。他们就像一度被战争和饥荒分开的年轻情侣一样热烈拥抱着。路易斯吻了她，卡雷拉的母亲。不是吻在脸颊上，甚至不是以欧洲的方式在两边脸颊各吻一下，而是直接吻了她的双唇，在她的儿子面前。

"你看起来真漂亮。"路易吉告诉她。

卡雷拉有点想吐。

"你好吗，斯蒂夫？"最后路易吉才看到他，和他握了下手。

卡雷拉陪他们到了行李检查区，清楚地听到母亲不断地问：一路是否平安，飞机上的食物怎么样，路易吉离开米兰时的天气如何，他的亲朋好友什么时候到。他还听着路易吉的回答，听到他称她的妈妈"路易莎"，他的眼睛没有离开过她的脸颊半秒，不断叫她"我亲爱的"和"漂亮宝贝"[2]；接连不断的亲吻，这回不是嘴唇，而是鼻子，前额和面颊。路易吉忘了帮卡雷拉提沉重的行李，他的臂弯搂着卡雷拉母亲的腰，"路易莎"的腰，"我亲爱的漂亮宝贝"的腰；她的头倚在他的肩膀上——大个头家具商，从米兰来的路易吉。

卡雷拉帮他们提走行李，叫了出租车。他看着车子开出，他们都微笑着从汽车后窗朝他挥手。

独自一人，他又回到了停车场找自己开来的车。

杰弗逊大街五百七十四号是一幢巨大的黑色花岗岩建筑，一侧是

---

① 指一九五五年的影片《艳阳天》（*Summertime*），片中布拉齐和赫本饰演一对情侣。
② 原文为意大利语。

一家皮草店，另一侧是一家大型书店。

当霍斯从四个街区外的地铁口出来的时候，皮草店外正进行一场规模浩大的游行。书店的经理对警察抗议，说那些抵制皮草的疯子都把书店的顾客堵在外面了。警官说这是一个自由的国家。

"那你就应该有戴皮帽子的自由！"书店经理说，他自己就戴着一顶价值一百八十美元的皮帽，虽然不是从旁边皮毛商店买的。

霍斯走过纷杂的人群，进入这家皮草店。一个穿着讲究，五十岁上下的女人走了过来，带着关切的微笑，头发做得整洁利落，蓝色的眼睛，皮肤很好。她眼睛一直紧盯窗外，好像生怕随时会有石头飞来砸碎玻璃。商店里琳琅满目：黑貂、紫貂、赤狐、银狐、狸、麝鼠、狼皮，以及动物园里你见过的所有毛皮动物，一起用空洞的眼眶瞪着门外抗议的人。

"先生，需要点什么？"女人问道。

微弱的口音。北欧人？他想知道在瑞士和丹麦穿毛皮会不会遭到抗议。他向她出示了警徽。

"霍斯探员，"他说，"我正在调查上周五发生在店外的一起枪击案。"

"为什么你不管管现在店外的事呢？"女人说。

"抱歉，女士，但我不是为这件事来的。"他说，"我能和经理谈谈吗？"

"我就是经理。"她说。

"我想和任何上周五十一点在这儿工作的人谈谈，"他说，"看到或听到任何动静的人。"

"你知道现在这儿的情况吗？"女人说。

"是的，女士，我猜得到。但是上周五有人想谋杀……"

"有人现在就想杀了我们！"

"我保证外面的警官肯定会控制局面的。"

"我不是指肢体冲撞，他们才没有那么傻呢。我的意思是说他们现在正在试图影响我们本季的销量。"

"是的，女士。"霍斯说。

霍斯发现并不是所有的良好市民都愿意帮助警察破案，不管是在乱糟糟街区里的小杂货店，还是在奢侈品购物区的高档皮衣店。他想自己真应该去做一个牙医，就像母亲建议的那样。

"我能跟你的人谈谈吗？"他语气温柔地说。

她怀疑地盯着他看了半天，说："我看看谁还在这儿。"然后走到了柜台后。

霍斯站在一大堆动物尸体中间，愣愣地等待着。

十二点四十分，第二封信到了。

霍斯正在皮草店里进行徒劳无功的调查。这里的人在上周五不是聋了就是瞎了，没人听到过任何枪声或是轿车玻璃的破碎声。书店的老板正在马路上大发脾气，根本不能集中注意力听霍斯讲话。毕竟，这里只有三十八个店员，而每天有数以千计的顾客，怎么能指望这些忙得团团转的人听到外面一起未遂的谋杀呢？为什么你们不把人行道旁那些游行的疯子弄走？他实在很想知道这一点。

五分钟之后，一个穿制服的人从楼下送来了信，打断了霍斯对这些冷漠市民的盘问。与此同时，麦奇生正在盘问那个毫无疑问是个毒虫的送信人。只过了三天时间，盘问瘾君子们的任务就从警督降到了探员们身上,世界的荣耀薪火相传①,虽然现在才是星期二。

信的内容是这样的:

> 是呀,你说得很对。
>
> 无论怎样聪明、高贵、年轻、漂亮的男子,
>
> 她都能让他退却。②

"又出现了退却(backward)。"迈耶说。

"他指的是卡梅拉·萨马罗内吗?"

"你是说信里那个'她'?"

"他第一次用'她'这个字。"

"他的小小妓女信使。"

"以及所有那些来送信的'聪明、高贵、年轻、漂亮'的瘾君子。"帕克说。

"他也可能指的是自己糟糕的拼写,"吉奈罗说,"所有那些拼错的词,你知道。"

没人认为"聋子"指的是自己的拼写问题。或者莎士比亚的拼写问题。

事实上,威利斯认为"拼写"这个单词很可能指的是一个女人在别人身上施加的某种"咒语"③,一种妖术,让他在自己的魅力中倒下。

---

①原文为拉丁语,出自诗人托马斯·阿·坎贝(Thomas à Kempis,约1380—1471)的诗作《效法基督》。

②莎士比亚《无事生非》,第三幕第一场,原文:Why, you speak truth. I never yet saw man, how wise, how noble, young, how rarely featured, but she would spell him backward.

③拼写(spell)在英文中也有咒语的意思。

"这里他又提到了'退却'，"威利斯说，"和他今天第一封信里一样。"

"不管怎样，关键词是'向后'。"迈耶坚持认为，"四，三，二。从矛到箭再到镖。事实上，他正在暗示我们已经破解了密码。'是呀，你说得很对'，他这么说。真相就是他把事实倒过来告诉我们。"

"告诉我们什么？"

"他将要用飞镖做些什么。"

卡雷拉坐在电脑桌前，已经开始摇头。

吉奈罗也一样。

这两个意大利佬。帕克心想。

"你能想象他扔出飞镖的样子吗？"卡雷拉说。

"或者从吹管里发射？"吉奈罗说。

"我能想象。"迈耶说。

"你什么时候看到过？"霍斯问道。

"我确信见到过，"迈耶说，"这个城市里我什么没见过？"

"不管怎样，究竟谁是那个该死的受害者呢？"帕克问道，"他将要用飞镖去杀谁？"

"用宾格的谁。①"威利斯纠正帕克的语法。

"谢谢你，教授。"帕克说。

"他说的是对的。"艾琳辩护的口吻。

克林纳闷，这两个人之间怎么突然变得怪怪的。

"出自《无事生非》。"卡雷拉说，"第三幕，第一场。"

"一点都没错，"帕克说，"无事生非，一派胡言。他不是想杀人，

---

①这里原文是 whom，因为帕克在上文中误用了 who 来表示宾格代词，威利斯指出他应该用 whom。

204

不是想抢银行，也不想炸商场，他只想朝我们的老二来一脚。"

"不包括我的。"艾琳说。

威利斯大笑起来。

现在克林相信，这两个人之间一定有什么。

"想不想吃点东西？"霍斯问他。

两个男人来到一家离警署有几个街区远的饭店。霍斯点了一个烤奶酪三明治、一杯咖啡、一些薯条。克林点了一碗豌豆汤、一份鸡肉沙拉、一杯冰茶。

"可能谋杀已经发生了。"他说。

"可能吧。"霍斯说。

"可能他正诱导我们回到格洛丽亚·斯坦福的身上。向后，他一直这样告诉我们，再回头好好闻一闻。不，不，我杀了她，而你们什么事都做不了。"

"我猜那是有可能的。"

两个人都集中精神在这个话题上。

尽管他们在讨论聋子到底向前还是向后的问题，克林还是不断地看着墙上的时钟。霍斯用刀把炸薯条和番茄酱在盘子里搅来搅去。

"你是要吃它们，还是只是寻开心？"克林问道。

"你想吃点儿？"

"不，我很饱了。"

霍斯继续用刀玩着。最后，他抬起头说："伯特……我想问你点儿事。"

哦，克林想。这可能就是他邀他来吃午饭的原因。跟亚当·芬先生毫无瓜葛。

"是有关奥古斯塔的。"

"哦。"

"会冒犯你吗？"

"不。一切都过去了。"

"你肯定？"

"当然。"

"事实上，奥古斯塔和霍妮是亲戚。"

"是因为她们的名字吗？"

"她们的名字？她们的名字怎么了？"

"奥古斯塔·布莱尔，霍妮·布莱尔。我以为你是从名字上……"

"不，不是的……"

"……觉得她们可能有点联系。"

"从来没有。"

"因为布莱尔是一个很普通的名字，你知道。"克林说。

"当然。就像托尼·布莱尔①，是吗？"

"准确地讲，布莱尔不是格西②的真名。"

"你是什么意思？"

"布莱尔不是她出生证上的名字。"

"那她的名字是什么？"

"布鲁治。"

"奥古斯塔·布鲁治。"

"你开玩笑吧。"

---

①托尼·布莱尔（Tony Blair），前英国首相。
②奥古斯塔的昵称。

"不。她当模特后给自己起了新名字。"

"为什么这种话题总是那么吸引人？"霍斯问道，"谁在乎她出生证上的名字是什么？没人一生下来就有名字，你知道，没有人前额上写好了姓名。一个人的名字都是爹妈给起的。他要先继承家族的姓氏，然后才能取个名字。所以一个人想改名字，这完全是他自己的事，不是吗？你认为我喜欢我的名字'柯顿'①吗？"他怒气冲冲地问，"你想不想试试一直被叫做'柯顿'？或者'霍斯'？你知道我小时候有多少次有人叫我'小马'②？你知道我有多少次想把名字改掉？柯顿·霍斯？所以谁在乎奥古斯塔真正的名字是什么？不过你不是指她的真名，是吧？当她把自己的名字改成布莱尔的时候，那就已经是她的真名了。你的意思是她出生时的名字，不是吗？"

"我想是这样的。"克林说道，对自己提到了这件事感到非常郁闷。

"因为奥古斯塔·布莱尔就是她现在的真名，"霍斯坚持，"不管她以前叫什么，布鲁治还是其他的，谁在乎？"

"我想是的。"克林表示同意，"我们结婚时她用的都是布莱尔这个名字。"

"布鲁治，谁能想得到？是德国名字吗？可她看起来像爱尔兰人，我是指她的红头发……"

"实际上是赤褐色。"

"谁能想得到？"霍斯把更多的薯条摆到盘子四周。

"我并不认为她们之间有什么亲戚关系，"克林说，"她和霍妮之间。如果这就是你想问的问题。"

"除非霍妮的真名。"他在"真"这个字上加重了音调，"是亨丽埃

---

① 英文中柯顿的名字 cotton 是棉花的意思。
② 英文中，马（Horse）的发音和霍斯（Hawes）相近。

塔·布鲁治或是什么。"

"是的，她们也有可能是姐妹。"克林说。

"或者是表亲。"霍斯说。

"这个世界真小。"克林说。

他们都沉默不语。

"但是我想知道，"霍斯又移动了另一根薯条，"和名人结婚是什么样的？"

"呃，我们现在已经离婚了，"克林说，"我想这已经足够说明那种婚姻是什么样的。"

"我是指名人的身份那部分。因为霍妮也是某种程度的名人，你知道。当然不像奥古斯塔那样出现在每一本时尚杂志的封面上，但是很多人都可以在电视上看到霍妮……"

"哦，是的。"

"所以我想……我的意思是，我只是一个警察，我们都是警察……"

"我知道你的意思，是的。"

"……这两个女人都比我们挣得多……"

"是的。"

"……都比我们长得漂亮……"

"是的。"

"所以我想知道……我不由自主地老是在想……我的意思是……这能行得通吗？我知道你的婚姻失败了，伯特……"

"没错。"克林说。

没人提起这件在警局里众所周知的事情：克林发现他的妻子和别人在床上。

"我想知道……我是否需要和霍妮彻底谈谈？谈一谈……你知道……

出现这种问题的可能性？"

"事先把话说明白总是最好的。"克林说。

这是卡雷拉很久之前给他的忠告，那时克林还没有意识到天堂里危机四伏。

但是，当然，谈话并不会起多大作用。

那个炎热的，焦躁的夏天。

"让她知道你的感受。"克林又看了一下墙上的钟。

"你叫了出租车在外面等你？"霍斯问道。

"没有，只是有个典当行的朋友想叫我去聊聊。"

霍斯看了看他自己的表。

"告诉她我的困扰？"他说，"关于她的名人身份？"

"当然，如果那确实给你造成了困扰。和她谈谈。"

"好的，事实上那并不是真正困扰我的事。"

"那是什么？"

"我只是觉得……呃，算了。我是一个警察，就这么回事。"

"怎么了，柯顿？"

"我觉得她对我不忠诚。"

"哦。"

"对我隐瞒了一些事情，你了解吗？"

欢迎加入绿帽子俱乐部，克林想。

"那就跟她谈谈。"他说。

"你这么认为的？"

"我觉得是，"他又看了一下表，"我们付账吧，我不想迟到，我告诉那家伙两点半等我。"

霍斯给侍者打手势。

"你要去哪儿？"他问道。

"哈斯克尔街一二一四号。"克林说。

但是他没有去那里。

莎琳正在办公室外的响尾蛇街区等人。

地址是安斯利大街三四一五号，她等的当然不是克林。

他昨天晚上检查了她的约会日程表。

在今天，六月八号的日期下面，她写着"杰米"。

下面一行：我的办公室，下午两点三十分。

他曾经猜测，或者说希望，他们见面只是为了某种会诊，在她楼上的办公室里。但是现在是两点三十五分，莎琳站在门口的街上，杰米·梅尔文·赫德森先生远远走过来。这次他穿着整洁的深灰色西服，白色衬衣，深色领带。他对她点头致意，然后上前吻了她的脸颊，好像这突然变成了医生间的常规礼仪。他们自然没有意识到克林的存在，在街上并排走着。

他在后面远离一个街区的距离跟着，拿出警察的手段监视自己的女友。

或者是至关重要的人。

或者是爱人、伴侣，别的什么。

他们转了个弯，他加快了速度以免落下，在转角处又因为太快差点被他们发现，连忙转过身去。他们就在离他十英尺的前方，读着窗户上的店名。

叶·欧德①茶室。

叶什么？克林想。

他都不知道美国也有茶室，不管是老的还是新的。就在响尾蛇区的正中心，他以前怎么没有注意到？只是两个无辜的同事外出喝下午茶。他们进入茶室的时候，他后退了几步，等他们进去之后，他才凑近玻璃窗，两只手挡在脸侧，眼睛眯起来，往里面瞧着。

他们坐在了茶室的右边，一个靠墙的小桌子旁，昏暗的灯光倾斜地照着一个已经坐在那里的女人。

一个白皮肤女人。

当他们坐下时，把那个女人夹在了中间。她向他们伸出手，莎琳的右手和杰米·梅尔文·赫德森先生的左手同时握住了她，她紧紧抓住他们的手，泪流满面。

克林迷惑不解。这个女人又是从哪儿来的？

奥利懊恼极了，没有信用卡公司可以帮他解决这个问题。他想知道的就是一个该死的名字和地址——那个选中了梅丽莎·萨默斯的人——六月二号，上周三晚上，在奥林匹亚旅馆的人。为什么问起来这么麻烦？

好吧，没错，他们确实解释给他听了：这问起来的确很麻烦，因为他没有信用卡持有人的名字，而扫描成千上万的消费记录几乎是不可能的……

"不是消费记录。"奥利对他们——美国运通卡，VISA卡，万事达卡，

---

①原文为 Ye Olde Tea Room, Old 在英文中是老的意思，因此下文中克林产生了疑惑。

甚至发现卡①——解释道，"这个家伙用这张卡在酒吧里付钱……"

是的，好吧，不管怎样……

"一个特别的酒吧，"他解释给每一个人听，"在一个特别的时间。你们要做的就是打开电脑，然后输入'奥林匹亚旅馆、上周三、十一点'，按回车，就可以查到我们的客人了，就这样没错。"

但是，不，他们解释，不能这么干，因为我们的电脑程序不是这样设计的。如果你有持有人的名字……

"我要找的就是这张卡的持有人的名字！"

像车轮一样转回原点，一无所获。

奥利想，他又得去找那个该死的妓女了。

第三封信来得早了点。

两点一刻，而不像平时在三点三十分左右。

收信人也不是卡雷拉。

这次署名是三级警探理查德·吉奈罗。

帕克把信拿到了警署。

"前台值班探员给我的，"他把信交给了吉奈罗，"说是一个吸毒的人扔下的。"

"当然了，"迈耶说，"就像往常一样。"

"尽管有点早。"威利斯看着手表。

"现在他又盯上你了，里奇②。"

---

①发现卡（Discover Card）一度由摩根士丹利控股，现已成为一家独立公司，目前主要服务对象在美国以及加勒比海地区。
②理查德的昵称。

"理查德。"吉奈罗纠正道。

他盯着信，好像那里面有什么恐怖分子投下的化学物质，比炭疽细菌还要恶毒。

"呃，你不打开看看吗？"帕克问道。

"这里。"吉奈罗说，然后把信交给了卡雷拉，"你打开看看。"

卡雷拉准备套上手套。帕克说："麦奇生已经检查过了。"

卡雷拉一副吃惊的样子，但还是戴上了手套，拿起一把拆信刀，划开信封的一边，拿出一张白色的信纸，然后打开。纸上写着：

    37OHSSV 0773H

"这是什么？"帕克问道，"你的驾驶证号码？"

"为什么他突然给我们一串数字？"吉奈罗问。

"也有字母。"迈耶又研究了一下，"HSSV，这几个字母对你有什么特殊含义吗？"

"还有一个 H，"艾琳说，"这句的最后一个字母。"

"H 代表马粪①。"帕克说。

"那么'077'呢？"霍斯问道。

"这不是詹姆斯·邦德吗？"吉奈罗说。

"不，他是 007。"

他们都盯着那张字条。

    37OHSSV 0773H

---

①原文为 Horseshit，首字母为 H。

"是寄给你的。"帕克说,"所以他可能暗示了一些你个人的什么事。"

"我非常怀疑。"吉奈罗说,听起来有些生气。

"你能把它掉转过来吗,理查德?"帕克建议。

"你什么意思?"

"看看是不是另有含义,试试看,把它翻过来。"

吉奈罗把信掉转了过来。

"真有意思。"他说。[①]

聋子的信在四十分钟之后到了,又是一个吸毒的人送来的。他们知道从信纸中是不会找到任何指纹的,因为聋子做事再小心不过。收信人还是卡雷拉,同样的寄信人,一对一,单挑。信的内容是:

　　我敏锐的耳朵能够听出
　　一根琴弦上的错乱节奏[②]

"为什么你不把它反过来了,理查德?"帕克建议。

"你怎么不去死?"吉奈罗说道,"对不起,艾琳。"

"为什么你们总要把我排除在外?"艾琳说,"我又不是小女孩了。"

"我看也是。"帕克说着,瞟了一眼她的胸部。

威利斯给了他一个威胁的眼神。

---

①字条掉转方向后为 HELLO ASSHOLE, 即"你好,浑蛋"之意。
②莎士比亚《理查二世》,第五幕第五场,原文:And here have I the daintiness of ear, to check time broke in a disorder'd string.

克林看到了。他现在可以肯定，这两个人之间一定有什么，但那又关他什么事呢？

迈耶像一个教授在愚蠢的学生中间踱着步了，问道："所以这次他又想告诉我们什么呢？"

威利斯就像一个拍马屁的好学生一样——至少克林这么想——回答道："嗯，这次的新主题好像是关于节奏和时间的，你们说是这样的吗？"

"错乱的节奏。"迈耶说。

在电脑前，卡雷拉说："又是《理查二世》，第五幕，第五场。"

"他开始重复了。"

"他又在耍我们。"帕克说。

"不，他想告诉我们时间。"霍斯说。

"我敢打赌。"艾琳说。

"确定的时刻。"

"但是以相反的顺序。"

"时间被倒置。"

"然后暗示他自己的身份。"帕克说。

"啊？"吉奈罗说。

"敏锐的'耳朵'，理查德。"

"你去哪儿了，梅丽莎？"他问道。

现在刚刚五点，她纳闷他怎么听起来这么生气。

"警察正在找我。"她说。

这句话确实对他产生了影响，他眉毛扬起，睁大了眼睛。

"你怎么知道的？"

"我的一个朋友告诉我的。你记得你找到我的那天晚上，跟我在一起的那个女孩……"

"或者说你找到我的那天晚上。"他说。

"不管怎样，"她说，"你记得万塔吗？"

"我记得她，她穿着丁字裤。"

"你怎么知道的？"

"她给我看了。当你去女厕所的时候。"

"但是你为什么选了我？"

"哦，是你选了我，小丽西。你弄反了。那是转折点①！"

"什么？"

"就是这句话！太完美了，本沃利奥！"

"我不知道你在说什么。"

"《罗密欧与朱丽叶》，第二幕第四场。本沃利奥和蒙太古家族之间的矛盾。'什么？'本沃利奥问道。'那些怪模怪样、扭扭捏捏、装腔作势，说起话来怪声怪气的荒唐鬼！'蒙太古这样回答。"

"好吧，我明白了。"梅丽莎说。

"她说什么了？这个叫万塔的人？"

"一个胖警察正在找我。她只能把上周三晚上的事告诉了他。"

"只能告诉了他？没有人'只能'做什么事，丽西。"

"他威胁要打她！"

"所以，她究竟告诉了他什么？"

"我们三个上周三晚上在奥林匹亚，我和你回家了。"

---

① 原文为西班牙语。

"没了吗？"

"她描述了你的样子。"

"她说了我的名字吗？"

"没有。她不知道，我也不知道，那时我们都不知道。"她犹豫了一下，"现在我也不知道。"

"亚当·芬。"他说。

"当然。"

"那个警察？他叫什么？"

"奥利·维克斯。他是八十八分局的探员。他们都叫他胖子奥利·维克斯，大多数人。"

"他想来找我们麻烦吗？"

"他是来找我麻烦的。"梅丽莎说，"我想如果他找到了我，可就有大麻烦了。"

"如果他找到了你，他们就会找到我。"聋子说。

"这就是我的意思。"

"所以要确保他找不到你。"

"我可不想见到他，相信我。"

"你仍然没有告诉我你去了哪儿。"

"市中心。安排明天的吸毒者送信队伍。和万塔谈话。"

"我担心你会把我出卖了。"

"我会错掉大买卖吗？"她说，"不管那会在什么时候开始。"

"不久。"他说。

"不管那买卖是什么。"她说。

"你会得到应有的回报的。"

"记住你的承诺。"

"我还有其他的事让你替我做一下。今晚。"

"在我这儿还是你那儿？"她说，并试着微笑了一下。

"我想让你见一个人。"他说。

又有什么新的人物呢？她想。

10

梅丽莎被告知，康斯坦丁诺斯·萨拉斯——希腊籍小提琴大师，和他的妻子、他的小提琴，以及保镖住在大陆酒店里。亚当对那位保镖很感兴趣，想从他身上得到一点他想要的消息。他的主意就是让梅丽莎设法接近他，如果需要的话，和他上床，以套取消息。

梅丽莎以前从没有和保镖上过床。

她也从没有出卖自己从别人身上获得过什么信息。她感觉自己有点像玛塔·哈丽[1]，特别是当她戴上长及肩膀的黑色假发的时候。为这身装扮增添了终极女性气息[2]的是那条黑色丝绸吊带裙，这是那天下午亚当为她购买的。他在公寓里等她回来，而她确实按时回来了。

现在是六月九号的午夜十二点过三分。

---

①玛塔·哈丽（Mata Hari, 1876—1917），是荷兰人玛嘉蕾莎·吉尔特鲁伊达·泽利（Margaretha Geertruida Zelle）的艺名。"一战"期间，玛塔·哈丽以脱衣舞女的身份周旋在法德两国之间，是一名双料间谍。
②原文为法语。

亚当说，保镖的行为很规律，他每天晚上护送小提琴家回去后，都会去一个旅馆酒吧喝两杯。亚当不知道保镖的名字——他只是从很远的地方观察过他两次。但是他给梅丽莎提供了很详细的信息。他很强壮，宽肩膀，六英尺四英寸高，全身上下都是黑色：黑衬衫、黑领带、黑西服，看起来更像是好莱坞的星探，而不是一个希腊保镖。在安布罗斯教给她这一行的真相之前，她曾经还是有幻想的。现在她虽然对大块头的多毛男人不感兴趣，但是她对那七位数的钱里面自己的一份很感兴趣。只要有钱，哪怕叫她和大猩猩上床呢？

所以，这个人到底在哪儿？

奥利想，既然没有找到上周三晚上带走她的那个人，那么就得找梅丽莎·萨默斯本人了。这次可没有捷径了，他想，就像一个真正鞠躬尽瘁的公务员一样。

他并不是对某个死掉的黑鬼皮条客特别在意。他喜欢用这种词来称呼他们，激怒他们——不是指"皮条客"这个词，而是指"黑鬼"。当然，这两个词听起来同样糟糕，或者说是同义词。在他的经验中，由体面的白人恶棍所计划和实施的优雅犯罪，如今已经让位给了这个邪恶都市中那些贪婪的，不择手段力争上游的黑鬼。有时候他真想回到黑奴时代去。凡事都有好有坏，一边是希望，另一边是狗屎，看你先得到哪一边——这是他母亲最爱说的话之一，虽然从来不会让他亲爱的妹妹伊莎贝拉听见，她搞不好还是个处女呢。

奥利最难以忍受的是，有那么一个小婊子，竟敢来到他的地盘、他的街区，在一个死寂的夜晚，把两发九毫米子弹分别嵌进某个人的后背和脑袋。白人也好，黑人也好，不管是谁，这对奥利来说都不重要。

重要的是竟然有人敢在他的地盘上行凶！

你给我小心点，梅丽莎，他想。

注意！这个大个头男人正在暗中调查。他会找到你，你最好相信这一点，小姑娘。

在他的脑子里，他听起来像是 W.C.菲尔茨[①]。

他想梅丽莎·萨默斯是否知道 W.C.菲尔茨这个人呢？她能有多大？二十多岁？

一个妓女。

二十多岁的一个妓女。

不，是一个凶手，女凶手，不管你怎么叫她。

他一定要找到她。

这个保镖像极了哈利·波特电影中的那个人——叫什么来着？问一问任何一个十岁的孩子肯定会有答案。大胡子，啤酒肚，声音很粗。唯一的区别是他穿了一身黑色：黑西服、黑衬衫、黑领带、黑袜子和一双锃亮的黑色鞋子。一个哈利·波特中的人物打扮成混黑社会的，天哪！没人会怀疑，那就是她要找的人。

她坐在吧台旁边，他走了进来，像一头巨大的公牛在酒店休息室里晃荡着，似乎这酒店是他的一样；冰冷的蓝眼睛闪动着，就像一个警察在侦察敌情。确认没有人会来袭击他之后，他满意地在吧台旁坐了下来，和梅丽莎坐的地方隔了两张椅子，并在叫了一杯茴香酒之前打量了她一眼。仅仅是冰蓝色眼珠的一转，但梅丽莎不会错过这个眼

---

① W.C.菲尔茨（W.C.Fields, 1880—1946），美国著名喜剧演员。

神，因为她可是个专业人士。

她原以为他可能有希腊口音——他好像是希腊人？所以点茴香酒？但是他是标准的美国口音，像她自己一样标准。点了两杯酒后，他望着吧台后面的镜子，似乎是在打量四周的情况，但她捕捉到了他又一次投向自己的目光。他注意到她了。

"我从没喝过茴香烈酒。"她鲁莽地转向他，"是什么味道？"

"你喜欢甘草吗？"他问。

他转向她，微笑着，带着鼓励的意味，蓝色的眼睛温和而友善……为什么不呢？漂亮的女孩过来主动问话？嗨，我难道是一个傻瓜？

"哦，就像某种甜酒吗？"她说。

"是的，完全正确。"他对酒保说了句"谢谢"，然后把酒放下，"你想尝尝吗？"

"如果太甜就不要了。"她说。

"这就得看你怎么定义'甜'了。"他说。

听起来进展顺利。她笑了。

"干杯。"他举起了酒杯，然后小品了一下，"事实上，"他说，"它是用……我可以坐这边吗？"他问道，没有经过允许就把梅丽莎一旁的椅子挪了出来，坐下了，宽阔的肩膀挤着她。"杰瑞米。"他说着，伸出了宽大的手掌。

"梅丽莎。"她握了握他的手。

"很高兴见到你。你不想尝尝吗？"

"一会儿吧。"她笑了。

"我是说，"他举起了酒杯，放到了灯光下，"茴香酒是用压缩葡萄汁、香料和浆果混在一起酿成的，甘草甜味来自八角茴香。"

"我不太喜欢甘草味，糖果就应该是甜的，酒精就应该是辣的。"

她笑了。

"哦，这是酒，相信我，四十度。"

"这么强啊。"

这里有一点影射的味道，但是他并没有听出来。

"有些茴香烈酒比这还烈，"他说，"巴贝雅尼斯有四十六度。"

"那是够强的。"她又重复了一遍。

"除了希腊没有其他地方生产这种酒，你知道。事实上，这是希腊的国酒。"

"看起来你知道很多。"

"是的，我在希腊待了很长时间。"

"做什么？"她问。

"我的工作。"

他在回避这个问题。于是她又试了一次。

"什么工作？"她问道。

"我是一个私人保镖。"

"你开玩笑的吧？"

"没有。"他说。

"天哪，我以前从没见过保镖。"

"哦，我就是一个。"

"其实想想看，你的确像是那种人。大块头……呃，很强壮。"

他懂我的意思了吗？她想。

"谢谢。"他说。

"但是有枪的话，不用长得高大强壮也行，我说得对吗？"

他没有做声。

"你带着枪吗？"

"嘘。"他笑了。

"我敢打赌你带了。"

"这是合法的，别担心。"他说。

"我猜你必须要这样做。随身带枪，我是说，作为一个保镖。"

"嗯，你无法预见出现什么情况。"

"你的老板是做什么的？他是宝石商？"

"不，不，不是像你说的那样。"他说，然后笑了。

"那为什么你要带枪？"

"我是一个保镖呀，如你所说。"

"为什么他需要一个保镖？"

"因为你无法预见出现什么情况。"他又笑了。

"他是一个电影明星？"

"不算是。"

"什么叫'不算是'？你的意思是说，他是个摇滚明星？"

"很接近，他是一个音乐家。"

"哦。"

"一个古典音乐家。小提琴大师。"

"他叫什么？"

"康斯坦丁诺斯·萨拉斯。"

"嗬！"

"很难念的名字，我知道。"

"他是希腊人吗？"

"是的。"

"这就是你喜欢喝茴香烈酒的原因。"

"这就是我学会喝茴香烈酒的原因。但是他会在全世界巡演。"

"他那么有名吗？"

"是的。"

"这就是为什么他需要一个保镖了，我猜。"

"哦，并不是仅仅如此。"

"你肯定他很有名？因为说实话，我并没有听说过他。"

"相信我的话。"

"所以你就得夜以继日地跟着他，是吗？"

"不包括晚上。"他说。

"哦。"她举起了酒杯，喝了一小口，望着他，眼里闪烁着无辜的光芒。

"你是出来做的吗？"他问道。

被他看穿了。

"是的。"她说。

"一晚多少钱？"他问道。

这条街上到处都是出来做的女孩。

她们长得很好看，这总会让他很惊讶。你以为会遇到一些老丑的瘸马，面前却都是毛色油光锃亮的赛马。她们简直可以去当演员或者模特，但是她们却货真价实是出来卖的。他从来都不知道这是为什么。

当然，她们中的大部分都是贪婪的女人，靠出卖肉体来满足自己的需求。实际上，大部分人是被皮条客拉下水的，变成了各种毒品或者是药品的奴隶，不在乎她们需要做什么来赚钱购买这些东西。大部分情况下，这些毒品都是由皮条客直接提供的。好女孩，这里有你们的海洛因，宝贝，做吧。

但是……这些年轻漂亮的姑娘——大部分都年轻漂亮——怎么会让这种事情发生在他们的身上？在她们人生路上的哪一站……你知道……掉进了这个陷阱？这是怎么发生的？他不是一个社会学家，他只是一个警察而已，一个警察不应该寻根问底。生活就是如此，谁会在乎呢？反正不是我，奥利想。但是这仍然让他困扰。

他找到的第一条关于梅丽莎的线索是一个黑人妓女提供的。她说她周一在毒品公园看到了梅丽莎……

"贝里根广场。"她说。

"她在那儿做什么？"奥利问道。

"和吸毒者们聊天，你知道。"

"什么叫'和他们聊天'？"

"让他们做这做那的。"

"做什么？"

"他们只要有面包吃可以干任何事情，你知道。"

就像你一样，奥利想，但是没有说出来。

"她要他们做什么？"

"不关我的事。"

"具体是什么时候？"

"周一下午的什么时候。"

"谢谢，亲爱的。"

"别只管我叫亲爱的，大个子。给我一张漂亮的票子，你知道我的意思？"

奥利给了她两角钱的银币。

* * *

卡雷拉以前从来没有为钱的问题担忧过。

现在他整天都在为钱发愁。

凌晨三点，他还睡不着，惦记着钱的事。以前他一度认为他的工资足可以养家糊口，当然不是指基本工资，但加上加班费之类的就足够买来一切需要的东西：衣服，桌上的食物，海边度假……他们从来没有更多的需求。

但是……

他不知道怎么回事，突然之间，钱好像供不应求了，像流水一样被花掉。可能是孩子们突然间长大了。阿普丽尔突然在他的眼前长成了一个大姑娘，马克好像一夜之间就长了两英寸；他们需要手机、笔记本电脑、运动衣、梳妆盒，以及班里的其他孩子拥有的那些东西。十三年了，可他们好像在昨天才刚刚出生的样子。现在才只是十三岁，那么等到他们十六七岁了又会是什么样子？现在还没有开始为他们上大学而存钱，他怎么会陷入如此窘迫的局面？

婚礼。

两个婚礼。

他已经想不起来自己究竟为什么要坚持自己付这笔钱的了。你不能让你的妈妈自己为婚礼付钱，是吧？你的父亲死了，你不能说，妈妈，抱歉，这个你自己来吧，你自己挖了坑，所以就得自己跳进去——不能这么说吧？这还叫儿子吗？如果你为你母亲付了钱，你理所当然还得管妹妹，是吧？她们一起结婚，双重庆典，两个新娘，两个新郎，我愿意，我愿意，我愿意，我愿意。如果你是一个好儿子，为母亲的婚礼付账，那么你也得是个好哥哥，不是吗？也得为另一个婚礼付钱。怎么，这是理所当然的！高尚先生，慷慨先生，大富翁先生愿意为两

227

个婚礼付钱。谢谢你，儿子；谢谢你，哥哥。

与此同时，哥哥破了产，儿子也破了产。

因为大孝子和好哥哥拒绝了路易吉提出的，至少支付两个婚礼一半费用的请求。路易吉·丰泰罗，米兰的家具商，卡雷拉母亲未来的丈夫。我想吐。

我想吐是因为我仍然搞不清楚我母亲怎么会喜欢上这个……意大利佬，是的，抱歉……或者是我妹妹为什么会嫁给这个……无能的……别跟我提这个人……

我破产了。

我在凌晨三点还醒着。

而周六中午就要举行两个婚礼了。

做个好梦，大人物们。

他正睡在她的旁边，打呼噜的声音就像一头牛，但是她仍然没有套出亚当想知道的事情。是的，杰瑞米·海格尔是个保镖。亚当早已经知道了，只是不知道他的名字而已。是的，他要保护的人是小提琴家康斯坦丁诺斯·萨拉斯。亚当也早已知道这个了，包括他的名字。

但是没有该死的细节。

她想要的是细节。

也许她应该把他弄醒，用她的"技巧"，然后逼问他。如果他不说的话就有他好受的。

听起来怎么样，杰瑞米？

她把手伸向他的下腹部。

醒来，她想。

228

我们得促膝长谈了。

周三早上八点三十分，第一张字条送来了。

又是个毒虫，毫无疑问。

当他们打开信封，展开折起来的信纸，上面简单地写着：

87

"哇，看看这个。"吉奈罗说。

"这不是我们吗？"帕克下了结论。

上午九点三十分，第二封信也到了。

他们现在还不知道，今天将有一场名副其实的盛宴，每隔一小时就会有一个吸毒者带着字条来。他们询问每一个颓废的送信人，希望发现卡梅拉·萨马罗内的下落，但是她看起来好像是从全城上下招揽人手，哪儿有吸毒的，她就去哪儿。

第二张字条上是：

78

"把我们倒过来了。"帕克说道。

他非常擅长这样的手法。

"又是一次'倒退'。"迈耶说。

卡雷拉正在查找昨天的字条，就是告诉他所有的事物从此都要颠倒过来的那几张。他昨天晚上没有睡好，以至于他翻找字条时都有些费力。事实上，他差点碰翻了自己的第二杯咖啡。

"我们来看看。"费了半天力气，他终于找了出来，摊开。

第一张字条说：

"啊！"他说，"你往前扑了吗？

等你年纪和智慧增长之后，你就要往后仰了。"

第二张：

是呀，你说得很对。

无论怎样聪明、高贵、年轻、漂亮的男子，

她都能让他退却。

"你知道，"威利斯说，"'后退'这个词有很多意思，并不只是'相反'的意思。"

"但字条上写着'让他退却'。"布朗说。

"是的，但是这并不是说诅咒他，让他感到羞愧或是犹豫。'后退'还有其他意思。"

"他没有羞愧或是犹豫。"霍斯说。

"或者是害羞。"吉奈罗同意。

"你认为他是不是让她去催眠一些人？"布朗问。

"谁？"

"卡梅拉。让她发出诅咒，你知道。"

"她是一个催眠师？你怎么知道的？"

"因为刚才霍尔说这句话有可能是'诅咒'的意思。"

威利斯说："也有'思维缓慢'的意思。如果你说什么人'靠后'，就是说他是个弱智。"

"'弱智'这个词不能乱用。"

"好吧，脑子慢，"威利斯说，"靠后。"

"也许他是说我们太慢了。"迈耶建议。

"可能我们是有点慢。"卡雷拉说着，又看了一眼最新的字条。

现在他们写了78。

第一次是87，现在是78。

也就是说把87倒过来写了。向后地——或者说是向后的①，昨天字条里那个她用的是"向后的"。

"'向后的'和'向后地'指的是一回事吗？"吉奈罗问道，"因为我总是说'向后地'，我错了吗？"

"'向后地'是'向后的'的复数形式。"帕克解释道。

"七十八分局会有什么事情发生吗？"艾琳问道。

"七十八分局在哪儿？"霍斯问。

迈耶已经开始在城市分区图上寻找了。好像七十八分局就在河的对面，卡姆斯角。

"'Him（他）'倒过来拼就是'mih，'"吉奈罗观察着，"她会让他退却，也就是把'他'倒过来。"

"在越南，'mih'是'百兽之王的儿子'的意思。"帕克说道。

他们都看着他。

---

①原文是 backwards 和 backward，字母 s 在英文中也表示复数，故有下文中的对话。

"只是开个玩笑。"他说。

但是没有人笑。

当你看到一个女孩在上午十点钟穿着黑色真丝裙,镶假钻石的黑色高跟凉鞋在大街上招摇的时候,你可以判定她不是富有的女继承人,就是一个妓女。而且你也知道她一整晚都没有睡,除非你是在北达科塔州的麋鹿角,因为那里的人有时差。

当梅丽莎回到公寓的时候,聋子仍在睡觉。她直奔厨房,打开冰箱,拿了果汁喝,然后又沏了一壶咖啡,把鞋甩掉,径直坐在了厨房桌子边等着咖啡煮沸。她望着天空,手肘倚着桌子,右手托着下巴。

咖啡的香气勾起了她童年时代的回忆。我这些年为什么在这儿?她想。卡梅拉·萨马罗内身上究竟发生了什么事?你去哪儿了,梅拉,她想着,梅?你现在在哪儿,亲爱的?她真名只在护照中出现过一次,那是小时候祖父带她去意大利,他的故乡。一个充满了高墙的城市,她现在已经记不清那个城市的名字了。叹了口气,她起身去给自己倒咖啡。

"进展如何?"他问。

她吃了一惊,从桌边转过身来。

他穿着那件她给他买的黑色羊绒睡袍,衬得他的眼睛很蓝。宽宽的肩膀,窄腰上系着一条腰带。蓬松的金黄色头发让他看起来孩子气十足。

"很好,"她说,"来杯咖啡?"

"好的,"他说,"打听到什么了?"

"很多。"她说着给他倒了一杯咖啡,放在桌上,然后去拿冰箱里的牛奶和橱柜里的糖。坐在桌子旁，阳光从窗外径直照射进来，他们就像一对甜蜜的夫妇在共进早餐。她想知道结婚后的男女都是怎样生活的。

"所以告诉我。"他说。

"他的名字叫杰瑞米·海格尔，他不是希腊人。"

"他看起来很像希腊人。也许因为那胡子，或者可能是他老跟萨拉斯待在一起的缘故吧。"

"希腊男人都有络腮胡子吗？"

"无论如何……"

"无论如何，他不是希腊人，但的确是萨拉斯的保镖。"

"这个我知道。"

"那个小提琴手。"

"没错。"

"音乐会在这周六三点开始，这一点你也说对了。"

"很好。"他说。

"还有更好的。"

"告诉我。"他笑了。

"他们将在两点离开旅馆，萨拉斯和他的保镖。"

"为什么这么早？音乐会三点才开始。"

"因为担心交通堵塞。他们预计两点三十分到那里。"

"他们乘什么去？"

"豪华轿车。"

"什么公司的？"

"帝王。"

"好的，你竟连这都知道了？"

"是的，帝王豪华轿车租赁公司。一辆豪华三厢车，他们是这么说的。"

"非常好，梅丽莎。"

"我也这么想。"

"这个人有佩枪……他叫杰瑞米，是吗？"

"杰瑞米，是的，杰瑞米·海格尔。"

"他佩枪吗？"

"是的。"

"什么枪？"

"史密斯—韦森—九——。"

"我不知道你这么了解枪。"

"我不了解。他教我的。四十五毫米口径自动手枪，长五英寸。可以装八发子弹，不包括上了膛的一发。丝缎一样光滑的枪管连接着橡胶手柄。他一直引以为傲。非常漂亮的枪，事实上，也是一把相当大的枪。至少比他裤子里那一把大多了。"

"他也给你演示了那一把枪吗？"

"只是做了一次简单的散步，我们可以这样说。没有什么可以炫耀的，相信我。"

"一般水平以下，从我的判断来看。"

"什么意思？"

"根据我每周收到的数以千计的电子邮件来看，每一个美国男人都处在平均线以下，都迫切希望有所提高。"

"现在的伙伴除外。"梅丽莎害羞地望着他在黑色睡袍里交叉起来的腿。

"丰胸，也是一样，"他说，"根据我收到的电子邮件，世界上的每一个女人都需要丰胸。"

"不包括我。"她说。

"我注意到了。"

"因为我已经丰完了。"

"哦？"

"在我改名梅丽莎之后。"

"哦？"

"我以前曾经想当演员，你知道。"

"我不知道。"

"是的，"她抬头望着外面的晴空，"小女孩的幼稚梦想，不是吗？"

新送来的字条是这样的：

87+78=165

"这可是个新闻。"帕克说。

"但这是对的吗？"吉奈罗问道，然后开始在计算器上把 78 和 87 相加。令他吃惊的是，八十七加上七十八果真得一百六十五，不多不少。

"他想要告诉我们什么？"卡雷拉问道。

"为什么他把这两个数字加起来？"

"有一百六十五分局吗？"艾琳问道。

迈耶又查起了地图。

"没有这个地方。"他说，"最大的编号是一百二十三分局。"

"我们太慢了，他却很快。"帕克说，"字条来得越来越快。"

他们都看着墙上的时钟。

现在才刚刚十点五十。

又一张字条在上午十一点四十七分送来，上面写着：

165+561=726

吉奈罗又盯着他的计算器。"下面点一下按钮，"他兴奋地说，"计算得没错！"

"和也变得越来越大，你注意到了吗？"霍斯问道。

"什么意思？"帕克问。

"只是随便说说。"

布朗说："数字也越来越小了。"

"不，是越来越大了。"霍斯强调。

"我不是指的数字的绝对值，"布朗立刻变成了一个数学教授，"我的意思是字体的大小。看看，比较一下。"

87
78
87+78=165
165+561=726

"这个不可思议的缩水聋子。"威利斯说道，艾琳笑了出来。

伯恩斯警督的门开了。

他皱着眉头吼道："难道这儿没有人做点正事吗？"

他们有好多正经事要做。

这是第八十七分局，也是一个很大很混乱的城市。

在聋子的公寓内，他正打电话给帝王豪华轿车租赁公司，安排一辆车下午一点三十来接他。他把这叫做"试运行"……

……在更远的市中心，梅丽莎又在吸毒区招募着送信人。她和他们讨价还价，付费越少越好。

……在比那更远的市中心，贝里根广场，奥利弗·温德尔·维克斯探长正坐在一张长椅上，和一群吸毒的朋友们交谈，寻找和梅丽莎·萨默斯——杀死声名狼藉的皮条客卡特的嫌疑人——相关的线索……

当所有人都在忙于他们的工作时，第八十七分局的男人和女人们散布在辖区的各个角落里，试图找回当富有魅力的聋子不在舞台上时，他们日常工作应有的节奏。

安吉拉是这里唯一懂手语的人。但是，当然，她是将要成为新娘的那个人，这里还有三十多个奇怪的——他们中的一些人的确很奇怪——客人等着她张罗。尽管她不时路过特迪身边，交换几句姐妹间的问候，但她确实非常忙，更多的客人陆续抵达，更多的飞吻和致意。这毕竟是她的大场面。

坐在女人们中间，特迪听不到她们的笑声和谈话，也不能与她们交谈，因为她的唯一的语言就是她的手。当她使用手语的时候，她的

237

嘴唇也无声地读出她要说的话,但是不懂手语的话,她嘴唇的一张一合看起来像是夸张的鬼脸,不会读唇语的人只能抱以友好的微笑作为回答。特迪能读懂人的唇语,一些词,一些词组,有时候甚至是整句话。但是到了大型的集会,一群人在同时讲话的时候她就不能应付了。所以她只是孤独地坐在一圈谈话的女人的中间,始终以固定的微笑示人,棕色的眼睛打量着房间,观察着每一个女人的脸,每一张嘴唇,试着读懂它们。但是作为一个沉默的旁观者,她听不到这个世界的任何声音。

她从来都没有听到过她孩子们的笑声。

她从来没有听到过她丈夫的声音。

她想他的声音一定很温柔很亲切,就像他的手一样柔软而可人。

她微笑着,独自坐在那里。

卡雷拉此时独自坐在办公室,正在折腾电话机和传真机。这时第五张字条到了。他取出手套,然后打开信封:

726+627=1353

意料之中。聋子每次只是把数字颠倒过来,然后加上现有的数字,得出新的数字。但是为什么?为什么字号变得越来越小,而数字却变得越来越大?经过一番对比,他把新的数字放在了下面:

87

78

87+78=165

165+561=726

726+627=1353

    这些颠倒和相加的数字能给他提供什么线索吗？这些东西简直算不上什么线索，这个婊子养的！或者这些数字是下一步计划的先声？就像聋子在莎士比亚之前，先寄出的第一组字条中所使用的变位词游戏。"我是一个傻瓜，嘿！"变位之后就变成了"我就是聋子！"

    把烦恼当烟抽掉吧——当卡雷拉还是个孩子的时候，他妈妈经常告诉他这句话。他妈妈就要在周六和意大利人路易吉·丰泰罗先生结婚了。六月十二号，这周六，他的妹妹安吉拉也是。上帝保佑我们！

    卡雷拉又看了一遍字条：

726+627=1353

    该死的，他想要告诉我们什么呢？他思考着。

    日常的办公室恋情通常发生在放饮水机的小房间，或者放办公用品的壁橱里，包括秘密的眼神、偷偷的碰触，以及匆忙交换的亲吻。在同一个办公室工作的情侣很少有机会独自待在一辆车里——除非他们是侦探。

他们现在勘察的是位于第七街一家鱼市的偷盗案。作案时间是昨晚，但是今天早上才被发现。当小工打开冷冻柜的门时，发现有三十磅的虾不翼而飞了。

　　"这是什么世道？"店老板说，"居然还有人偷虾？三十磅的虾？他偷三十磅的虾做什么？他难道没有什么别的好偷的吗？他冒着进监狱的风险偷了三十磅的虾？"

　　"呃，这些家伙不是科学家，你知道。"威利斯说。

　　"但是三十磅的虾？"

　　"除了你谁还有这儿的钥匙？"艾琳问道。

　　调查结束后他们回到车里。艾琳开着车，威利斯摆弄着手枪，说："我明白他的意思。为什么有人会对这个感兴趣？我的意思是说，三十磅的虾？有人冒着进监狱的风险偷了三十磅的虾？"

　　"你和那个店主怎么不去搞个演唱组合？"艾琳说。

　　"什么？"

　　"连名字都起好了：三十磅的虾。如果再听到这句话一次，我一定会疯的。"

　　威利斯把他的手伸进了她的裙子下面。

　　"嗨！"她说，"我在开车。"

　　"停下来好了。"

　　"为什么？"

　　"这样我就可以亲你了。"

　　"我是一个警官，我希望你知道这一点。"

　　"我也是。"

　　"停下。"

　　"除非你先停下来。"

她检查后视镜，打灯，沿路边停了下来。他立刻拥抱她，深深地吻她。她把嘴挪开，看着他的脸。她自己那张爱尔兰人特有的白皙面孔此时一片通红。这次她凑上去吻他，比他之前的动作还要粗暴。然后她又退后，检查后视镜，再次吻他，再次后退，几乎喘不上气。

　　"我们会被捕的。"她说。

　　"谁在乎？"他说，然后又把她拉过来。

　　卡雷拉反复看着那张字条。

　　　　我就是聋子！

　　当初和这份声明一起送来的还有他的第一封关于莎士比亚的引言：

　　　　我知道你就会来的
　　　　从现实的舞台走到地狱的坟墓。
　　　　我以为你已经死了，但是你值得缅怀
　　　　告诉观众们你值得
　　　　收获这热烈的掌声

　　　　一个演员的艺术生涯，
　　　　可以死去，可以留存，可以扮演第二种人生。

　　该死的，卡雷拉在网上居然找不到这句话的出处。回到家，他继续用他儿子的电脑查——即使是打折的，这台电脑还是还花了他九百九十九美元。他进入莎士比亚韵文搜索网站，键入了他能想到的所有关键词。"你就会来的"、"现实的舞台"、"地狱的坟墓"、"你已经死了"……一直查到"一个演员的艺术生涯"、"扮演第二种人生"，一无所获。没用。

突然他想到了……

克里斯托弗·马洛。

他被怀疑是莎士比亚剧作的真正作者。或者是十四行诗，或者是其他的什么作品。

他又一次坐到了电脑前，在 Google 中键入了他的名字。

酒店老板确信戴着滑雪面罩和手套的偷盗者是个黑人。

"一个大块头黑人，戴着滑雪面罩和手套。"他说，"在六月份，他难道不知道自己看起来非常奇怪吗？滑雪面罩？手套？在六月份？谁能这么蠢呢？"

"你怎么知道他是黑人？"布朗问道。

作为黑人——或者说和他的名字一样，作为棕色人种——他自然对此感到好奇。克林自己虽然是白人，长着金黄色的头发，但是他同样很好奇。十分钟之前他们接到报案，小偷把收银柜洗劫一空，临走还从酒架上拿了一瓶黑方尊尼获加①。这可能就是店主认为他是黑人的原因吧，因为他喜欢黑方酒。

"你能看出来。"店主说。

"你能看出来一个戴着滑雪面罩和手套的人是黑人？"

---

①尊尼获加（Johnnie Walker），世界著名的苏格兰威士忌品牌，有红方、绿方、蓝方、金方和黑方五种，其中黑方代表十二年混合威士忌，是尊尼获加的主力品牌。

"听声音就知道。"店主说，"没有什么冒犯的意思。"

"我不懂，"布朗说，"他的声音听起来像黑人，你是这个意思吗？"

"这就是我的意思。"店主说，"没有别的。"

克林倾向于相信黑人和白人有明显区别，布朗也一样。他们都能从电话里立刻辨认出黑人的声音，就算他没有戴滑雪面罩和手套也一样。但为什么他们都感觉到被激怒了呢？被这个骨瘦如柴，白皮肤，穿着破旧的栗色毛衣，嘴里叼着一根烟的小个子男人激怒？他告诉他们这个光天化日之下拿着枪闯进来的人是黑人，只因为他"听起来像是黑人"？

是不是因为他所谓的依据不是声音，而是在六月九号戴着滑雪面罩和手套这件事？酒店老板的意思其实是："只有黑人才愚蠢到在六月份还戴着滑雪面罩和手套的地步。"是这样吗？

克林和布朗都没有意识到自己被什么东西激怒了，但是他们确实相当生气。他们对可能带有种族歧视的身份指认未置一词，勘察着现场偷盗的细节，然后告诉在短短二十分钟内已经抽了四根烟的店主，如果还有其他什么情况他们随时会回来找他。店主简单地回答："当然。"

在开车回警署的路上，他们两个都没有谈论窃贼的身份问题。

克林想知道为什么。

布朗也是。

马洛的名言包括：

"对比总令人生厌"、"哪一个爱过的人不是因为一见钟情"、"与我同住，做我的爱人"、"爱我少一点，爱我久一点"——听起来像是猫王的歌。另外还有一句"就是这张脸让千百艘战船扬帆出海"。

但是当卡雷拉键入他们收到的第一封信的内容时，他查不到任何相符的记录。所以作者也不是马洛。那会是谁呢？难道是弗朗西斯·培根爵士[①]？如果卡雷拉没有记错的话，他是另一个被认为是莎士比亚作品的真正作者的人。上学所学的东西多年之前就已经还给老师了。或者是爱德华·德·维尔[②]，第十七任牛津伯爵？还是第十任沃里克伯爵？

他搜索培根，没有找到；键入德·维尔，也不是。一点有意义的东西都没有，就像是纽约的百老汇。那么究竟是谁写下的这些诗呢？

或者是聋子自己？

家庭战争已经上升到了暴力级别，这就是吉奈罗和帕克来这一家处理事故现场的原因。女人要比男人胖一倍，她把铸铁锅从炉子里拿出来径直朝丈夫的头上砸过去，胡椒、炒鸡蛋，混合着锅子砸出的伤口中不停流淌的血液，流了他一脸。

早些时候抵达的警察们仍然留在现场。一辆救护车把奥古斯丁·门德斯送进了医院，但是他的妻子米拉格罗丝却仍然留在公寓里，双手交叉在丰满的胸前。侦探们找不到落脚之地，因为厨房里到处是胡椒和鸡蛋。

"地上有油，他滑倒了。"米拉格罗丝说。

---

①弗朗西斯·培根（Francis Bacon, 1561—1626），英国文艺复兴时期最重要的散文家、哲学家。

②爱德华·德·维尔（Edward De Vere, 1550—1604），第十七任牛津伯爵。在关于莎士比亚真实身份的争论中，有大量学者认为他是莎士比亚戏剧的真正作者，也有人认为莎士比亚是他的笔名。

非常流利的英语，只有一点点口音。如果因为痛击她那个浑蛋丈夫就进了监狱，那她也够倒霉的。帕克不想责备她，吉奈罗也不想。

"油怎么会洒在地上的，夫人？"他问道。

"奥古斯丁弄的。"

"把油洒在地上然后自己又滑倒了？"帕克说。

"就是这么回事，是的。"她肯定地点了点头。

他们走到街上，坐进车里，帕克说："她在撒谎，你知道。"

"哦，当然。"

"他们总是撒谎，这些西班牙人。"

"当然。"

"奥利正和一个西班牙女人约会，你知道。"帕克说。

"我没听说。"

"这是个错误。"帕克严肃地摇着头。

卡雷拉又看了一次字条。

$$726+627=1353$$

如果聋子一直都是把数字倒过来然后加上它自己，为什么不能……

好的，让我们试一下，他想。

他拿起了一支笔，然后在面前铺了一张白纸，写下1353.他把这个数字颠倒过来……3531……然后把它们加起来：

245

```
     1353
   +3531
   ─────
     4884
```

该死的，他想。

除非他算错了，四八八四正是"聋子"在之前的信里一直使用的，那个并不存在的邮箱号码。

他正在引导他们返回起点。

他正在暗示他们后退。

退却吧，男人们！放弃吧，你们这些弱智的人！

纸上有一些东西吸引了他的注意力，几乎像是冲着他的左眼打了一拳。

```
     4884
```

这个数字从前向后读与从后向前读完全是一模一样的。

11

　　帝王豪华轿车租赁公司的司机正在河滨南路三百二十八号外边等着他的顾客：一位叫亚当·芬的先生。现在是星期三下午一点三十分整，芬先生从高级公寓里走了出来。司机抬了一下帽子表示问候，立刻打开了车门，等待顾客坐进后面的车厢，再把门关上。"我叫大卫，芬先生。"

　　"你好，大卫。"

　　"今天天气不错，先生。"

　　聋子注意到司机有一点伦敦东区口音，或者是澳大利亚那边？有些时候这两种口音很像。大卫四十多岁的样子，聋子目测他可能有五英尺八英寸，很瘦，一个无足轻重的人。他穿着黑色裤子和与之相配的黑夹克，黑色鞋袜，小黑帽，白衬衫，打着黑领带。

　　"我们今天下午去哪儿，芬先生？"

　　"克拉伦登大厅。"

"克拉伦登，好的，先生。"

聋子之所以叫了帝王公司的车，完全是因为这周六下午康斯坦丁诺斯·萨拉斯和他的保镖去克拉伦登大厅时要坐同一种车。聋子对后座阅读灯、华丽的镜子以及其他设施根本不感兴趣，他所关注的是前车厢有多少空间——大卫正面带职业性微笑坐在方向盘后。

聋子选的武器是乌兹冲锋枪。以色列生产，轻便型，四百七十毫米长，三点五公斤重。转换成英制单位的话，则是略短于十八英寸，不到八磅重。漂亮小型武器，完全可以装进一个运动背包，放在司机的座位旁边。他在注意到大卫在前座上放了一件折叠起来的黑色雨衣。

"我喜欢帝王公司给司机提供的服装。"他说。

"你对这个感兴趣，先生？"

"没错。是公司统一定制的吗？还是……"

"你说什么，先生？"

"我问这些衣服是你们自己买的，还是公司统一给你们发的？"

"他们提供给我们津贴，先生。我们可以买任何我们想买的服装，只要符合帝王的规格和要求，先生。"

"你从哪儿买的制服？"

"市区的巴克斯特街有一家制服专卖店，先生。我在那儿买的。"

"雨衣也是？"

"是的，先生。他们知道帝王公司的要求，很乐于帮助我们。"

"叫什么名字？"

"先生？"

"那家店的名字。"

"是的，先生。抱歉，我听力不太好。"

"我也是。"聋子说。

"所以你知道那种感觉。"

或多或少吧，聋子想。

"是柯南制服，先生，巴克斯特街三百一十二号二楼。他们那里应有尽有：司机、管家、女佣、看门人、清洁工、保镖和医护人员制服。帝王公司最近和他们签了合同，告诉了他们服装的具体要求。他们那儿的人很和气。你也想当司机吗，先生？"当这个荒唐的说法从他的嘴唇溜出的时候，他尴尬地笑了。

"不，不是现在。"聋子笑了，一个蠢蛋，"你从伦敦来的吗，大卫？"

"是的，先生，一个叫切普赛德的地方，你听说过吗，先生？"

"我听说过。"

"是的，先生，"大卫说，"我们现在到了，是停在大门口还是后门？"

"大门口就好了。"

"好的，先生。"

大卫转了一个弯，然后停在了音乐大厅前面。

"我不会太久的。"聋子说。

"我必须开走，先生，警察会过来的。但是我会绕着街区开，直到你出来。"

"好的，大卫，谢谢你。"他说着下了车。

在门口右面的玻璃橱窗里，有一张周末演出的宣传海报。上面印着康斯坦丁诺斯·萨拉斯微笑着拉小提琴的黑白照片，照片下半部分是一条狭窄的横幅，上面写着：周六（六月十二日）和周日（六月十三日）。

聋子点点头，走进了大厅。

* * *

贝里根广场位于主干道的最西边，在那里，众多犹太裔居民和逐渐增多的西班牙裔居民比邻而居，被当地人称为"有色邻居"。一块三角形的贫瘠草坪包围着马克斯韦尔·威尔克森——内战将领，也是亚伯拉罕·林肯的传记作者——的铜像，警察和毒贩都把那里叫做"毒品公园"。

威尔克森是一个总是面带微笑——即使穿着制服——的智者，虽然是铜像，但也看得出头发灰白。他的勇敢和领导才能点亮了一代人的心灯。铜像站在三角形草地的顶点上，周围是深绿色油漆斑驳的长椅，手中的长剑指向空中那些翱翔着，随时准备在它头上排便的鸽子。游人们在铜像两边经过，它勇敢而又孤独地统治着这个小公园。衣衫褴褛的瘾君子和毒贩们在这里集会，全然不顾马克斯韦尔·威尔克森是何许人也。他们关心的只有自己的利益，在大道的中央，光天化日之下交换着他们的钞票和白粉。

这个城市的警察——和美国大多数城市的警察一样——很久以前就知道监狱里的毒品交易已经够多了，所以他们对小规模的贩毒都睁一只眼闭一只眼。吸毒并不犯法，但是拥有和贩卖则不同。尽管如此，法律的执行者们更愿意扫荡南美洲的种植园，和毒品交易链的上层们开展一场大战。他们大概认为毒品大战和政府部门的反恐大战没什么两样，尽管他们口袋里并没有八百七十亿的预算金。

大块头奥利·维克斯知道，一切都和钱有关。

不久以前，他还办了个案子，同时涉及假币、毒品和恐怖活动。所以，谢谢，你没有必要告诉他毒品公园里每天在发生什么事，或者是伊拉克沙漠里的新动向，一切都和钱有关。你也不用告诉他的好朋友斯蒂夫·卡雷拉——奥利必须承认，卡雷拉在那个案子里帮了他大忙，现在还津津乐道。

除了卡雷拉——现在还加上帕特里夏·戈麦斯——奥利不喜欢也不信任任何人。

他知道，只要能拿到钱买明天的毒品，毒品公园的这些人能够把他们的母亲卖给阿拉伯地毯商人。一旦这种利润丰厚的生活受到威胁，毒贩们随时准备干掉自己的竞争者，甚至奥利自己。这里没有人关心谁能给伊拉克带来民主，他们只关心自己能不能在美国分到一杯羹。

这里也没人因为减税而得到点好处，因为他们都不纳税。吸毒的人也不参加选举，因为他们除了海洛因、可卡因和大麻不关心任何事情。毒贩也是不会参加选举的，因为他们都不是守法公民，更不会关心谁当上了总统和副总统，因为谁当总统都不会影响他们的生活；事实上，如果你要问他们，他们可能都不知道现在的当政者是谁。

此时此地的美国，毒品公园里的人们都是毒品的奴隶，就像黑人们曾是棉花种植园主的奴隶一般。

此时此地的美国。

所以谁在乎伊拉克又发生了什么？

至少奥利毫不关心。

奥利坐在威尔克森上将旁边的长椅上，铜像的阴影正缓慢地接近他棕色靴子的尖端。奥利非常希望过来一个毒贩或是瘾君子，因为他可不想在这个美好的六月五号下午被枪击。

当然，他从没遇到过个头像他这么大的瘾君子。如果打扮成毒贩，则应该穿昂贵的皮衣。但是他此时正装扮得和吸毒者一样，可怜兮兮地坐在那里，没有刮脸和洗澡，以求乔装成功。他需要摆出一副祈求却不至于绝望的样子，因为在吸毒者的社区里常常有新来的人。毒贩们对这种人往往更加警惕；有些时候，他们可能来路不明。

奥利没有经验，不能辨认出坐在他旁边长椅上的是一个吸毒的还是毒贩子，或者像自己一样是个伪装的警察。他也认识这里的几个警察，但是他不可能认识所有人。他觉得这个人很可疑，两人一直都没有说话，游人从他们身边经过。美好的六月天，一切如故。

最后，坐在他旁边的人先开了口："你是个警察？"

"当然，"奥利回答，"你不也是？"

那个男人笑了。

五个他才能凑成一个奥利，他太瘦了。他穿着看起来几个月都没有洗过的牛仔裤，一件薄薄的毛衣，袖子长到手腕，盖住了他的伤疤。奥利推测他也就是二十五到三十岁的样子，不过对这些吸毒的怪胎来说也不好说。凹陷的脸颊，易怒的蓝眼睛正是奥利要学习模仿的那种样子。他努力想要装出那副模样，几乎忘了他现在有任务在身：寻找一个女凶手。或者男凶手。都差不多。

"你卖吗？"男人问。

"不。"奥利说。

"那你想买什么？"

他难道是个毒贩？他的打扮可一点都不像。

"事实上，我现在吃了上顿没下顿。"奥利说。

"我们不都是吗？"男人又笑了，"那你有什么呢？"

"我只有一点点海洛因。有时能弄到，有时弄不到。"

"我们都一样。"他说，这次没笑，"我是詹尼斯。"但是他并没有伸出手来。

"安迪。"奥利说。

他说了一个以前用过几次的名字：安迪。听起来可真像大块头的名字。全名是安迪·福尔顿，一个大块头。"我来这儿的原因……"

"是什么，安迪？"

"……我听说一个妓女正到处发一百元的钞票……"

"我还希望能遇到一个呢。"

"……雇人给她送信，我听说。"

"是的。"詹尼斯说。

奥利搞不懂他是否在信口开河，还是真的知道关于梅丽莎·萨默斯雇人送信的事。他等了一会儿，但没有进一步的表示。

"所以我大概能找到点钱花？"奥利提议。

"是的。"詹尼斯又说。

奥利等着。

人来人往，汽车喇叭震耳欲聋，这个繁忙的城市。

"你知道谁了解这事吗？"詹尼斯说。

"谁？"奥利问道。

詹尼斯突然站了起来。他挥舞着手臂举过头顶，朝铜像的另一边长椅吆喝："艾玛！过来一下，好吗？"

和奥利面对面站着的就是偷他珍贵手稿的那个人。

"我必须要读这些东西吗？"梅丽莎问道。

他讨厌这种完全不需要回答的问题。如果他不想让她读完的话，那他把这些节目表和乐评都找出来是想干什么呢？

"这能让你了解下一步的进展。"他说着，用了无意义的术语，但是也许她也只能明白这么多了。

梅丽莎做了个鬼脸。

她看了一下自己的手表。

二十分钟后她就要到格罗弗公园，在那里观察对面街上警署发生的事情，确保给她送信的毒贩在四点准时将最后一封信送达，万无一失。与此同时……

节目单的首页是：

三加三

"一个随意的回文。"聋子说。

"什么意思？"

"你说回文？"

"你的整句话。"

"随意意味着不用刻意安排。回文的意思是从后向前和从前向后读都是一样的。"

"哦，是的，"她的眼睛瞪大了，"三加三，从前往后，从后往前，读起来都是一样的。"

"事实上，严格的回文是按照字母来读，而不是单词。'三加三'只能算部分的回文。所以我说这是很随意的用法。"

"到底什么是'三加三'呢？"

"三点的三场演唱会。"

"哦，就是我们那个周六的音乐会？"

"就是那个。"他说。

"好的，好的。"她说着打开了节目单。

节目单上印着上周末的"三加三"音乐会中第一场演出的曲目安排。她翻过几页，又看到了这周的安排。首先有康斯坦丁诺斯·萨拉斯，客座音乐家的照片，占了一整页。他大概不到四十岁的样子，胡子刮得很干净，头靠在左手握着的小提琴上方，神情严肃。

下一张纸写着这个男人的简历。梅丽莎简单地浏览了一遍。他一九六九年出生——所以她的猜测是对的——六岁学琴，先是就读于希腊的音乐学院，然后就读于纽约朱利亚音乐学院，曾获奥纳西斯基金会奖学金；十六岁第一次在雅典举办音乐会，十七岁时在赫尔辛基赢得西贝柳斯国际音乐节大奖。青少年时代他连续获得了帕格尼尼和慕尼黑国际大奖，在与伦敦交响乐团合作之前，还在汉诺威、克莱斯勒、萨拉萨蒂大奖赛上赢得桂冠。

接下来的一张纸是他周末演出的"三加三"曲目表。贝多芬 D 大调小提琴协奏曲，作品第六十一号……

"这是萨拉斯将要演奏的曲目。"聋子解释道。

第二首曲目是勃拉姆斯 E 小调第四交响曲……

"他也要演奏这首吗？"梅丽莎问道。

"不，可怜的人在 D 大调结束后要休息一段时间。"

"所以他就只拉一首曲子喽？"

"没错。一段悠扬的旋律。先是四声定音鼓……"

"什么是定音鼓？"

"一种像水壶一样的鼓。"

"哦。"

"四声轻柔的定音鼓。"他说，"看看关于这个男人的评论，他真是杰出。"

梅丽莎拿起了他递过来的一张单子。她又看了一下表，叹了口气，硬着头皮读下去。

"此演奏融合了斯特拉文斯基的小提琴协奏曲和拉威尔①的奏鸣曲的风格。他的诠释是幽默的，激烈的，令人屏住呼吸……"

"萨拉斯在他的斯特拉迪瓦里②上奏出的每一个音符都像是一颗闪烁着微光的水晶，与厚重的管乐形成鲜明的对比……"

"康斯坦丁诺斯·萨拉斯一贯如此的精致、清晰，令人兴奋不已……"

"少有的魅力和完美的演奏。作为一名小提琴演奏家，他吸引了观众的所有注意力……"

"康斯坦丁诺斯·萨拉斯的演奏散发着奇异的光泽，其演奏堪与西贝柳斯③媲美……"

"我有大概印象了。"梅丽莎说，然后把节目单都还给了他。

"你还知道了什么？"他问道。

"什么？"她说。

"再看一遍。"他又把节目单递给了她。

她打开了周六和周日的节目表。

康斯坦丁诺斯·萨拉斯，小提琴独奏家……

"哦。"她说。

"是什么？"

---

①拉威尔（Maurice Joseph Ravel, 1875—1937），法国作曲家，其创作多以自然景物、世态风俗或神话故事为题材。
②斯特拉迪瓦里（Stradivarius）小提琴，由意大利著名琴师安东尼奥·斯特拉迪瓦里（Antonio Stradivari, 1644—1737）制作，为世界名琴，现存数量很少，价值百万美元以上。
③西贝柳斯（Jean Sibelius, 1865—1957），芬兰最著名的作曲家、民族乐派的代表人物。初学小提琴和音乐理论，毕业于赫尔辛基音乐学院，作品因其炽热的爱国主义感情和浓厚的民族特色而获得世界公认。

"他的名字。"

　　……萨拉斯，小提琴独奏家……

"名字怎样？"

"就是你以前说过的。这叫回什么什么。"

"什么？"

"字母，"她说，"他的名字从前向后和从后向前读都是一样的。"

　　……萨拉斯（Sallas）……

"萨拉斯（Sallas），"她说，"他的名字。"

"好姑娘。"他赞许地说着，不禁想知道其他人还需要多长时间来注意到这一点。

"你们没发现吗？"卡雷拉说道，"从前向后和从后向前读都是一样的。"

他们现在都聚集在他的桌子前，研究着聋子的最后一封信。

　　1353+3531=4884

"这个数字好像在哪儿见过。"威利斯说道。

"不就是……"

"对，就是我们试图找过的邮箱号码。"

"根本就不存在。"迈耶说。

"但是他为什么又提到这个?"艾琳问道。

"因为他想让我们再回到原点。"霍斯说。

"并且,这个数字的字体也明显地变得越来越小了,"卡雷拉说,"你们瞧。"

他们又一起看了一遍:

87
78
87+78=165
165+561=726
726+627=1353
1353+3531=4884

"颠倒相加,并且越来越小。"卡雷拉说。

"那么这该死的到底是什么意思?"帕克问道,然后看了看表。六月九号是如此漫长的一天。

对于一个男人来说,埃米利奥·埃雷拉绝对是个漂亮的女人。

事实上,当奥利带着他走进第八十八分局的时候,全警署的男人都在吹口哨。

"坐下,埃米利奥。"他指了指他桌子旁的一张椅子。

"叫我艾玛。"埃米利奥坐下,两条完美的长腿交叉了起来。他穿上高跟鞋以后有五英尺七英寸高,体重一百一十磅,戴着有衬垫的胸罩，指甲涂成闪闪发亮的金色，与他的金色假发相呼应。他拉扯着自己的蓝色短裙，看着奥利，脸颊一片红晕。奥利理都不理他，掏出了一张纸，开始在上面写些什么。

埃米利奥看着。

如果他此刻不是吸毒过量，像热气球一样飘飘然的话，他本应该认出奥利的名字。但是他现在神志不清，完全不知道面前这个大块头的浑蛋和其他警察有什么区别。

"我的书。"奥利说道。

"非常好。"埃米利奥说，以为他指的是他刚才写在纸上的名字。

"你偷的书。"奥利说。

埃米利奥无动于衷地看着他。

"《报告长官》，"奥利说，"那是我写的书。"

"不是你写的！"埃米利奥气愤地说。

奥利茫然地看着他。

"那本书是奥利维亚·沃茨写的。"埃米利奥说。

"我就是……"

"奥利维亚·韦斯利·沃茨写的！"埃米利奥嚷道。

"我就是她，"奥利说，"我的书在哪儿？"

"它不是你的书！它是丽薇①的！"

"我就是丽薇！"奥利嚷道。

"当然！就像我就是艾玛一样！"

"听着，你这个浑球……"

"哦，亲爱的。"埃米利奥说。

---

① 奥利维亚的昵称。

"如果你不告诉我你对那本书做了什么……"

"对于丽薇的书我没什么可跟你说的。"

"根本没有丽薇这个人！"

"哦，不。"

"我发明了丽薇。丽薇就是我，我就是丽薇，但是她根本不存在！奥利维亚·沃茨是我的假名……"

"奥利维亚·韦斯利·沃茨。这叫做笔名，不是假名……"

"别跟我耍小聪明，你这个小……"

"无论如何，它不是一个笔名。因为我在一次毒品搜查行动后看到她了，我告诉她……"

"你看到了谁？什么毒品搜查行动？"

"丽薇。瓦茨探员。我在科尔弗大街三二一一号看到的。我看到她在公寓外。我告诉她我已经把报告烧了……"

"不是报告，是小说。"

"可是名字叫做报告……"

"你干了什么？"

"什么？"

"你烧了？你告诉我你把它烧了？你烧了我的小说？"

"为了保护丽薇……"

"为了保护丽薇？！"

"为了不让别的坏人得到它。"

"我要杀了你。我对天发誓，我要杀了你！"

奥利从椅子上站了起来，绕过桌子，他的手已经掐住了埃米利奥的脖子。

"你知道我写这本书花了多长时间吗？你难道不明白……"

"放松，"埃米利奥说，"我都记住了。"

奥利看着他。

"它真的是虚构的？"埃米利奥问道。

"你都记住了？"

"每个字都记住了，"埃米利奥说，"呃，它写得真像有那么回事一样。你是一个好作家，没有人这么说过吗？"

"你这样认为？"

"你细腻地捕捉到了一个女人的思想和感情。"

奥利几乎脱口问道："你怎么知道的？"但是他马上意识到了这是一种全然的赞美。

"里面的女人视角有说服力吗？"他问道。

"哦，当然！"埃米利奥转着眼睛，开始引用里面的句子，"'我被锁在地下室里，连裤袜中藏着价值二百七十万的钻石。'"

"下面是什么？"奥利问道。

"'我希望在他们杀掉我之前，你能读到这封信。你会记起……'"

"埃米利奥，"奥利笑了起来，"我觉得这将是我们之间良好友谊的开端。"

站在莎琳公寓对面的街上，克林看到一辆出租车停了下来，一个女人下了车。克林认识她，她就是昨天跟莎琳和赫德森在一起的白人女子。三十岁出头的样子，黑发棕眼，非常苗条，有五英尺六七英寸高。她在进入大楼之前四处张望了半天，就好像怀疑有人在跟踪她。事实上，她确实猜对了一半。

莎琳告诉克林，今天医院有个会议，所以她要到很晚才能回来。

261

不用看着她的眼睛，他在电话里就听出了她在说谎。所以他尾随着她来到办公室，就像他是白人而她是黑人一样千真万确，她根本就没有去什么该死的医院，而是径直回到坐落在卡姆斯角的公寓。

他本来预想的是詹姆斯·梅尔文·赫德森先生在十分钟后就会到，没想到是他们昨天一起喝咖啡的那位深色头发和眼睛的漂亮女人。他看着她走进大厅，研究着门铃，找到了她所寻找的东西——莎琳的公寓号码，聪明的侦探猜想着——按下按钮，然后等着回答的铃声。他可以隐约听到街对面的声音，那个女孩走进了电梯。

他看了一下手表，已经五点三十分了。

奥利的手稿只有三十六页，他没有意识到，这点篇幅或许只能成为大多数侦探作家小说中的一章而已，尽管现在也有一些畅销书的章节很短，只有一页半。不管怎么说，能够把一本三十六页的书从记忆里调出来实属不易，特别是对于一个成天神志不清、疯疯癫癫的吸毒者来说。

奥利简直难以置信自己有这么好的运气，于是为他的复述者带来了糖果和咖啡，还有一台录音机。这和猛犸象出没的远古时代没什么不同，那会儿智者常常在山洞外讲述打猎的惊险趣闻。八十八分局的其他警探都凑到了奥利的桌子旁，并不是因为他们对埃米利奥的故事感兴趣，而是因为他们想偷窥一下埃米利奥的短裙。但是随着故事的发展，他们越来越关注于小说精致的情节和引人入胜的人物性格了。

埃米利奥整整用了一小时四十三分钟来复述奥利的书，一个字一个字地。所有聚集过来的侦探全都兴奋不已。

"是你写的吗？"其中一个问奥利。

"啊，当然。"他说。

"这真了不起，"另一个点点头，一副吃惊的样子，"绝对了不起。"

"这肯定会是一本畅销书。"

"可以拍电影。"

"另外，小姑娘，你讲得真不错。"

要不是因为其他警察也在场，奥利几乎打算放埃米利奥走了。他对埃米利奥的复述十分感激，因为他的讲述才使得大家的反响这么强烈。但另一方面，埃米利奥小裙子飘飘的妓女打扮确实有点丢人，有负于他的波多黎各血统。另外，有人向奥利指出，埃米利奥很了解梅丽莎·萨默斯正在贩毒区招揽人物为她跑腿的事情。

所以奥利捡起埃米利奥椅子下面的一包毒品，说："好啊，这些东西又是从哪儿来的，埃米利奥？"

这就是埃米利奥供出了安妮·达根的原因。

克林在楼下等着那个女孩下楼，设想着屋里发生的一切，没有一样是令人愉快的。

首先是莎琳和赫德森。

莎琳和一个比她还黑的人一起在床上。

色情镜头出现在克林脑海中。他们做着只有克林自己和莎琳做过的事情。

一个黑人上了莎琳。

（这种说法是不是有一点种族主义倾向？）

一个黑人睡了莎琳。

她教给他的说法，黑人的说法。

（这就是激发他种族主义倾向的原因吗？）

管他呢……

一开始，他仅仅认为——仅仅！——莎琳和赫德森之间有一点小小的办公室恋情，就是意大利人所谓的"老故事"[①]。他得问问卡雷拉未来的继父，这种说法是否正确。两个黑人医生之间的"故事"，老掉牙的混账故事！

但是现在这个故事里好像又多了第三个人。莎琳，赫德森，还有那名白人女子。就像奥利奥一样，赫德森在中间，左边是莎琳，右边是那个白女人。或者反过来，谁在乎呢？反正中间的那个总是最幸运的！如果中间那个是白人，他脑海中的景象就更容易被接受吗？如果莎琳想要搞 3P[②]，她他妈的怎么不把克林算进去？

可是现在呢——

现在这个白女人单独跑来和莎琳在一起，克林脑海中的 3P 画面突然变成了女同性恋影片。一个白女人和一个黑女人。拥抱、亲吻，各种女性的方式。赫德森被排除在外，克林也被排除在外，只有两个女人锁在秘密的房间里。

隐瞒。

欺骗。

他关闭了头脑中的投影仪。

屏幕一片灰白。

他看了看表。

七点二十三分。

开始下雨了。

---

①原文为意大利语。
②指发生在三个人之间的性行为。

＊　＊　＊

安妮·达根正躺在汤普森巷里，像婴儿一样蜷成一团。奥利把她摇醒。开始下雨了，她望着他，眨着眼睛。

他几乎认不出她是一个女人，漂染成金色的头发纠结成一缕一缕，牙还掉了几颗。她穿着蓝色牛仔裤和一件灰色外套，没有穿袜子，脚踝周围都是结痂的伤疤。在他的书刚被偷不久，他就询问过她关于埃米利奥·埃雷拉的情况，那时她还穿着一件可爱的黑色短裙，粉色紧身背心，短发染成爱尔兰人那样的红色，看上去也就是二十五岁而已。那还是不久之前的事，可是她现在看上去足有三十五岁了。

"什么事？"她问道。

"我想当送信人。"他说。

"什么？"

"我听说有人给钱。"

"谁告诉你的？"

"一只小鸟儿。"

"我不知道你在说什么。"

"一个女人给钱让你送封信。"

"什么？"

"到八十七分局。"

"怎么了？"

"你们在哪儿碰头，安妮？"

"你怎么知道我的名字？"

"小鸟儿说的。"他又说了一遍。

巷子里现在已经黑了，但是如果她的状态不是这么差，她没准会认出奥利。无论如何，他们上一次见面对她来说已经有银河系那么遥

265

远了。她知道自己已经风采不再，穷困潦倒。这个蹲在她旁边的胖子究竟想干什么？她的脸上已经沾满了雨水。他是个嫖客吗？

"你想怎样？"她问道。

"我想见梅丽莎·萨默斯。"

"什么？"

"你在哪儿见到她的，安妮？你怎么找到她的？"

"我认识你吗？"她从雨雾中看着他的脸。

"奥利弗·温德尔·维克斯探员，"他说，"你知道我的。"

"我被逮捕了吗？"

"为什么要逮捕你，安妮？"

"我不知道。我不是坏人，警长。"

"我知道。"

"我只是一个需要安慰和帮助的人……"

"当然。"奥利说。

"……一个值得怜悯的人。"

"当然，安妮。"

"我只是一件可怜的垃圾。"

"我能帮助你。"

"我需要化妆和打扮。我需要好好调整状态。"

"我了解。"

"我需要找到卖毒品的人。"

"我能帮你。"

她在雨中眨着眼睛，望着他。

"告诉我你在哪儿见到的梅丽莎·萨默斯。告诉我在哪儿。"

"谁？"

"梅丽莎·萨默斯。红头发，要不就是黑色长发的女孩。"

"我就是天生的红头发。"安妮说。

"集中注意力，安妮。梅丽莎·萨默斯。"

"黑头发的，留着刘海。"

"是的。"

"叫我送信。"

"就是她。"

"哦。"安妮在雨中点点头。

"在哪儿？"奥利说。

"你给多少钱？"安妮问道。

"会开得怎么样？"克林问。

现在已经是十一点十分了。他们在卡姆斯角大桥附近，克林的小公寓里。当他回家的时候她已经在等他了。事实上是在床上等他。她穿着一件孩子气的睡袍。

"非常无聊。"她说。

"怎么了？"

他在浴室刷牙。她在卧室床上倚着白色的枕头，看十一点的四频道整点新闻。

"新的健康保险制度。"她说，"我们应该怎样开处方，谁更合格，诸如此类。"她的手指在空中比画着。

撒谎。

她根本就没有去医院开什么会。她和一个叫劳森，或者马修斯，或者柯蒂斯的女人待在自己的公寓里。

"什么时候开完的？"他问。

"大约八点三十分。"她说。

这倒是她和那个叫劳森，或者马修斯，或者柯蒂斯的女人离开的确切时间。她们一起走出公寓楼，然后手挽手走到了街角的公共汽车站。劳森，或者马修斯，或者柯蒂斯叫了一辆出租车，莎琳……

"然后直接回家了？"他问。

"搭大巴。"

很对，但是不是从什么该死的医院来的。

克林叫了一辆出租车尾随着那个白皮肤女人。虽然不知道她的名字，但是她看起来是个很高很苗条的女人，深色的头发和眼睛。"跟着那辆车。"他对司机说，就像电影里的警察一样晃了一下警徽。他们开过了桥，黄色出租车紧跟着另一辆黄色出租车。

像电影里的镜头一样，他跟着她下了车，看她进了电梯。数字面板显示她在四层下了电梯。他在大厅门口处找到了邮箱，这里没有门卫，不用遮遮掩掩。他无所顾忌地检查着。

四楼有六户人家。三户邮箱是以男人的名字登记的：乔治·圣基亚拉、詹姆斯·麦克雷迪、马丁·温斯坦。其他三个名字的性别不是很容易区分，听起来可能是女人的：C.劳森、L.马修斯，以及J.柯蒂斯。克林纳闷为什么这个城市的女人都以为只写名字的首字母会让人误会她们是男人。通常这样的名字都会成为强奸犯们的目标。他在记事本上抄下这些名字，然后搭地铁回到了市区的家。这个时候是九点二十分。

他又在麦当劳买了汉堡和薯条。

走在下着小雨的路上，他思考着下一步该怎么做。

暗淡的城市闪烁着微光，白色的路灯打在湿滑的黑色路面上。

268

黑色，他想。

白色，他又想。

现在是十一点十五分，莎琳叫起来："快看，是霍妮·布莱尔。"

黑色的皮肤与白色的睡衣，白色的枕头。他爬到床上。

霍妮·布莱尔，金黄色的头发，白色的皮肤，穿着性感的黑色迷你裙，以她的标志性的双腿微分的姿势站着，正在感谢所有的友好市民……

"如果有人知道关于想谋杀我的男人或者女人的信息，请通过电话或者邮件的方式与我取得联系，我将感激不尽。先生，姐妹，不管你是……"

"她有种族歧视吗？"莎琳问道。

"……我们就会抓住你的！"霍妮伸出手指，直直地指向镜头。

"我是说'姐妹'这个词。"莎琳说。

"你最好相信这一点，"霍妮转向导播，"艾弗里？"她说。

"现在我怎么认为这个女人在说谎？"莎琳问道。

这个你自己最清楚，克林想。

12

　　他从早上八点起就一直站在公寓外，但是劳森，或者马修斯，或者柯蒂斯小姐——也可能是夫人——丝毫没有要出来的迹象。他想，尽管她在周二下午将近三点钟的时候去见莎琳和她的医生男友，但她也有可能干着一份朝九晚五的工作。不过这样的话她就得在早晨八点到九点之间出门，而现在丝毫没有这种迹象。

　　一个白皮肤女孩在八点二十分走出了公寓，不是他要找的。天已经放晴，这是明媚的一天。另一个白皮肤女孩——也不是他要找的——在八点三十分的时候走出了公寓，然后陆陆续续又有很多人，但都不是他的目标。难道昨晚她在赫德森医生的公寓过的夜？九点钟，九点三十分，劳森，或者马修斯，或者柯蒂斯都没有出来。她可能睡过头了。邮递员在九点四十五分的时候过来了，克林尾随他进了公寓。

　　"探员克林，"他说，出示了一下警徽，"八十七分局的。"

　　邮递员看起来很吃惊。

"社会安全例检？"他问道。

"差不多吧。你见过这些女人吗？他指给他看邮箱上的三个名字。"

"劳森不是一个女人。"他说，"这是一个叫查理的男人的名字，查理·劳森。"

"那么这两个呢？L.马修斯？J.柯蒂斯？"

"洛兰·马修斯是一个金发碧眼的女人。五英尺六英寸的样子，有点胖。"

"那么柯蒂斯呢？"

"朱莉，是的。朱莉亚·柯蒂斯。三十五岁左右，留着黑色的长发，棕色的眼睛。五英尺七八英寸的样子。她是你要找的人吗？"

"不。"克林说。

但是的确就是她。

"她怎么了？"

"不是她，"克林说，"很抱歉打扰你。"

星期四——六月十号早上十点四十分，第一张字条来了。

A rod not a bar, a baton, Dora. [1]

这次他们走在前头了。

"又是回文。"威利斯说。

"这是什么？"吉奈罗问，"一种回文？"

---

[1] 直译为："一根棍子不是栅栏，是一根警棍，多拉。"

"从前向后和从后向前读起来都一样的句子。"

"就像昨天寄给我们的4884。"卡雷拉说道。

昨天他们已经觉得自己有点超前了，但今天这是毫无疑问的。这句话从前向后或者是从后向前读起来真的是一样的，一个字母一个字母地读。

"非常有趣，这种方法。"吉奈罗说，非常兴奋的样子，"看，艾琳，它们是一样的，从前向后，从后往前。"

"噢！"她说道，但是其他人都没有理他。

"笨蛋多拉，他的意思是。"伯恩斯警督说道。

"那是谁？"吉奈罗问道。

"这是一种俗语，"布莱恩说，"笨蛋多拉。他暗示我们是笨蛋。"

"我从没有听说过'笨蛋多拉'这种说法。"

"你太年轻了，"警督说，"这要追溯到四十年代的卡通片。罗尔斯顿的广告。"

"什么是罗尔斯顿？"吉奈罗问道。

"一种早餐麦片的牌子。我曾经吃过。"

"你多大了？"帕克问道。

"足够老了。"

"又是回文，没问题。"威利斯又读了一遍，从前往后，从后向前。

"我漏掉什么东西了吗？"克林问道。

他现在回到了警署。总算回来了，伯恩斯想。现在是十点四十八分。

"他又寄给我们回文了。"卡雷拉解释道。

"什么叫回文？"

"就是从后向前和从前向后读起来是一样的。"

272

克林看着字条。

　　一根棍子不是栅栏，是一根棒子，多拉。

"为什么？"他问道。

"这就是我们要找出的原因。"

"欢迎加入组织。"布朗说。

"一根'棍子'，俗语里指的是枪。"吉奈罗说，"不是吗？"

"我们曾经这样叫过。"伯恩斯说道，又叹了口气，"也可能是手枪。"

"他已经放弃飞镖了？"

"枪会更实际一点，你必须承认。"霍斯说。

"那他为什么一开始耍我们说用飞镖？"卡雷拉问道。

"从吊索到箭到镖，是的。"迈耶点着头。

"那'不是栅栏'是什么意思？"

"没什么意思。"帕克说，"他说的全是废话，就像以前一样。"

"不是栅栏。"艾琳重复着。

"他将要用枪，而不是某种钝器。"布朗说。

他们都看着他。

"呃，有些人会用撬棍。"他解释道。

他们仍旧看着他。

"作为他所选择的武器。"他耸了耸肩。

"你认为他指的是警察用的棒子？警棍？"

"我们也曾经叫它夜棍。"伯恩斯又摆出一副智慧的样子说。

"或者是指挥棒？"威利斯说。

273

"哦，天哪，不会又是一场音乐会！"帕克说。

"又是奶牛牧场？"霍斯问道。

"这是他第一次指出的联系，记得吗？"艾琳点点头。

他们浏览着以前的字条：

　　一具潮湿的尸体？

　　玉米，和其他？

"记得它变成什么了吗？"

　　奶牛牧场？

　　音乐会？

"奶牛牧场难道有音乐会吗？"

他们浏览了这个城市近三天的日报，寻找一切有可能用到棍棒的活动。他们筛出了五个可能的事件。一个是今晚八点的克里夫兰交响乐表演，在帕尔默中心；另一个是这个城市自己的爱乐乐团的演出，也是八点；还有两个是城郊俱乐部的爵士音乐会，最后一个是克勒贝尔表演艺术学校的学生唱诗班。

"下一步我们要做什么呢？"克林问道，"我们要全部布控吗？"

"呃，如果他真的会拿着枪出现在这些地点……"

"这些地点没有一个是在八十七分局的，你们注意到了吗？"帕克问道。

"他说得没错。"吉奈罗表示同意。

274

"所以让我们提醒其他的分局就好了。"帕克耸了耸肩。

只要不是我们就行，他想。

奥利有时候觉得自己的思维像一个小说家而不是一个警察，但是有时候这两种身份又会重合，哦，是的。在侦探小说中，有一句很古老的名言一直流传着："罪犯总是会回到他的犯罪现场。"这可能是福尔摩斯自己说的，要不就是他的作者，查尔斯·狄更斯说的[①]。但是在现实生活中，奥利明白，很少有罪犯会重新再回到犯罪现场。他们通常会躲到山里去。梅丽莎也该这么做才对，而不是持续地为聋子或者什么人招揽邮递员。

但是一个可怜的叫达根的妓女——她把自己的名字念成安雅·杜干——曾口口声声跟他讲，上周二的下午在凯塞琳·格里森公园里见到过一个像他描述的一样叫梅丽莎的女人。这个郁郁葱葱的小公园临近哈勃河，以及河滨南路的一排公寓楼。安雅就是坐在那儿等着毒贩的。奥利在一个晴朗——谢天谢地——的周四，快到中午的时候，来到这个公园里，等着萨默斯小姐再来布置任务，戴着她红色或者黑色的假发套。

他很怀疑她是否能够再回来，但是希望总是在心里跳来跳去。是的，而且希望还长着翅膀会飞走。所以他坐在阳光下的公园长椅上，看着小鸟跳来跳去，年轻的母亲在孩童后面亦步亦趋——感谢上帝他还是单身，然后突然想知道，帕特里夏·戈麦斯现在在哪里，做什么。

---

①实际上这句话既非福尔摩斯，也非狄更斯说的，狄更斯也不是福尔摩斯系列小说的作者。作者在这里是调侃奥利的文学修养。

* * *

"我不明白的是，"霍斯说，"枪手怎么知道我会在哪里？"

霍妮只是点了点头。

他们在第四频道大楼外的穆迪街见面，然后一起去两个街区外的一家墨西哥餐馆用午餐。霍妮喜欢享受美食。她现在忙着吃烤虾，没有兴趣谈论想杀她的人。尽管她知道那张字条，但是她还是努力使自己相信，枪手的目标是她而不是别人。这种意识被无数的信函、电话和第四频道收到的邮件不断强化，坚定了她继续和杀手抗争到底的信念。

"因为首先他得知道我那天晚上在你公寓里过夜……"

"哦，这不需要什么高深的知识就能推断出来。"霍妮说。

"我明白。但是肯定有什么人暗中跟踪我们，看着咱们上楼，然后再等着我出来。"

"他可能以为我们会一起出来。"

"不，我只是自己出来的。他能看到你没和我在一起。我刚迈出一步，他就开枪……"

"哦。"霍妮继续吃着沾满椰蓉的烤虾。

"接下来，他知道我要去杰夫大街①。他是怎么知道的？他怎么知道轿车会把我载到杰夫大街五百七十四号？"

"你忘了我也在那辆豪华轿车里吗？"

"不，我没忘。我怎么能忘，你天天在电视里说这个。"

不知道是不是自己的想象，霍妮觉得他的音调突然变得很尖锐。她从盘子上方抬起视线。

_____

①即杰弗逊大街。

"谁订的轿车？"他问道。

"我啊。"

"你自己？"

"不，我的实习生叫的。我让她……"

"什么实习生？"

"一个拉姆齐大学的女孩。她这学期开始就跟着我实习了。"

"她叫什么名字？"

"波莉·温德米尔。"她说。

"我得找她谈谈。"霍斯说。

"好的，歇洛克。"她说。

不知道是不是自己的想象，霍斯觉得她的音调突然变得很尖锐。

下一张字条又送到了。

       Look, sire, paper is kool! [①]

"又是回文。"卡雷拉说。

"又是莎士比亚。"帕克说。

可能他是对的；sire（陛下）这个词听起来很像是莎士比亚剧本中的话。

"至少他拼对了'酷'这个字。"吉奈罗说。

"从后向前和从前向后读起来都是一样的。"威利斯说。

---

①直译为："你看，陛下，纸张很酷！"

"我喜欢这种方式。"艾琳说。

"但是为什么？"迈耶问道，"他暗示我们后退吗？"

"退到哪儿？"布朗问。

他横眉怒目。他平时看起来就是一副横眉怒目的样子，但是这次他是真的生气了。他还记得上次聋子在格罗弗公园引起的种族骚动。布朗不喜欢种族纠纷，当然也讨厌聋子。虽然这些字条看起来像游戏一样很有趣，但是布朗担心这些游戏马上会演变成大麻烦。

"退到早一些的字条那儿去。"克林说，"他使用四八八四号邮箱寄出的字条。从后向前，从前向后都一样。他说'回去吧'。"

"回到变位词那里去。"

"回到杀害格洛丽亚·斯坦福的凶手那里去。"

"以及第一首莎士比亚的诗。"

"我找不到这首该死的诗的出处。"卡雷拉说，"我用 Google 搜了，一无所获。"

"可能是他自己写的。"吉奈罗建议。

"他自己写的就好了。"艾琳说。

"我们再看看。"威利斯说。

我知道你就会来的

从现实的舞台走到地狱的坟墓。

我以为你已经死了，但是你值得缅怀

告诉观众们你值得

收获这热烈的掌声

一个演员的艺术生涯，

可以死去，可以留存，可以扮演第二种人生。

"显然很像莎士比亚的。"帕克说。

"但是他为什么又带我们回到四八八四？"卡雷拉说。

"可能是一条街上的地址吗？"艾琳说。

"在这座城市里可能有无数条标有四八八四的街道。"

"我再看看那张最新的。"威利斯说。

他们都看着：

Look, sire, paper is kool!

"呃，这也许毫无意义，我知道……"

"说出来听听。"霍斯说。

"在第一张字条里。第三行……"

我以为你已经死了，但是你值得缅怀①

"最后三个词……"

thy printed worth

"我想，"威利斯说，"是……呃……我知道扯得太远了……但是如果你想'打印'②什么，你就得用到……"

---

①原文：We thought thee dead, but this thy printed worth.
②原文中的 print 有打印的意思。

279

"纸张①！"艾琳说着，几乎想吻他一下，他真聪明。

你看，陛下，纸张很酷！

"嗨，酷！"吉奈罗说，"他想告诉我们去看报纸，看看这座城市里正在发生什么事。"

"找音乐会。"

"如果是音乐会的话。"

"我们已经这么干了。"帕克恼火地说。

波莉·温德米尔是一个可爱的二十二岁女孩，金发碧眼，穿着格子百褶裙和一件长袖白衬衫，还打了一条领带。看起来就像一个预科生，而不是拉姆齐大学传播系的四年级学生。她和霍斯笑着打招呼并热情地握了握手。布莱尔小姐已经告诉她有个侦探要找她聊聊那件枪击的事。她看起来一点都不恐慌；她已经和来自八十六分局的两个警探谈过了。

"这太恐怖了，"她说，"有人想谋杀布莱尔小姐。我是说，她是那么好的一个人。"

"她的确很好。"霍斯说。

他们现在正坐在第四频道的一个工作人员休息室里。一台咖啡机，一台冰箱，灶台上有四个灶，其中一个上面放着茶壶，还有一个软饮

---

①纸张（paper）在英文中也有报纸的意思。

料机。他们进来时，一个女人在那儿喝咖啡，全神贯注于早上的报纸。一个白色的挂钟在墙上滴答作响，黑色的时针指向了十一点十分。

"温德米尔小姐，"他说，"我想知道……"

"哦，叫我波莉就行。"她说。

"波莉，你记得布莱尔小姐上周五让你订车吗？"

"是的，先生，我记得。"波莉答道，蓝色的眼睛睁得很大，脸上一副严肃认真的表情。

"你记得具体的要求吗？"

"是的，先生，她要求一辆车来公寓接她，然后再把她送到工作室。"

霍斯看着她。

"没有中途停车？"他问道。

"没有，先生。"

"比如在八十七分局停车？格罗弗大街七百一十一号？或者在杰弗逊大街？"

"没有，先生，就像每天早上一样。"

"你什么时候订的车？"

"当她周四晚上回家时。"

"说的是次日早上，是吗？"

"是的，先生。说的是周五早上，六月四号。"

"没有提到我的名字？"

"您的名字，先生？"

"柯顿·霍斯，是的。她说过她要去接柯顿·霍斯探员吗？在她去工作室的路上？"

"没有，先生，她当然没有提起过。"波莉一副不以为然的样子。

"当布莱尔小姐告诉她的要求之后，你是怎样做的？"

"我给负责交通的部门打了电话。"

"在周四晚上。"

"是的，为次日早上用车的事。"

"谁接的电话？"

"鲁迪·曼库索。"

"交通部门也在这座楼里？"

"是的，先生。"

"在哪儿？波莉？"

BORROW OR ROB?[①]

"很显然，又是回文。"威利斯说。

"从前向后看，或者是反过来。"布朗说。

"呃，他明显不是要借什么东西。"迈耶说。

"那他为什么这么说？"吉奈罗说。

"他不把话说死，"卡雷拉说，"他是想让咱们猜，他是要借还是要抢？"

"好的。"克林说，"他就是让咱们猜。"

"又在戏弄咱们。"迈耶说。

"但为什么是回文呢？"威利斯说。

"我们忘了今天的第一封信吗？"艾琳说。

---

①直译为"借还是抢？"

一根棍子不是栅栏，是一根棒子，多拉。

　　"是的，"帕克说，"一根棍子。他正想用一根棍子揍某个人的屁股。"

　　"不，他打算抢劫某音乐会的售票处呢。"

　　"这是抢劫，"帕克说，"你用棍子揍某人，那就不是借，而是抢。"

　　"我们在报纸上找到的音乐会只有那几场。"卡雷拉说，"我们已经通知了地方分局。"

　　"好的。"帕克说，"那我们把这件事忘了吧。"

　　"你们记得以前在马戏场举行过的大型摇滚乐演唱会吗？"吉奈罗又把事情搞得更混乱了。

　　"马戏团的巡回表演已经结束了。"克林说。

　　"我喜欢看马戏。"艾琳望着威利斯，好像希望他给她买一个大气球一样。

　　"无论如何，是回文，不是马戏场①。"克林说。

　　"大马戏团里曾经有过河马表演，你知道，要追溯到罗马时代。"帕克说，"这就是他们起名叫马戏场的原因了。"

　　没人试图反驳他。

　　鲁迪·曼库索是一个矮胖的男人，深色的头发，深色的眼睛，只穿着衬衫坐在混乱的桌子后，同屋还有另外两张杂乱的桌子和两个男人。他对霍斯的遭遇备感同情，但是他并不知道霍斯是第一次袭击的

---

①回文的英文为 palindrome，马戏场为 hippodrome，两词的后缀相同。另外 hippodrome 的前半部分 hippo 是河马的意思，故有后文。

目标。事实上，他都不知道有过第一次枪击。他总是口齿不清地嘟囔着"可怜的布莱尔小姐"，并且在每次接电话时都恢复职业腔调，说道："交通点接线员，鲁迪·曼库索。"在问话进行了十分钟后，霍斯总算得到了一些答案。

曼库索的证词和波莉的描述相同。上周四晚上收到的请求是在周五上午十点，派车去霍妮的公寓，然后载她到第四频道。中间没有停站，每天都一样。

"如果中间有停站的话……"

"没有这样的指示，探长。"

"但是如果有……"

"什么？"

"谁会知道？"

"你的意思是布莱尔小姐，在她上车后，告诉司机在哪儿停？"

"是的。"

"哦，那司机一定知道的……"

"还有别人吗？"

"他也许会打电话通知我们，他会在这里和那里停一下……"

"谁会接这个电话？"

"不是埃迪就是弗兰基。就是房间那边那两个人。"

你会以为埃迪和弗兰基是口技表演者和他手中的木偶。埃迪说什么，弗兰基就重复什么。埃迪的全名是爱德华·卡德希。他看着霍斯在他的记事本上写下他的名字。弗兰基的全名叫富兰克林·霍珀。他也同样看着霍斯。埃迪告诉霍斯，他不记得上周五有什么电话说送霍妮·布莱尔的路上有过中途靠站,弗兰基也回答同样的话。埃迪说他不记得上周五早上具体是哪个司机了,弗兰基也说同样的话。霍斯对他们俩表示了感谢。两个人都说:"不客气。"几乎在同一时间。

霍斯又回到了鲁迪·曼库索的办公室,询问上周五——六月四号上午载霍妮·布莱尔小姐的司机叫什么。

曼库索告诉他今天司机不上班。

"给我他的住址。"霍斯说。

"我不知道我是不是应该这样做。"

"是不是一张法院传票就能让你改变主意呢?"霍斯问道。

今天的最后一张字条在下午三点四十五分传到。又是一个回文:

MUST SELL AT TALLEST SUM[①]

"这他妈的到底是什么意思?"帕克问道。

没有人知道这他妈的到底是什么意思。

换晚班的时间到了,他们都回了家。

当你陷入了爱河,那么整个世界都像是意大利。

至少对于卡雷拉来说是这样的。

他们都在这里。准新娘、准新郎,还有他们整个家族、家庭[②],

---

①直译为"必须卖出最高金额"。
②原文为意大利语。

285

不管他们在意大利管这个叫什么。大家聚在市中心一个叫霍雷肖的餐厅里，离路易吉安排他亲戚朋友们住的地方不远。卡雷拉想知道谁付钱买机票让他们来美国的，这些意大利人跨过戒备森严的国境线时是否都要按指纹。多谢牛头犬汤姆·里奇①，以及国土安全部。

代表路易吉家族的是一个小亲友团，来自米兰、那不勒斯、热那亚、罗马，包括近亲，远亲，甚至是没什么血缘关系的亲戚，数目惊人。代表卡雷拉家族的是斯蒂夫、特迪（不包括孩子们）和叔叔弗雷迪，他在拉斯维加斯经营着一家赌场，特意为了周六的婚礼跑到了东部。还有卡雷拉的小姨乔西和姨父麦克，他们都是从佛罗里达的奥兰多过来的，为了这次空前绝后的双份盛大婚礼！麦克姨父曾经叫安吉拉"用功的孩子"，因为她总是把自己埋到书下，但是现在——呵，看看这里！——小孩子都已经长大了，并且是第二次结婚了。

多萝西阿姨也在这里，她和第三任丈夫一起住在佛罗里达的什么地方。卡雷拉至爱的叔叔萨维在他加入警局不久就因为癌症去世了。他很想念他的叔叔萨维，一个比警察还了解这座城市的出租车司机。他会讲好多关于形形色色的乘客的趣事。卡雷拉的母亲以前总是对他讲他应该成为一个作家。卡雷拉猜如果他要是当了作家也一定会很出色，这个时代的烂小说太多了。

多萝西阿姨是第一个提到卡雷拉小时候的趣闻的人。她说卡雷拉年轻时曾和一个叫玛吉·甘农的爱尔兰女孩有过浪漫的关系，那个女孩就住在河源区卡雷拉家对面的街上。这段关系的全部不过是卡雷拉偶尔对她产生的迷恋，以及偷偷把手伸到她裙子下面。但是在多萝西阿姨夸张的描述中，她是他的甜心玫瑰，卡雷拉对此完全不能理解。

---

①汤姆·里奇（1945— ），美国政治家，首任美国国土安全部部长。

多萝西阿姨现在正在讲一个黄色笑话。她喜欢黄色笑话。卡雷拉怀疑路易吉家族的人也许都听不懂，所以他更担心亨利·洛厄尔的亲戚们，他们看起来显然并不喜欢她所谓的幽默感。他的妹妹一直坐在那儿握着阿姨的手，含笑强忍着听她讲笑话。教皇在梵蒂冈城外遇到了一个妓女，然后跑回去问女修道院院长，什么是口交？修道院长告诉他……

卡雷拉突然想知道他的母亲和路易吉是不是也……

不，他不想知道这个问题。

所有人突然都笑了起来。甚至是路易吉家族的人。卡雷拉现在明白了，他们的英语水平要比他以前预想的高得多。

笑声充满了大厅。

他想知道为什么自己却笑不起来。

13

六月十一号来得太快了。

早晨六点三十分，天空晴朗，看起来星期五会是明媚的一天。梅丽莎和聋子正在公寓十七楼用早餐。他们俯视着河滨南路，格里森公园和更远处的哈勃河。

"你明天的工作，"他对她讲，"非常简单。"

她正琢磨着，今天的工作可不简单，如果她不赶快开始招人送信的话……

"帝王公司的豪华轿车将要在明天中午十二点停在这里，"他说，"你要做的就是带司机去诺尔顿。"

还有没有其他的？她想。

"那你要干什么？"她问。

到目前为止，她只见到他天天坐在屋子里，而让自己满城跑。他现在仍没有告诉她，那七位数的收入里有多少是她的，她已经开始怀疑是不是真的有这笔钱。现在他又开始钻进他的回文里无法自拔了。如果他想为难八十七分局，为什么一定要用拼字游戏呢？为什么不在他们门前直接扔一枚手榴弹？这是个好问题，不是吗，亚当？你和他们究竟有什么过节？

"你和他们究竟有什么过节？"她胆大地说出了口，管他呢。

"过节……"

"你和他们之间的恩怨。"

"这么说吧，我和他们之间的关系非常纠结。"他说。

"好的，但是为什么……"

"不要在这种问题上浪费你漂亮的小脑瓜。"他说。她曾经在很多电影里都听过这句经典的台词，她上次听到这句话还是安布罗斯·卡特训练她时说的，不过那时他说的是"不要在这种问题上浪费你漂亮的小脑瓜，躺到床上就好"。

"是的，但是我的确得动脑筋想想。"她肯定地说，"因为在我看来，你花费了很多时间和金钱，把你的计划全告诉警察……"

"准确地说，正好相反。"他说。

"管他呢，"她说，"为什么你要这么做，这就是我的问题。为什么不直接去音乐会，然后远走高飞？"

"这就是我的计划。托尔托拉岛，还记得吗？"

"谁是斯蒂夫·路易斯·卡雷拉探员？"她直截了当地问。

"一个蹩脚的笨蛋。"

"那你又为什么把这些信给他寄过去？如果他这么蠢……"

"这是私人恩怨，我曾经打了他一枪。"

"为什么？"

"他碍着我的事了。"

"他把你赶走了？"

"没有。"

"他抓了你？"

"没有。卡雷拉和八十七分局的人都没能动我一根指头。"

"那……我就不明白了。那你为什么还烦他们。"

"牵制，亲爱的，这都是牵制。"

"我不明白这个词，牵制。"

"意思是烟幕弹……"

"我知道这是什么意思，但我不知道你为什么用在这里。"

"试着从这个角度想一想，亲爱的。"他耐心地说。她不喜欢他这样耐心地对自己说话，好像有点屈尊。"在危险的高度戒备状态下，每一丛灌木后面都藏着一个恐怖分子——请原谅我的双关语①——怎么小心都不过分，不是吗？所以，就算有其他分局的警察来帮忙，他们还是太晚了。"

"谁太晚了？"

"八十七分局。"

"在什么事情上太晚？"

"'一个万恶的罪行'②——我们不妨改编莎士比亚著名的《裘力斯·恺撒》中的句子——已经完成了。太晚了，我亲爱的。都太晚了。"

"我仍然不太明白。"她说。

"哦，"他大大地叹了口气，"不要在这种问题上浪费你漂亮的小脑瓜了。"

这句话再次激怒了她。

---

①灌木丛（bush）在英文里也作人名布什，这里是讽刺小布什总统的反恐政策。
②莎士比亚《裘力斯·恺撒》，第三幕第一场。

                                        *   *   *

上周五开那辆豪华轿车的是凯文·康纳利。他不喜欢早上七点被人叫醒。因为上周和霍斯在一起时，他的车顷刻之间就被射成了马蜂窝，所以他一见到霍斯，立刻盯着他身后的走廊看，好像期待什么异常情况再度出现一样。看到霍斯是一个人来的，他放了心，让他进了自己的公寓。

康奈利仍然穿着睡衣。他套上一件袍子，领霍斯进了厨房，立刻在炉子上放了一壶咖啡。就像两个老朋友快要一起出门打猎一样，他们坐在窗户旁的小桌子上喝着咖啡。

"我想了解上周五霍妮·布莱尔打电话叫车的事。"霍斯说，"派遣员给你的指示是什么？"

"接送布莱尔小姐。"康奈利说，"就像以前一样。"

"那么你为什么又去接我呢？"

"布莱尔小姐让我停下等你。"

"让你在格罗弗大街七百一十一号停下吗？"

"没有，她不知道八十七分局的具体地址。是我自己查的，我有小册子。"

"那杰弗逊大街五百七十四号呢？她告诉你我会在那儿下车吗？"

"是的。"

"你从她的公寓到八十七分局要多长时间？"

"大约十分钟。"

"从那儿到杰弗逊大街呢？"

"还得二十分钟。"

"足够让人赶在我们前头了。"

"没错，当然。实际上就是这样。"

                                        291

"但是你和布莱尔小姐是仅有的两个知道我们要去哪儿的人。"

"但是我曾经给总部打过电话。"

"总部?"

"交通指挥中心,第四频道的。我给他们打电话了。"

"谁接的?"

"某个人。"

"哪个人?"霍斯问道。

又来了一张新的字条。

跟着我,我知道,人群蜂拥上来了。

这种疯狂的婚礼真是难得一见:

侧耳聆听,侧耳聆听!我听到了音乐家的演奏。①

"天哪,难道他知道关于婚礼的事?"卡雷拉大声嚷了出来。

"他怎么知道的?"迈耶问道。

"他能的。"吉奈罗煞有介事地说,"他是魔鬼!"

卡雷拉想,这的确是一个疯狂的婚礼。两个疯狂的婚礼!好像以前从没有过一样。他已经坐在了电脑前,寻找这几句话的出处。现在是早上八点三十分。其他的探员都聚集在第一张字条的周围,好像这是一颗定时炸弹——并且也极有可能是。

---

① 莎士比亚《驯悍记》,第三幕第二场,原文:And after me, I know, the rout is coming. Such a mad marriage never was before: hark, hark! I hear the minstrels play.

"'侧耳聆听',"威利斯说,"我告诉过你们这个词,没错吧?"

"侧耳聆听,侧耳聆听!"克林引用,"他让我们听到死。"

"摘自《驯悍记》,"卡雷拉说,"第三幕,第二场。"

"'音乐家'会不会是个摇滚组合?"布朗问道。

"在这儿,查一下。"威利斯说。

六月十一到十八号的《此时此地》周刊杂志在今天早上到了。这本刊物每周五出版,涵盖了这个城市下一周的文化活动,提醒读者最近都在发生什么。它分为艺术、书籍、俱乐部、戏剧、舞蹈、电影、同性恋、孩子、音乐、运动和剧院几个专栏,清楚地提供了下一周各类活动的详细信息。

今天早上聋子的字条看起来证实了他的目标是某个地方的音乐会……

这周的音乐专栏又分为几个小部分:"摇滚、流行乐和爵士灵歌","雷鬼①、世界音乐与拉丁风","爵士与实验音乐","蓝调、民谣与乡村",以及"歌舞"。还有一个单独的分类叫做"古典与歌剧"。如此众多的种类真是让人眼花缭乱。仅仅这个周末,就有一百一十二个条目列在"摇滚,流行乐和爵士灵歌"一栏下面。

杂志的"不要错过!"专栏重点提到了以下几场演出:"奔跑的吉他歌手"约翰·比沙韦利和他的三人组,每晚八点半在天空旅店;"灵魂传奇"艾萨克·海斯,周五和周日晚上八点及十点半;"可爱的钢琴家"凯瑟琳·兰迪斯,每晚九点在皮卡迪利饭店的休息厅;康斯坦丁诺斯·萨拉斯,"著名的小提琴家,协同爱乐乐团"周六和周日下午三点在克拉伦登大剧院演出;威廉·克里斯蒂带领巴黎国家剧院于这

---

①一种结合了传统非洲节奏、美国的节奏蓝调及原始牙买加民俗音乐的牙买加流行音乐,已发展成为欧美摇滚乐主流中的一种重要体裁。

周五下午七点十五分和周日下午两点演出，地点是卡姆斯角音乐学院。

还有各种各样的演出组合。闪躲、印度雪茄店、阿比西尼亚、地球风火、白色条纹和客车司机等，但是没有哪个组合叫做"音乐家"。

"也许如果有个组合叫'疯狂的婚礼'？"克林问道。

"我不会感到惊讶的。"迈耶说。

"那你来找。"布朗说，然后把他拖到杂志跟前，"这里有一万个乐队。"

"有'难得一见'乐队吗？"

"或者'人群蜂拥上来'？"

"不错的开头，"威利斯说，"你知道他们的吉他手叫什么吗？"

"什么是蜂拥？"吉奈罗问。

"无秩序地冲撞，撤退。"克林说。

"我还以为是某种啮齿动物。"

"他正在暗示我们逃跑。"帕克说。

"有可能。"卡雷拉说。

通过一些神秘的途径，聋子知道了明天将要到来的婚礼，并有可能在婚礼上搞什么恶作剧，这让卡雷拉伤透了脑筋。卡雷拉讨厌所谓的神秘。在警察局没什么神秘的事情，只有犯罪和罪犯。但是聋子坚持要制造一些小神秘，给他们一些线索，逗引他们玩一玩幽默的猜谜游戏。

在卡雷拉的视野里，幽默和犯罪根本不沾边。犯罪是严肃的事情，犯了罪的人都是罪犯，没有讨论的余地。他不管他们是从哪个破落家庭走出来的，他不在乎他们童年是否受过虐待，他也不在乎他们为自己找的种种理由和借口。在卡雷拉看来，没有什么理由可以高于法律。可能克林顿总统应该注意他的拉链问题，但是倡导每个人都应该努力工作，遵守法纪的话倒是很对。

卡雷拉努力工作，遵守法纪。

而聋子却不。

这就是他们之间的区别。

可能聋子确实在努力工作，费尽心力炮制这些谜语，但是他绝对没有遵守法纪。

卡雷拉承认，他特别希望当神甫在婚礼典礼上问有没有人反对的时候，有人从椅子上跳起来举起手，但是他实在不希望那个人是聋子。他也不希望明天的典礼上有任何出人意料的情况。

他只希望这一切赶快结束。

不管是婚礼，还是聋子正在计划着的事情。

所有的一切。

对于这些，聋子的下一张字条显得毫无帮助。

> 我当然不能比他们自己更为高兴，
>
> 他们全然不曾预先料到；
>
> 但没有别的事可以比这事更使我快活。我要去读我的书，
>
> 因为在晚餐之先，
>
> 我还有一些事情须得做好。①

---

① 莎士比亚《暴风雨》，第三幕第一场，原文：So glad of this as they I cannot be, who are surprised withal；but my rejoicing. At nothing can be more. I'll to my book. For yet ere supper-time must I perform, much business appertaining.

"不，等一下，"威利斯说，"我想他的确是打算告诉我们一些事情。"

"是什么？这次根本没有什么音乐会。"帕克说。

"但是他又回到了'印刷品'上面，还记得吗？现在他特别提到了书。'我要去读我的书'，就在这里，白纸黑字。一本书。"

"我前天在图书馆查了莎士比亚的所有戏剧。"吉奈罗说。

"好的，理查德，你会得到一枚金星奖章。"

"他可能是要我们到图书馆去，找出失落的引文，诸如此类。"

"当然，"帕克鼓励他，"也可能就在你前天晚上看的那本书上。"

"可能。"

"你可以借过来，理查德。在你闲暇的时候读。"

"等一下。"艾琳说，"他说过'借来或者抢劫'，是吧？在他的一张字条里？你从哪儿借的书？图书馆？"

"我拥有的第一本书，"帕克说，"是我从图书馆偷的。"

"《此时此地》呢？"艾琳问，"上面有关于图书馆的信息吗？"

杂志上有一个专栏标题……

城市周边

……下面有一个小标题：

最后的机会

下面是一篇文章……

再见，吟游诗人①

内容如下：

从华盛顿福尔杰博物馆借来的，价值六千二百万美元的莎士比亚戏剧对开本初版在本市图书馆的展览即将结束。帕特里克·斯图尔特②——著名的莎剧演员和星舰舰长——将要在告别仪式上朗读一些戏剧选段。六月十二日，星期六，下午三点，兰登图书馆莫尔森大礼堂。

这次，他们在 Google 里直接键入"对开本初版"，终于发现了直到现在还一直以为是莎士比亚引言的出处：

我知道你就会来的
从现实的舞台走到地狱的坟墓。
我以为你已经死了，但是你值得缅怀
告诉观众们你值得
收获这热烈的掌声

一个演员的艺术生涯，

---

①原文为 Bard. The Bard (of Avon)，是莎士比亚的别称。
②帕特里克·斯图尔特爵士 (Sir Patrick Stewart, 1940—)，英国电影、电视剧和舞台剧演员，饰演过许多莎士比亚笔下的角色。在《星际旅行：下一代》中饰演星舰"进取"号的让—吕克·皮卡尔舰长。

可以死去，可以留存，可以扮演第二种人生。

这首诗是一个叫詹姆斯·马贝[1]的诗人兼翻译家写的，题目是"纪念威廉·莎士比亚大师"，出自一六二三年莎士比亚对开本合集的初版。

"我从没听说过他。"帕克说。

但是现在看起来，聋子似乎正在把他们的注意力引向将于这周六离开兰登图书馆的价值连城的书上面。更有可能的是，他现在正在计划盗窃这本书。

"他会要求赎金，"艾琳说，"以最高价位。"

"他要绑架一本书？"吉奈罗问道。

"不管他做什么，他都会在晚饭前行动。"克林说。

"当然，看。"

> 因为在晚餐之先，
>
> 我还有一些事情须得做好。

"三点吗？"布朗问。

"兰登图书馆在哪儿？"

"在城中南分局，是吗？"

"我们最好通知他们。"

"你的意思是他们不知道现在他们手里有一本价值六千万的书？"

"是六千二百万。"

"那儿的安保措施已经让人喘不过气了。"

---

[1]詹姆斯·马贝（James Mabbe，1572—1642），英国学者和诗人，翻译了大量西班牙文学作品。

"但是，"威利斯说，"我们拿到了内部消息？"

"谢谢你，'聋子'先生。"吉奈罗说着，鞠了一躬。

下一张字条让他们迷惑不解。

    诸位朋友，欢迎欢迎！来，音乐家们，奏起音乐来吧。

    一间大厅，大厅！让出地方来。姑娘们，跳起来吧。①

"这个混账有读心术。"帕克说。

"'女孩'指的是什么意思？"

"我就是个女孩。"艾琳说着，露出了秀兰·邓波儿似的微笑。

"他又回到音乐上来了。"

"'音乐家'。"

"'一间大厅，大厅！'"

"一个音乐会大厅！"

"杂志在哪儿？"

"难道没有关于……"

"这里。"

在"不要错过！"的标题下面，他们又一次读到：

    康斯坦丁诺斯·萨拉斯，"著名的小提琴家，协同爱乐乐团"周

六和周日下午三点在克拉伦登大剧院演出。

①莎士比亚《罗密欧与朱丽叶》，第一幕第五场，原文：You are welcome, gentlemen! Come, musicians, play. A hall, a hall! Give room! and foot it, girls.

“又是三点，”艾琳说，“离晚餐时间还早得很。”

“‘之先’是什么意思？”

“就是之前的意思。”

> 因为在晚餐之先，
>
> 我还有一些事情须得做好。

“这指的一定是一场音乐会，你们不这样认为吗？”卡雷拉说，“‘做好’①这个词？”

“不，他是指他自己要做点什么。”迈耶说，“他有‘一些事情’要做。”

“但是这听起来和书没什么关系，是吧？”

“这个该死的家伙让我们从中选择一个！”帕克说。

“哪一个？萨拉斯音乐会还是莎士比亚初版本？”

“音乐会。”艾琳说。

“书。”吉奈罗说。

“两个都是。”克林说。

这次是布朗先看出了端倪。

“一个回文词！”他说，“萨拉斯（Sallas）！”

现在他们都站起身了，像一个希腊合唱团。

“萨拉斯！”

“萨拉斯！”

“我们得跟着小提琴家！”

---

①原文为 perform，在英文中也有表演之意。

"他将要绑架那个小提琴家！"

"然后索要高额赎金！"

"但也可能是书。"吉奈罗坚持唱反调。

"什么书？"卡雷拉问道。

下午两点，又一轮字条攻势开始了，七张字条放在同一个信封里送来。这些都是莎士比亚作品里的句子，似乎说明聋子的目标不是回文名字的希腊小提琴家，而是包括三十六个剧本的珍贵初版书。其实聋子的意思看起来就是让探员们从中作出选择。非此即彼，小子们，你们要为自己的选择埋单。

> 音乐发出银子般的声音
> 因为乐工尽管奏乐奏到老死，也换不到一些金子①

但是同时又有这一张：

> 哪一本邪恶的书籍
> 曾经装订得这样美观？啊，欺人的虚伪！
> 被容纳于这样一座富丽的官殿中！②

接下来：

---

① 莎士比亚《罗密欧与朱丽叶》，第四幕第五场。
② 莎士比亚《罗密欧与朱丽叶》，第三幕第二场。

乐师们即将为你奏响音乐

即使他们在几千英里外云游

坐下来听吧。①

然而又有：

一册书吗？啊，珍奇的宝册！②

再接下来：

假如音乐是爱情的食粮，那么奏下去吧③

但是也有可能是：

想吧，智慧；写吧，笔！

我有足够的诗情，可以写满几大卷的对开大本。④

谢谢你告诉我们这些没用的话，他们想。

不客气，先生，

你拿着这把琴，你拿着这几本书⑤

①莎士比亚《亨利四世》，第三幕第一场。
②莎士比亚《辛白林》，第五幕第四场。
③莎士比亚《十二夜》，第一幕第一场。
④莎士比亚《爱的徒劳》，第一幕第二场。
⑤莎士比亚《驯悍记》，第二幕第一场。

现在聋子的字里行间都透出一种迫不及待的感觉，一种隐约的成就感，一种确定的急迫性：如果你们不快点儿，一切都会为时已晚。

之前的信封中装有七张字条。

半小时之后的这封信中只有一行字：

　　她在十二点钟下去。[①]

"看起来麻烦又来了。"帕克笑看着艾琳。

奥利的问题在于，他找的是一个红色短发或是黑色长发的姑娘。他并没有认出那个在下午三点坐在河对岸长椅上，衣着优雅的金发姑娘就是梅丽莎·萨默斯。

梅丽莎也不会想到坐在格里森公园运动器械旁边长椅上的胖男人会是一个警察。她所熟识的探员都常去健身馆锻炼，所以个个肌肉发达。这个男人看起来就像一个恋童癖，但是因为她没有孩子，所以也不必为这个担心。在找了一整天送信人之后，她想做的唯一的事情就是安静地坐在这里休息一下，聆听远处河水的声音。

他们两个都没有注意到彼此。

三点十五分，梅丽莎站了起来，轻轻地叹了口气，离开了公园，向河滨南路的公寓走去。她正在琢磨着星期天的事情，还有她在托尔托拉海滩上的日光浴。

五分钟以后，奥利也起身离开了长椅，朝八十八分局走去。他从

---

① 莎士比亚《麦克白》，第二幕第一场。

没有想过应该把卡梅拉·萨马罗内的化名是梅丽莎·萨默斯的事情告诉八十七分局；同样，他也不知道他曾与自己的目标如此接近。

明天又是一天，他想，今天就这样过去了。

当天很晚的时候，又有一封信到了。

也只有一张字条：

　　　来，给你六便士，唱个歌吧。[①]

"一首歌，"卡雷拉说，"又是指小提琴家。萨拉斯。"

"赎金变成了六便士！"吉奈罗说。

"聪明，理查德。你知道六便士是什么？"

"当然知道！是什么？"

"六分钱，理查德。"

"为什么他要这么说？"

"但是你们注意到了吗？他从十二数到了六。"威利斯说。

"对，"迈耶说，"上一张字条是十二。"

"现在是六。"

"又是倒着来的。"克林说。

"'她在十二点钟下去。'"艾琳引用道。

"是的，女士。"帕克对她挑挑眉。

"别钻牛角尖了，安迪。也许他只是用了不同的俚语。"

[①]莎士比亚《第十二夜》，第二幕第三场。

"谁？莎士比亚？"

"不，聋子。他可能要告诉我们，事情在什么时候发生。"

"中午十二点，你是说？"

"不，六点十二分。"

"啊？"

"也许这就是所有这些垃圾里真正的信息。他的意思可能是说六月十二号，也就是明天。"

"明天什么时候？"帕克问道。

"晚饭之前？"威利斯说。

"三点？"

"图书馆的活动和音乐会都是三点。"

"我们只好两个活动一起去了。"卡雷拉说。

城中南区的警督完全否定了任何人破坏图书馆福尔杰初版本展览安保系统的可能性。首先，陈列那本书的房间有全副武装的警卫看守；其次，这里有美国最先进的报警系统。只要有人在那个玻璃盒子上方呼一口气，图书馆内所有报警器都会鸣响，并且还会拉响城中南区安全控制中心的警报。没有任何人能够接近那本书，更不用说把它带走了。

"那明天的读书活动呢？"卡雷拉问道。

"什么读书活动？"警督问道。他的名字叫布赖恩·奥赖恩。卡雷拉觉得他的父母一定和迈耶·迈耶的父母一样有幽默感。

"帕特里克·斯图尔特的朗读活动。"他说。

"我不知道有什么朗读活动。"

"明天下午三点。"卡雷拉说。

"我查一下，"布赖恩说，"如果我觉得有必要配备警卫，我会安排的。但这是要给加班费的。"

"如果发现了更多的隐患，我们会通知你们的。"卡雷拉说。

"可能的潜在隐患，哼。"警督说。

图书馆安全中心主任也说了同样的话。装这本书的盒子配备了警报器，并且伊丽莎白厅也有武装警卫……

"明天的读书活动就在那里进行吗？"卡雷拉问。

"不，不。你是说皮卡尔舰长的读书活动？不，那是在莫尔森大礼堂。"

"那书会在哪儿？"

"就在现在的地方。"

"伊丽莎白厅。"

"是的。在警卫的保护下。读书活动结束后——大概在四点结束，他只计划读一小时左右——特殊古籍部门的主任将会和警卫们一起把书带离伊丽莎白厅，然后放入一个钢质保险柜里面。保险柜会一直安全地锁起来，直到福尔杰博物馆的工作人员周日再次打开它。"

"换句话说……"

"换句话说，这本书会待在保险柜里，保险柜则待在装甲车里，直到警卫们把它带回华盛顿以后才可能重见天日。"

"我明白了。"卡雷拉说。

"无论如何——你看起来很紧张的样子，科波拉①探长——我们会确保警卫明天下午三点一直注意任何可疑情况。"

卡雷拉很不喜欢这样的嘲讽，但是他还是感谢了那个男人，然后

①指祖籍意大利的弗朗西斯·福特·科波拉，著名黑帮片《教父》的导演。科波拉（Coppola）与卡雷拉（Carella）发音相近。

打电话给克拉伦登大厅。

大厅总监很理解这种情况，因为不久之前大厅就发生过一起恐怖袭击。他告诉卡雷拉，自从那起灾难过后，大厅的安保设施一直都处于最高警备状态。当然，没有人能逃过大门口的安检。如果有任何人对音乐家意图不轨，他先得经过舞台入口四周武装的警卫，并且舞台的侧边也有布控。

可是……

总监会亲自给八十四分局打电话，提醒他们明天三点的音乐会有潜在威胁，叫他们做好"货舱检查"——这就是他所用的词。卡雷拉想告诉他，他本来打算自己通知他们，但是从总监口中说出来显然更好一些。

所以现在八十七分局没有什么可做的了。这个案子已经超出了他们的管辖范围，所以他们完全可以把洗澡水泼掉，而不担心里面还有个孩子。如果聋子想要的是福尔杰初版本，那么城中南警局就会出现在图书馆阻止他；如果他想要的是希腊小提琴家，第八十四分局就会在音乐大厅对他不客气。

任何结果，都会为这位天才罪犯的职业生涯画上句号。

他自信已经做完了所能做的一切，于是在周五晚上六点离开了警局。

正如胖奥利所说，明天又是新的一天。

是的。

14

今天晚上肯定是一个繁忙的夜晚——因为在这个城市里，周六晚上是所有人的放松时间——伯恩斯正在编排值班轮换表。探员迈耶、帕克和吉奈罗上午七点四十五分到达，八点开始上班。迈耶本来想和他的老伙伴搭档，但是卡雷拉要参加婚礼，霍斯要找谋杀他的人，克林有病告假，所以他就得和这两个家伙一起了。

第一张字条是在他们上班十分钟后到的。一个十八九岁的白人吸毒者送来的。信封上写的收信人是卡雷拉。

"我以为我们和这个家伙的生意已经结束了。"帕克说。

"显然没有。"迈耶说，然后给在家的卡雷拉打电话。卡雷拉已经起床，正在吃早饭。婚礼即将在中午举行。

"想让我拆开它吗？"迈耶问道。

"替我拆开吧。"卡雷拉说。

信封里只有一封信。

GO TO A PRECINT'S SHIT! [1]

"他把分局拼错了[2]，"吉奈罗说，"是吗？"

迈耶把信读给卡雷拉听，包括单词的拼写。

"他没有拼写错误。"卡雷拉说。

"除非他引用的是莎士比亚。"

"这不是莎士比亚。"

"你怎么想的？"

"变位词。"卡雷拉说，"他又开始了。"

"或者他只是想告诉我们事情将在这里发生，"迈耶说，"就在八十七分局。"

"也可能。让我跟我儿子谈谈。"

"什么？"迈耶说。

邮箱上的名字是爱德华·卡德希。

直到早上八点，霍斯才从鲁迪·曼库索那里得到地址。他告诉霍斯，周六埃迪不上班，并且纳闷为什么霍斯还想找他谈一次。霍斯告诉他说，自己需要证实一些爱德华的搭档——富兰克林那儿得来的信息。全是胡编乱造的，但是曼库索给了他地址。

公寓号码是3B。

大厅里面的玻璃门没有锁。霍斯打开门，看到一条很陡的楼梯，右边是狭窄的走廊，尽头处有一间房。他开始沿着楼梯往上爬。现在

---

①直译为："去一个该死的分局！"

②分局的正确拼写是 precinct，聋子的信里少了一个字母 c。

309

是早上八点三十分，整座公寓里的住户都还在睡觉。上到第三层，他从肩带的枪套里拿出了枪。

3B 房间里没有声响。他听了一会儿，开始敲门。等了几分钟，有人问："谁?"

"联邦快递。"他说。

"联……"

疑惑的沉默。

他等着。

门打开了四英寸，还上着锁链。埃迪的脸从狭窄的门缝中露了出来。当他认出霍斯的时候，他的眼睛瞪大了。就在霍斯想着要不要把门踢开的时候，他开始关门。霍斯手上并没有重型武器，而里面那个家伙可能拿着步枪。要不要踢开门? 快点选择!

他一脚踢上去，门链断了，门也飞了进去。他进了屋，看到埃迪正往窗户外的消防梯上爬。与此同时，在短短几秒内，他还看到了这件单人卧室里面贴满了霍妮·布莱尔的照片。

"停下来! 否则我就开枪了!"他大叫。谢天谢地，埃迪停了下来并把双手放到了脑后。

当你是一个孩子的时候，找到一件东西似乎轻而易举。

甚至找出"去一个该死的分局!"这句话的变位词都是轻而易举的。在一个叫做"年轻的福尔摩斯"的网站上——向他伟大的父亲致敬——一共能找出一千二百五十三种排列方法。除掉一些完全无意义的词组组合，有一些还是能读通的，比如说:

GO STOP A CRETIN! [①]

"他把自己叫做白痴。"马克说。

"反正他不是。"卡雷拉说。

NICE GROT STOP! [②]

"什么是'作怪'？"卡雷拉问道。

"英国俚语。"马克说，"我们班上的英国同学老是说：'我今天感觉怪怪的。'"

"什么是'停止作怪'？"

"当你感觉怪怪的时候，就该停下来？"

"我现在感觉就怪怪的。"卡雷拉转着眼珠子。

GRITS TO A PONCE! [③]

"什么是玉米糊？"马克问。

"南部的小吃，"卡雷拉说，"用玉米做的，我猜。什么是娘娘腔？"

"也是英国的说法。"马克着又回到了电脑前，"就是同性恋。给你递字条的那个人难道是同性恋？"

"我不这么想。"

---

①直译为："去阻止一个白痴！"
②直译为："停止作怪！"
③直译为："给娘娘腔一点儿玉米糊。"

A NEGRO COP TITS! [①]

"哈哈，瞧这个。"马克说着，笑了起来。

但看起来最符合聋子意思的组合是这个列表上的最后一条：

PROGNOSTICATE THIS! [②]

他正在要求他们预测。

他正在要求他们猜一猜六月十二号的事件会发生在哪个区。

也就是今天。

> 她在十二点下来。
> 去一个该死的分局！
> 预言！

但是在十二号的什么时候呢？

在哪儿呢？

如果不是在图书馆或是在音乐厅，那么会是在我们分局的什么地方吗？

在第二封信寄到时，霍斯带着他的犯人走了进来。时钟指向了九点十分。

---

①直译为："黑鬼警察的乳房！"

②直译为："预言！"

"你能把这个带上楼吗？"麦奇生问他，然后把信封递了过去。他没有戴手套。他们已经放弃戴手套了，因为他们早就清楚，这些信上除了一些毒贩的指纹就没有什么了。

在二层，霍斯把信封放到了迈耶的桌子上，然后说："这边，埃迪。"

"是谁？"迈耶问。

"想杀我的人。"霍斯说。

"他在做梦。"埃迪对迈耶说，然后尾随霍斯走出大厅到了问讯室。

迈耶耸耸肩，然后打开了信封。

一，二，三：时间，时间！

"这是什么意思？"帕克问。

"意思是三点，"迈耶说，"你以为这是什么意思？一，二，三，答对了！他要告诉我们确切的时间。时间！不是书，就是小提琴家。"

"或者是在一点，有这种可能。"帕克说，"甚至可能是两点。"

"我想这搞不好又是我们分局的烂摊子。"吉奈罗说。

他出去绕到大门口去看写着分局名字的门牌，确定聋子拼错了这个字。

"可能是在我们分局的辖区。"帕克说，"一点或者是两点。"

事实上，他不在乎时间和地点，因为他四点就下班走人了。

迈耶已经给卡雷拉打了电话，复述纸条上的内容。

"怎么没有变位词了？"卡雷拉问道。

"我们就只收到了这个。"迈耶说。

"如果还有什么情况的话就给我打电话。"卡雷拉告诉他，"我十一点前都在。"

"你第一次去电视台，我就看见你了。"埃迪告诉霍斯。他已经意识到，和警方合作才是唯一的出路。也许他解释清楚自己的立场，霍斯也会理解的。在电视上，有很多善良的警察体谅犯人的故事。

"就在上个月在她给瓦尔帕莱索绑架案录音之后，"埃迪说，"我看到你们一起走进直播厅去听带子。直播厅就在交通部门的大厅下面。我看到你进去，然后看到你们一起出来。我感觉你们之间肯定有什么事。我想我必须阻止事情的发展。"

"为什么？"霍斯问道。

"为什么？因为我对她投了资。"

"哦，你吗？什么投资呢，如果你不介意我问问的话？"

"感情投资。我从一开始就注意到她了，当时她刚从艾奥瓦电视台调过来。他们让她去连上帝都抛弃的城市边远地区，在天寒地冻的时节，穿着超短裙，在雨幕中，在风雪里，在很多危险的地方，与毒贩打交道，与妓女打交道……他们把她派到所有那些地方去！我一直默默看着她，所以我不想让别人介入代替我的位置。毕竟这么多年了我一直关注着她。"

"代替你的位置，啊？"

"是的！就是我的位置！"

"她知道你的存在吗？她现在认识你吗？"

此时霍斯不想介入太多个人感情，但是这个婊子养的曾经想谋杀他，至少两次。

"哦，她当然知道我的存在。你以为她从没有在交通部门逗留，口口声声谢谢我们的服务吗？你以为她不知道我非常关心她？上个圣诞节她给了我一张签名照，上面写着我的名字：'给埃迪，致以最温暖的祝福，霍妮。'最温暖的祝福。你觉得这没有意义？最温暖的祝福！"

"所以你决定杀了我。"

"从你们睡在一起那天开始。直到那天才……听着，她可以交朋友，这个我不管。我不介意你带她去餐厅，看电影，这些都行，但是……"

"你干了什么？跟踪我们？"

"只是确信你没有伤害她。"

"跟着我们满街跑吗？"

"为了保护她！但是当你们开始在她那儿过夜……不。这不好。这是不对的，这不行。"

他摇着头，说服自己这是不对的，也试着说服霍斯相信这是不对的。

"你知道我是一个警察吗？"

"一开始不知道。"

"那后来呢？"

"后来知道了。"

"但是你并不认为我能保护她，嗯？一个警察都不能保护她吗？"

"我就是为了保护她才针对你！"

"所以你要杀了我。"

"我想让你离开她。"

"几乎也杀了她。"

"我不知道她在车里。我还以为司机已经让她在第四频道下车了，然后才让你上去。我在杰弗逊大街等着你，但是我并不知道她和你在一起。"

"等着杀我。"霍斯说。

"等着警告你。"

"但是杀了我也没什么关系，嗯？"

"你本应该和她保持一定距离。因为你的错我才差点害了她。我已经道过歉了。"

"哦，你道歉了？"

"我在字条里写过的。"

"什么字条？"

"我给她写了字条道歉。告诉她我很遗憾，我不知道她也在轿车里。"

"什么时候？"

"就在杰弗逊大街事件之后啊。那件意外事故。"

"意外！那是企图谋杀！"

突然，他注意到埃迪说的话。如果他真的给霍妮写了道歉信，那么她就应该知道自己不是凶手的目标。所有电视上的那些……

"如果你不相信，可以去问她。"埃迪说。

霍斯认为他的确得去问问。

正在迈耶和他的两个天才同事研究着前两张字条的时候，第三张字条在九点四十八分的时候送到了。

内容如下：

    瞧，主人，这不是很容易的研究吗？

    您还没有眨过三次眼睛，我们已经把三字研究出来了。[1]

---

①莎士比亚《爱的徒劳》，第一幕第二场。

迈耶立刻给卡雷拉打了电话。

"他现在把焦点放在了'三'上面。"他告诉他。

"后退。"卡雷拉说,"每次都有数字。第一次是十二,然后是六,现在是三。"

"后退并且越来越小。"

"是的。矛,箭,镖,记得吗?"

"如果他指的是三点,"迈耶说,"那不是克拉伦登大厅就是图书馆了。"

"那'一个该死的分局'是怎么回事?"

"可能根本没什么意思。只是'预言'的变位词而已。他只是告诉我们要预测和选择。"

"或者……"迈耶说。

"什么?"

"你注意到了吗?他说的是'一个该死的分局',不是'这个该死的分局'。他说'去一个该死的分局'。"

"所以?"

"所以……如果是三点的话,就是克拉伦登大厅或者是图书馆。不是该死的八十四分局,就是城中南分局。而不是我们这儿。"

"是的,我明白你的意思。"

"虽然……"

"什么?"

"他说的是'去一个该死的分局'。可能他要告诉我们,派我们的人去这两个地点。"

"是的,可能。"

"这只是一个想法。"迈耶说。

卡雷拉好像能看到他脸上的笑容。

"这是一个很好的想法，"他说，"我们再等等看他下一张字条上说什么。"

"你穿上燕尾服了吗？"

"刚要穿。"

下一张字条在上午十点二十七分到了。

　　大人，我是在下午三点钟左右出世的。[①]

"肯定是三点，"迈耶在电话上告诉卡雷拉，"不是萨拉斯和八十四分局，就是初版对开本和城中南分局。"

"我们应该布控。"卡雷拉说。

"是的。"

两人都陷入了短暂的沉默。

"问题是……"

"我了解。"

"如果是城中南分局或是八十四分局，为什么他要找我们的麻烦？"

"可能我们理解错了。"迈耶说。

"你这样以为？"

"不，我认为我们理解正确。"

"但是，你知道……"

---

①莎士比亚《亨利四世·下篇》，第一幕第二场。

"是的。"

"所有那些严密的保安措施。"

"是的。"

"他不是真的告诉我们是三点吧，他能吗？"

两个男人又都沉默了。

"所以你打算怎么办？"

"我有个婚礼要参加。"

"你知道我怎么想的？"

"说说看。"

"我们根本不用担心什么。八十四分局已经布控了，城中南分局也一样。"

"是的。"

"我认为如此。"

"我也是。"

"是吗？"

"大概吧。"

"怎么？"

"我不知道。只是……我们面对的是这个家伙……"

"我明白。"

"他可能正计划着炸掉卡姆斯角大桥，谁知道呢？也可能所有的都是扯淡，就像帕克说的一样。"

"是的，呃，帕克。"迈耶压低了声音。

卡雷拉又看了一下表。

"我得出去了。"他说。

"祝你好运。"迈耶说。

* * *

NOSTRADAMUS!^①

字号大了一点。感叹号给文字增加了紧迫感，仿佛在要求更多关注。

"又是变位词，是吗？"吉奈罗说。

"错，"帕克说，"诺斯塔·达穆斯（Nostra Damus）是坐落在中西部的一所学校。"

迈耶想的则是他们当天早上收到的第一张变位词的字条：

> 去一个该死的分局！

变成了：

> 预言！

他祖父曾经教过他，诺查丹玛斯是十六世纪的一位法国医生，他之所以出名，就是因为他有预测未来的神奇能力。先知，预测。选择吧，朋友！迈耶的祖父对诺查丹玛斯情有独钟，因为他也生在一个犹太家庭。

"诺查丹玛斯是……"迈耶正要开始解释，但是吉奈罗插话说："又出现'金额'了。"

"在哪儿？"帕克问道。

---

① 即"诺查丹玛斯！"

"后退，"吉奈罗说，"你记得吗？"

"记得什么？"帕克不耐烦地问道。

"我们收到的所有字条。复印件在哪儿，迈耶？"

迈耶找出复印件，摊开放在桌子上。

"这里。"吉奈罗说，"我说的是这张。"

　　她都能让他退却。

"所以呢？"帕克说。

"看这张。"吉奈罗说。

MUST SELL AT TALLEST SUM

"所以呢？"帕克坚持问。

"所以这里又出现了 SUM。"他说，"后退，倒着看。"他指着最新的字条：

NOSTRADAMUS!

"从单词最后往前读。"他说。

"这不是个单词，这是一个名字，"迈耶说，"诺查丹玛斯。他是……"

"不管是什么，"吉奈罗说，"M–U–S 就是 S–U–M 倒着读。这个单词的最后几个字母。"

"那是个名字。"

"……是 SUM（金额）的回文。"

321

帕克点点头，不得不承认他是对的。"金额，"他说，"他要求的赎金。"

"事实上，"吉奈罗说，"如果你一直倒着读……看这个，你会得到 DARTS（飞镖）。这不是他很久以前告诉我们的吗？从箭到吊索到飞镖？这里……去哪儿了？"他说着，开始在迈耶的桌子上乱翻，"这里。给你。"

赶快亮出我们的刀剑和飞镖，
就在这一小时内和他们决一胜负。

"他告诉了我们是三点。"迈耶看着表，现在是十一点四十五。

"问题的关键是，"吉奈罗说，他开始欣赏自己扮演的教授角色，"我们得到了'金额'和'飞镖'的回文……那么这个单词的其他部分呢？"

"是名字。"迈耶又提醒他。

"一所大学的名字。"帕克表示同意。

他们继续看字条：

NOSTRADAMUS！

"事实上，"帕克说，"是 NO DARTS（没有飞镖）。"

"他又要用枪了。"迈耶说。

"一根棍子，没错。"

"在音乐会上。"

"可能吧。"

"让我们看看这是什么，"帕克说着，开始自娱自乐，"'NO DARTS（没有飞镖）'和'A SUM（一个金额）'。"他说着把字写到一张纸上：

没有飞镖一个金额！

"倒过来试试，"迈耶说，"他一直告诉我们要倒过来。"

一个金额没有飞镖！

"加个逗号。"迈耶建议。
"在哪儿？"
"在'金额'后面。"
帕克用铅笔把它加上：

一个金额，没有飞镖！

"偿付一个金额，"吉奈罗说，"一笔赎金，我就不会用有毒的飞镖射你。"
"荒唐。"帕克说。
"他在另一张字条上也这么说。"吉奈罗用手指使劲敲着，口气非常肯定。

就像钢铁的刀刃和染毒的飞镖
贯入耳中

"毒镖，"他对自己的推断点头同意，"如果你没有偿付赎金，我就会用毒镖射进你的耳朵。"

"不，他说的是音乐。"迈耶说。

"在哪儿？"帕克问道。

"在这儿。"

贯入耳中

"他指的是音乐。'贯入耳中。'是那个小提琴家。"

"萨拉斯。"

"克拉伦登大厅。"

"三点。"迈耶说着又看了一下时钟。

现在是上午十一点五十六分。

　　新娘们穿着婚纱走来了，卡雷拉左手和右手各挽着一个。母亲和女儿穿着她们的婚纱，留着短发，看起来很相像。两个人都没有戴面纱，如预料中的一样光彩照人。

　　走道前方正中就是圣坛，卡雷拉带着两位即将成为妻子的女人，越走越近……

　　圣坛上站着两个丈夫，路易吉·丰泰罗和亨利·洛厄尔。两个人看起来紧张而又严肃，牧师站在他们的中间靠后一点，看起来比他们还要高兴。

　　管风琴的音乐停了下来。

　　他们都站在圣坛上了。

卡雷拉把他母亲的手交给了左边的路易吉，把妹妹的手交给了右边的洛厄尔。

再见，妈妈，他想；再见，妹妹。

他走过去坐到了第一排，特迪的身边。特迪抓住了他的手，紧紧地握了一下。他点点头。

他面无表情地听着牧师对众人宣讲，他们今天在这里参加这个神圣的婚礼，不仅仅是露丝·卡雷拉和路易吉·丰泰罗的，也是安吉拉·卡雷拉和亨利·洛厄尔的……

坐在卡雷拉后面有个人嗤嗤地笑了起来，对这样的婚礼感到很新奇。是有一些新奇，他想。

……他面无表情地听着牧师首先给母亲和路易吉念婚礼誓词，然后听他们重复一遍……

……他面无表情地看着路易吉把婚戒戴在他母亲的手上，并吻了他的新娘，卡雷拉的妈妈……

……他面无表情地听着牧师再给她妹妹和亨利·洛厄尔念婚礼誓词，然后再听他们重复一遍……

……他面无表情地看着放走杀他父亲的凶手的男人给妹妹戴上了金戒并吻了她……

只有死亡才能把我们分开，他想。

特迪又握了一下他的手。

他又点了点头。

感觉不到一丝欣喜。

15

　　当莎琳回到公寓，已经快十二点三十分了。克林正在等她，等着和她对质。当她早上告诉克林，自己要去办公室一趟时，克林马上就知道她在撒谎。他知道兰金广场的办公室在周六是不开门的，他也明白她坐落于安斯利大街的私人办公室也是关门的。所以当她淋浴的时候，他大声告诉她自己要出门了，然后下楼，等着她从家里出来。她当然不是去兰金广场，也不是去安斯利大街，而是去了第九大道的丽景咖啡馆。在那等她的不是别人，正是詹姆斯·梅尔文·赫德森医生。

　　克林从玻璃窗里望着他们。

　　赫德森俯身越过桌子。

　　莎琳的头挨近他。

　　认真而又严肃地交谈。

　　他握住了她的手。

　　哭了？

他是在哭吗？

现在是差三分钟一点，他在自己的公寓里等着她，等着她用自己给她的钥匙开门的声音，等着直面她的一切。

他坐在正对房门的沙发上。沙发的一边有一个小靠垫，上面有她绣的文字：

分享 Share

帮助 Help

爱情 Love

鼓励 Encourage

保护 Protect

这些单词的第一个字母拼在一起是 S H L E P，一个意第绪语词汇，可以被翻译成拉、拽或者落后。但是这个城市里，人们普遍用它表示"长时间的牵扯"，或者是"拖累"。

克林枕头上绣的是黑底白字。莎琳公寓里有一个同样的枕头，上面是白底黑字。他们在一起，长时间地互相牵扯着。他想，他们早已明白这将是一段艰难的旅程，一个是白人，一个是黑人，但是如果他们能遵守这五个原则：分享，帮助，爱情，鼓励和保护，他们就能战胜一切难关。他到现在仍旧坚信这一点。

他听到了钥匙在锁里转动的声音。

门开了。

门卫给楼上打电话，告诉她帝王公司的人已经到了。梅丽莎说：

"请叫他等一下，我马上就下去。"

她在大厅镜子里看着自己……

紧身毛衣，超短裙，高跟鞋，曲线毕露，足以引来一串口哨。她看起来像是个时尚超模，或者高级妓女，这二者很难区分。她对自己感到满意，拿起钱包下楼，在这个明媚的周六下午，去面对命运的安排。

路易吉的哥哥正在和卡雷拉交谈。实际上是他的哥哥——拥有一个古老而响亮的名字，马里奥——单方面滔滔不绝地对他说话，用蹩脚的英语讲着路易吉小时候的故事。

马里奥告诉他，他们出生在米兰一个穷人家。路易吉和马里奥，这对任天堂兄弟①。马里奥告诉他，当他还是个小男孩的时候，路易吉就非常努力地工作。他告诉他，路易吉上过大学并且取得过学位。他还告诉他，路易吉已经创立了他自己的家具产业。

在舞场里，路易吉正在挽着卡雷拉母亲的手。

现在是他的妻子了。

路易吉·丰泰罗的妻子。

莎琳关上了门。

反锁。

"办公室里怎么样？"克林问。

①指任天堂著名的电子游戏"超级马里奥"，其中戴红色帽子的是马里奥，戴绿色帽子的是他弟弟路易吉。

"我没有去办公室。"她说。

他看着她。

"你为什么跟踪朱莉？"她问道。

"什么？"

"朱莉娅·柯蒂斯。为什么你去她的公寓找她，还询问邮递员……"

"为什么你今天早上去见杰米·赫德森……"

"到底是怎么了，伯特！"

"应该你来告诉我！"

房间立刻安静了。

"你跟踪我？"她问道。

"是的。"他说，"你是不是……"

"为什么？"

"……对我撒谎？"

"是的。"

"为什么？"

"因为……"

她欲言又止。

"是的，告诉我。为什么你向我撒谎？"

"为了保护朱莉。"

"她到底是谁，莎琳？你和赫德森是不是……"

"她是一个麻烦缠身的女孩……"

"哦，对不起，我不想……"

"……她要作人生中最重要的决定。如果她选择错了……"

"她会触犯法律？"

"当然不会！"

"那你为什么不让我知道？"

"因为你不了解情况。"

"什么情况？你和你的同事赫德森医生去见她……"

"你这是怎么了？你不会认为……"

"鬼鬼祟祟的？你的意思是你和你的小男孩杰米……"

"这就是你所想的？"

"我应该怎么想？你们偷偷……"

"朱莉有一个大麻烦！"

"哦？她妈妈不同意她和两个黑人在一起吗……？"

莎琳打了他一记耳光。

"对不起。"她立刻说。

屋子里听不到一点声音。

"不是你想的这样。"她说。

"那么告诉我事实的真相。"他说。

司机的名字叫杰克。

"仍然去波顿伍德吗，夫人？"他问道。

波顿伍德是坐落于杰弗逊大街的一家商场。这是亚当事先告诉帝王公司的目的地。

"是的，但是我中途要停一下。"她说。

"好的，夫人。"他答道。

"我需要去取一盏灯，"她说，"到商场退货。"

"没问题，夫人。"

她坐在后面，确保他能在倒车镜中看到她。她没有穿内裤，短裙

330

下春光乍现。

"能放进后备厢吗？"他问，"那盏灯？"

"哦，是的。"她把地址递给了他：拉德洛街的诺尔顿酒店。

游戏开始了。

在八十七分局里值班的探员们仍然一筹莫展。

NOSTRADAMUS!

"倒着拼的话，还有一种拼法。"吉奈罗说。

"哪儿？"迈耶问道。

"这里，"吉奈罗指着说，"疯狂的艺术 (MAD ARTS)。"把
STRADAM 反过来拼。

的确是这样：

STRADAM

MAD ARTS

"STRADAM 不是一个有意义的单词。"帕克说。

"谁说它是了？"

"那你说的是什么，理查德？"

"我的意思是'疯狂的艺术'是一个有意义的词。两个词，事
实上。"

"那'疯狂的艺术'指的是什么？"

"一幅疯狂的现代画作。"

"好的,"帕克说,"他有可能去偷蒙娜丽莎。"

"或者其他的疯狂现代画作。"吉奈罗说。

迈耶又看了一遍帕克写的回文变形:

　　　一个金额,没有飞镖!

他仍然一头雾水。

"诺尔顿饭店到了,夫人,"杰克说,"我要停在这儿吗?"

"你能帮我搬一下吗?"她问道,"那盏灯?"

他看起来没听明白,不过他的使命还有十分钟就结束了,所以听不明白也无所谓。

"那盏灯有点沉。"她故意把交叉的腿放下,让他从后视镜里看得更清楚一些。

"当然,夫人。"他感觉头脑开始发晕,"很高兴为您服务。"

他跟着她走进电梯,上了六层,来到六四二房间。她用钥匙开了门,他跟在后面。她很确定他正盯着自己短裙下完美的臀部。

"请进,杰克。"她朝他一笑,发出热情的邀请。

他走进了房间,没看到有什么灯。这时他感到整个世界的灯都熄灭了,因为聋子用某种钝器狠狠地砸向他的头。

下午两点,一辆帝王公司的轿车开到洲际饭店前面的停车场里,穿着制服的司机走出轿车，告诉门卫他在等康斯坦丁诺斯·萨拉斯先生。

门卫打通了楼上的电话，告诉萨拉斯先生他的轿车已经到了。萨拉斯便通知自己的保镖车子已经来了，并告诉妻子音乐会后他会去后台找她，然后和她吻别，拿起他的小提琴。他在电梯里与杰瑞米·海格尔会面，然后一起进了大厅，走到外面的街上。穿着制服的司机正在黑色的轿车外等着他们。

"萨拉斯先生？"他问道。

"是的？"

"很高兴见到你，先生。"司机说着，跑到后面为他开了车门。当他们都坐好以后，他转过头问："把小提琴放到车前不是更舒服吗，先生？"

"谢谢，不，我自己拿着就好了。"萨拉斯轻轻拍了拍他的提琴盒。

"克拉伦登大厅。"司机说着启动了引擎。

没有人注意到他的右耳戴着助听器。

路易吉·丰泰罗的姐姐正在和卡雷拉讲着罗马公园的事，她就住在那里。他大概猜到她说的是这个，因为他听到了发音像罗马和公园①的两个词。她正在飞快地说着意大利语。

"啊，哦。"他应酬着。

"罗马，在罗马，有许多公园。"

"啊，哦。"他说。

---

①原文为意大利语，下同。

"比方说，阿多布兰蒂尼别墅，还有花园……"

"啊，哦。"他说。

"还有蒂沃利的伊斯特别墅……"

"不好意思。"卡雷拉说。

"……我觉得那是最美的花园……"

"不好意思。"他站起身，穿过热闹的舞场——他妹妹正在和光头的麦克叔叔跳着舞，他妈妈正在和她的女婿跳着舞——朝男洗手间走去。在他回去的路上，他看到路易吉的姐姐艾伯塔又和什么人喋喋不休地讲着罗马那些了不起的花园。他来到了宴会大厅办公室，询问桌子后面一个二十岁左右的青年，他能不能用一下电话。

"男洗手间里有付费电话。"男孩说。

"这是警务。"卡雷拉说着给他出示了警徽。男孩的眼神好像在怀疑警徽的真假，但他还是耸了耸肩，指了指电话，走了出去。

卡雷拉拨通了警署的电话。

"八十七分局，迈耶。"

"是我。"卡雷拉说。

"我只听到了音乐。"

"是的，等我关上门。"

他站起身，绕过桌子，关上门，又回到了电话机旁。

"你能打电话来太好了，"迈耶说，"你有铅笔吗？"

卡雷拉从桌子上的杯子里挑出了一支铅笔。他又在纸篓里找到了一张皱巴巴的纸，拣了出来，把它铺平，问："你们又有什么情况了？"

"诺查丹玛斯。"迈耶说，"是 N—O—S……"

"T—R—A……"卡雷拉边说边点头。

334

"你知道他？"

"诺查丹玛斯，当然，希腊预言家。"

"法国的。"迈耶说。

"管他呢。"

"写下来。"

卡雷拉写了下来：

NOSTRADAMUS

"好了。"他说。

在电影里，桥下边绵延的河畔草坪，常常是坏人们停下他们的黑色轿车，正式出场的地方。

在现实生活中也确实是这样的。

康斯坦丁诺斯·萨拉斯知道这不是去克拉伦登大厅的路。

"司机？"他说着，敲着隔开后座和司机的玻璃。玻璃拉开了。"我们在哪儿？"他问道，"是……"

发现他正在看着一把自动式步枪。

杰米·海格尔，这个希腊人的保镖，已经把手伸进了夹克下面。

"不，别那么做。"聋子说。

手停了下来。

聋子已经拿起了乌兹冲锋枪。

"出去，"他说，"你们两个。"

"什……"

"从这辆见鬼的车里出去！"

萨拉斯摸到了他的琴盒。

"把它留下。"聋子说。

卡雷拉看着手中的纸。

   NOSTRADAMUS!

"这是我们朋友最新的字条，"迈耶说，"诺查丹玛斯。"

"只是这个名字？"卡雷拉问道。

"就是这些。我们在这儿拼了很长时间了，到现在为止，用回文的办法只拼出了'金额'……"

"哦，啊，'金额'，我看到了……"

   A MUS

"倒回来，对吧？"

"是的，倒回来。"

   A SUM

"'飞镖'这个词也藏在里边。你看到了吗？"

"是的，"卡雷拉说，"我看到了。"

DARTS

"就好像'箭'这个词藏在'麻雀'里一样……"迈耶刚说了半句就被打断了,"有什么需要帮忙的?"卡雷拉听到一阵模糊的说话声,然后听到迈耶说:"谢谢。"

"你那儿怎么了?"他问道。

"又一个。"

"又一个什么?"

"一封信。又是给你的。"

电话里没了声。

"把它打开!"卡雷拉说。

他能听到办公室的门外桑尼·萨巴蒂诺乐队在演奏《一半月亮一半海》……

听到婚礼上的客人们加入演唱……

听到迈耶撕信封的声音……

"迈耶?"

"是的。"

"上面写着什么?"

今天,今天,不幸的一天,太晚了

"迈耶?"

迈耶读给他听。

"他是什么意思?"卡雷拉问道。

远处歌声传来。

"我不知道。"迈耶说。

又是歌声。

卡雷拉看着桌子上的字条：

NOSTRADAMUS!

"该死，它是什么……"

更多的歌声。

A SUM

持续的歌声。

DARTS

"哦，上帝啊，是 DARTS（飞镖）的回文！"卡雷拉说。

STRAD

"是那把小提琴！"

现在，小提琴在聋子手上。这把琴是安东尼奥·斯特拉迪瓦里制作的，他是小提琴制作大师，生活在十八世纪早期——所谓的黄金时期，那段时间里他只做了二十四把小提琴。萨拉斯的琴就是其中一把。

斯特拉迪瓦里的一把叫"克莱采尔"的琴最近卖了一百五十六万美元，斯特拉的琴比它还要早一年。另一把叫"塔夫特"，是和"克莱采尔"同一个时代的，在佳士得拍卖会上卖出了一百三十万美元。还有一把"门德尔松"买了一百六十万，以及一把一七二八年的"米兰诺罗"，几个世纪以来一直被当做收藏品而非乐器，至少也值这么多。保守估计，聋子认为萨拉斯的琴价值一百二十万到一百八十万。几个星期的辛勤工作是值得的，不是吗？

他又回到了诺尔顿旅馆，确认司机杰克是不是还好好地绑着。他微笑着拍了拍司机的头，换下了他上周在巴克斯特街柯南服装店买的司机制服。他把帝王公司的那辆豪华轿车停到了十个街区以外的街角，锁上门，向它告别。他最后听到汽车里发出来的声音是："杰克？你在吗，杰克？你接到客人了吗？到底是怎么回事，伙计？"

现在是两点四十——他穿着一件带浅灰色暗条纹的蓝色外套，和条纹相呼应的灰色衬衣，以及和外套搭配的蓝色领带，黑鞋，蓝袜，手臂下夹着黑色琴盒，吹着调子轻松的口哨，高兴地朝河滨南路的公寓走去——梅丽莎正在那儿忙着侵入他的电脑。

在给城中南部分局的电话中，卡雷拉把他预想的事情告诉了警督：聋子正在计划窃取康斯坦丁诺斯·萨拉斯价值连城的斯特拉迪瓦里小提琴。警督承诺立刻给克拉伦登大厅配备警力。他五分钟后打回电话说警卫现在已经上路了。他也给克拉伦登大厅打了电话，总监说萨拉斯还没有到，现在已经是两点四十了。

"他从哪儿出发？"卡雷拉问道。

"洲际旅店。"中尉告诉他。

"就在八十七分局的辖区里。"他想起来聋子周六早上的第一张字条：

　　　　去一个该死的分局。

　　"他怎么去那儿？"
　　"租来的车和司机。"
　　卡雷拉想起了很久以前的一张字条：

　　　　即使是这样，他们说，站在狭窄的走廊里。
　　　　回击我们的注视，抢劫我们的乘客。

　　"卡雷拉？你还在吗？"
　　"我还在。"他说。
　　外面，他听到了桑尼·萨巴蒂诺乐队又开始了另一支曲子，萨克斯的演奏声响了起来。聋子的最后一张字条在他的脑海中挥之不去：

　　　　今天，今天，不幸的一天，太晚了

　　……他立刻明白过来小提琴已经被盗走了，是的，就在八十七分局的辖区里。
　　外面，乐队正在奏响一支哀伤而甜蜜的歌。
　　不知什么原因，卡雷拉双手抱头，开始抽泣。

＊　＊　＊

电脑不仅能告诉你在哪儿能发现东西，还可以告诉你怎样去发现东西。在公寓后面亚当·芬的小办公室里，有他数周来的上网记录，特别是他添加在收藏夹里的那些。她猜想聋子还是很信任她的，因为他把这些蛛丝马迹都留在她能看到的地方。或者他可能不像她预想的那么聪明。

所有的信息都是关于斯特拉迪瓦里小提琴的。哦，天哪！原来亚当想要的是那个希腊人的小提琴！天哪，天哪，天哪。一页一页都是关于斯特拉迪瓦里，阿玛蒂①，瓜奈里②，十八世纪，以及小提琴的售价，拍卖记录，这些琴何时为谁所有，甚至谁曾经给它们上过漆。天哪，天哪，天哪，梅丽莎想。

所以这就是他所谓的七位数的酬劳，天哪，天哪。一把小提琴，谁能想得到？只是一把小提琴。天哪，看看这儿。他编写那些字条时访问过的所有网址，以及用来存放这些资料的文件夹，名字分别是矛、箭、镖、变位词、回文、数字、时间，等等等等。天哪。

她还发现了一个叫"计划表"的文件夹，里面有一个叫"日程"的文件。她开始以为这是去托尔托拉度假的日程，但是，不，这是上一周的时间表：

　　　　星期一 6/7　　飞镖

　　　　星期二 6/8　　回到未来

　　　　星期三 6/9　　数字

---

①阿玛蒂（Amati），意大利小提琴制作世家。最古老的四弦小提琴即由著名的安德烈·阿玛蒂（Andrea Amati）应美第奇家族之请制作于一五五五年。
②瓜奈里（Guarneri），意大利另一著名小提琴制作世家。与斯特拉迪瓦里和阿玛蒂齐名。

星期四 6/10　伙计们

星期五 6/11　什么时候？

星期六 6/12　现在！

　　但是，他许诺到托尔托拉度假的事也是真的，因为这里的确有一个叫"旅行"的文件夹，里面还有一个叫"航班"的文件：

日期：　六月十三日，星期日

航班：　美国航空一六三五次航班

离开：　国际机场　上午九点三十

到达：　圣·胡机场　下午两点十一

日期：　六月十三日，星期日

航班：　美国航空五三七四次航班

离开：　圣胡机场　下午三点

到达：　托尔托拉机场　下午九点三十九

　　她想知道他是否已经订好机票了。

　　所以她继续查找着。

　　卡雷拉正站在桌前，双手抱头。他想知道为什么今天的婚礼让他觉得如此无趣，为什么今天他既没有和妈妈也没有和妹妹跳舞，为什么今天的香槟和音乐对他来说如此的无味。他想，我的父亲应该在场，要是他还活着的话。当然，他的父亲已经去世了。

路易吉·丰泰罗站在门口，疑惑不解。他走进屋子，把手放在了卡雷拉的肩膀上。

"斯蒂夫？"他说，"怎么了？"

卡雷拉望着他的脸。

路易吉说："我的儿子，告诉我。"

卡雷拉说："我非常想念他。"然后抱住了路易吉，又开始哭了起来。

当聋子带着小提琴回到公寓的时候，她正在等着他。他把它放在大厅的桌子上，挨着电话机，漫不经心的样子，好像它只值两分钱，而不是一百万。他把装着枪的蓝色运动包放到桌子下的地板上，转身对她说："我知道你已经安全回来了。"

"哦，是的，"她说，"我从诺尔顿打车回来，路上几乎没有什么车。"她对着小提琴箱点点头，"我知道你也安全回来了。"她说。

"事实上，"他穿过房间走向她，伸出了双手，"你在干什么？"他问道。

"在翻你的电脑。"她说。

"哦？"

"是的。"

他看着她，双手仍然保持着伸出去拥抱她的姿势，但是现在有些犹豫了。她读不出他的表情是迷惑还是觉得有趣。她也并不在乎这些，她知道她想要的。

"你为什么要这么做？"他问。

是迷惑，她这样猜想。还是有趣？他并没有感觉到威胁，现在还没有。

"哦，只是找点事做，"她说，"一个女孩能从电脑里学到很多知识。"

"你都知道什么了？"

"我知道那把小提琴很值钱。"

"我告诉过你值多少钱。"

"七位数，你说的。是吗？"

"是的。"

"电脑也这么说。"

"为什么你要看电脑，我已经……"

"你并没有告诉我你要偷的是一把珍贵的小提琴，亚当。"

"没有必要告诉你这些。"

"不，你只需要我去为你找那些毒虫……"

"你可以任意选你的送信人……"

"……和一个保镖上床，引诱一个司机。"

"出了什么事吗，丽西？"他问道，试着用一种愉快和关怀的眼神望着她。

"哦，是的，出了点问题。"她从她的手提包里摸出了一张美国航班机票，在空中挥舞着。"这就不对了。"她说。

"你从哪儿找到的，丽西？"

"在你办公桌最上面的抽屉里。就在电脑下面。"

"你确实干了不少事情啊。"

"只有一张去托尔托拉的单程票，"她说，"名字是亚当·芬。"

"在抽屉里还有一张，丽西。"

"不，没有。我翻了个遍。我找了你的整张桌子，你的衣柜，所有的衣服夹层口袋，没有其他的机票了。这里只有一张机票，亚当。你的票。你从来都没有想过要带上我，不是吗？"

"你怎么会有这种想法，丽西？当然是你和我一起了。让我找找另一张机票，让我找给你看……"

"没有其他的票了，亚当。"

"丽西。"

"没有了！"她说着，再次挥舞着手中的票，"你从来都没想过给我哪怕是一小部分，是吗？你只是利用我，就像安布罗斯·卡特利用我一样。对你来说我只是个十分好用的婊子，不是吗？"

"呃，"他笑了，又伸出了双手，"你就是这样的啊，丽西。"

这可能是个错误。

他意识到了这一点，当他看到她把手伸进了手提包，拿出来的不是另一张机票，而是一把九毫米手枪的时候。

"小心。"他说。

"哦是的，小心。"她说，然后把枪在空中乱晃，"你知道我还在你电脑里发现什么了吗，亚当？我还找到了……"

"我向你保证，丽西，我的办公桌里还有另一张机票。让我们找找看，我们……"

"不，我不这么想。"

"我们可以一起找……"

"不，我不会和你一起找了，因为它根本就不存在。你想知道我还找到了什么吗？"

他一言不发。

他正在想着大厅桌子下面那个蓝色的运动包，考虑他怎样才能在她干傻事之前拿到他的乌兹冲锋枪。他可不希望再中枪。上次被一个女人开枪打中还是很久之前的事。他不认为她真的会杀了他，他也不喜欢她把枪放得离他这么近。

"我发现一个叫'预期'的文件夹，"她说，"还有一个叫'买家'的文件夹，里边有一些相同的人名和地址。这有些多余吧，亚当？"

他沉默着。

他正在思考怎样才能慢慢地稳住她，不露声色地靠近运动包。他当然不想在这儿中枪，又一次中枪。

"我想这些人都是想拥有那边桌上那把小提琴的吧，亚当，我说得对吗？"

他仍然没有说话。

"我想'预期'和'买家'里的人才不会在乎是谁卖给他们这把琴，只要能拿到它，卖家是你也好，是我也好，全都一样。亚当，我说得对吗？"

"备份，丽西。仅仅是备份。如果那个小提琴家拒绝付款的话。"

"什么意思？"

"我们会先要挟萨拉斯。如果他给了我们想要的……"

"我们？"

"当然，丽西。你和我。我们。如果他给了我们赎金，小提琴就又是他的了。如果不给，就像你推测的那样，这里还有很多买主。你能想象这世上还有这样的人吗，丽西？不知道怎么演奏小提琴，根本不懂音乐，只是想拥有一些美丽而稀有的东西。"

"我能想象，是的。"

"就像你，"他说，试着笑了笑，"美丽而且……"

"狗屎！"她又晃了一下枪。

"小心那东西。"他说着，右手的手指伸向空气，非常警觉。

"现在我要做什么呢？"她说，"给自己买一张去巴黎或者伦敦或者罗马或者柏林或者布宜诺斯艾利斯或者墨西哥城或是利雅德的机票，这些'备份'的人看起来都生活在那些地方。然后看看谁愿意从我手里买走这把琴。我确定……"

"为什么我们不一起呢？"他建议。

"不，为什么我们要一起！"她说着又朝空中晃了晃枪，"我只想一个人上飞机。没有你，芬先生，只有我和琴。我将要见见世界上所有的小提琴爱好者，可能他们愿意给一个'十分好用的婊子'付比你更多的……"

"我从没叫过你……"

"哦，没有吗？"她把枪朝地上指了指，"趴下，亚当。脸朝下。把手放在脑后。快点！"

"丽……"

"快点！现在！"

"你正在犯一个大错……"

"我说现在！"

他转过身，朝大厅桌子又靠近了一点，然后蹲了下去，把身子贴近地板，使他自己的头和手又向大厅桌子靠近了一些。他能感觉到她就在身后，用枪指着他。如果他现在不动……

就在同时，她意识到他正在接近桌子下面地板上的蓝色运动书包，看到了他的手正伸向包里那把冲锋枪的枪柄。也就在同时，他眼角的余光看到她手里的枪不再犹豫不决，而是稳稳地指向了他，他绝望地尝试着把枪从包里抽出来……

与此同时，他们不约而同地想到了一件事：不，再也不要！

她想的是不要再做妓女。

他想的是不要再中枪。

事实上，她大声喊了出来："不！"就在她朝他的背上开枪之前，和她上次射中安布罗斯时一样。

两次。

同样的方式。

16

　　在这个城市，任何事情都有开始，有些事情也会迎来终局。有些结局并不像我们年轻时所想象的一样，可谁说他们必须如此？有人曾经允诺给你一座玫瑰花园了吗？这些诺言都写在了哪里？

　　"我知道有人给你寄了一封信。"霍斯说。

　　"我总是收到信。"霍妮说。

　　"这封信很重要。"他说。

　　他们现在正在她的公寓里。就是上周三早上——六月二号——埃迪·卡德希在此朝他开枪的那栋公寓的七楼。

　　现在是十二号下午三点，十天零八小时了，但是谁在乎？霍斯已经逮捕、讯问和拘留了埃迪，但是霍妮·布莱尔还穿着睡衣和袍子，尽管知道霍斯说的是哪张字条，仍然尽力做出一副无辜的样子。他说出字条的内容：

亲爱的霍妮：

　　请原谅我不知道你也在那辆轿车里。

"根据一个叫埃迪的人所说，"他说，"他是第四……"

"是的，我知道。"她说。

"你知道他……"

"有一点印象。"

"……或者你知道我说的这张字条？"

"都知道。"

"为什么你没有告诉过我。"

"因为丹尼决定不能外传。"

"谁是丹尼？"

"迪·洛伦佐。我们节目的导演。"

"这是隐瞒证据。"霍斯说。

"新闻报道从来都不是真实的。"她笑了。

"这一点都不有趣，"他说，"这个男人企图谋杀我。"

"是的，还有我，你知道。"

"不，没有你。"

"哦。"

"他特别写了……"

"我知道。"

"……他不知道你也在车里。他要找的是我，霍妮，仅仅是我。"

"哦，可能，是的。"

"所以你为什么要隐瞒字条的事？"

"我没有，丹尼把它收起来了。"

"但是你知道的，你天天晚上宣扬……"

"哦，是的。"

"为什么，霍妮？"

"为了我的事业着想。"她耸了耸肩。

"但没有为我的健康着想。"他说。

"是的。"

"哦。"他说。

他们看着彼此。

"这张纸条。"他说，"是手写的吗？"

"是的。"

"现在它在哪儿？"

"我不知道。"

"我需要它。"

"为什么？"

"这是证据。我要控告埃迪蓄意谋杀。"

"这是丑闻。他看起来是个不错的人。"

"谋杀才是更大的丑闻。"霍斯说道。

他们继续看着对方。

"为什么我们不回到床上去？"她问道。

"不，我可不这么想。"他说。

"柯顿……"

"再见。"他走了出去。

他们两个都知道已经到了该把事情挑明的时候了。莎琳向他撒了谎，克林像侦探一样跟踪她，两条都足够他们收拾行李分手了。他们坐在他的公寓里，沉默着，莎琳作了某种程度的解释，而克林作了某种程度的反击，两个人都觉得彼此背叛了对方。

总得有人打破僵局。

如果这段关系还想要继续下去的话。

他们都明白他必须继续走下去，因为如果白人男子伯特仑·亚历山大·克林和黑人女子莎琳·埃夫拉德·库克无法相处的话，那么在美国的任何两个不同肤色的人之间的关系也不会好多少。他们并没有想到这些，并没有考虑他们的肤色问题，但是现在必须有人打破沉默，必须有人跨过越来越宽的鸿沟。

所以，尽管不情愿，克林还是像一个好侦探一样，在头脑里衡量了一下哪一种背叛更不可原谅，撒谎还是跟踪。他猜想也许自己做得更加过分，所以他清了清喉咙，看着坐在对面，双手交叉在胸前的沉默的莎琳，说："莎莎？"

她没有应声。

"莎莎，"他说，"抱歉，我仍然不是很明白。"

"你不是很明白什么，伯特？"她说。

"如果杰米·赫德森真的想娶这个叫朱莉的人……"

"不是'这个叫朱莉的人'，是朱莉娅·柯蒂斯，一个内科医生，就像杰米一样……"

"哦，抱歉，一个内科医生，我需要预约吗？"

"你去死，伯特。"

"我怎么会知道她是一个医生？我看到你们三个在……"

"是的，去死吧。"

"如果他想娶她，为什么要见你？"

"他想让我来告诉她。"

"为什么？"

"她不确定！"

"不确定什么？该死的！"

"不确定她是否想嫁一个黑皮肤男人！"

"所以你就突然变成一个媒人啦？"

"不，我是杰米的朋友。那女孩很犹豫。她爱他，但是她的整个生活……"

"哦，我明白了。你是他们的好榜样，是吧？你和我。黑皮肤女人，白皮肤男人，你要向她证明这是行得通的，是吧？"

"你还是没明白。"

"不，我很抱歉，我不明白。你确定这是她不想嫁给他的唯一原因吗？因为他是黑人而她是白人？或者……"

"她也是黑人。"莎琳说。

"什么？"

"我说她是黑人。我们三个都是黑人。杰米、朱莉和我。我们都是黑人，现在明白了？"

他试图理解这句话。她等着他理解这句话。

"她看起来就像……"

"是的，伯特？"

"她看起来是白的。"他说。

"她十六岁就离开家，离开了南部，进了耶鲁医学院……她害怕嫁给了他会失去一些东西，失去她这么多年的苦心经营。"

屋子又安静了下来。

"你应该告诉我的。"他说。

"那会辜负她对我的信任。"

"那我的信任呢？"

"那我的呢，伯特？"

她这次叫他名字的时候温柔了许多。

"你不应该跟踪我。"她说。

"你不应该对我撒谎。"

"我们又来了。"她说。

又是沉默。

他想知道他们究竟能否打破这种沉默。

"SHLEP 呢？"他拿起那个枕头，举到胸前，这样她就可以看到上面绣的字。

分享 Share

帮助 Help

爱情 Love

鼓励 Encourage

保护 Protect

"我应该再绣一个 T 的，"她说，"代表 Trust（信任）。"

"莎琳……"

"你不相信我，伯特。可能是因为你不爱我……"

"我全身心地爱着……"

"……或者是因为我是黑人……"

"莎琳，莎琳……"

"但是不管怎样，这里少了一个 T，伯特。应该是 SHLEPT。或许这就是我们现在的样子，"她说着，从他的手里拿过枕头，"纠结（SHLEP）已经是过去了①。"

他看着她。

"是这样吗？"他说。

"我不知道，"她说，"是这样吗？"

对于艾琳和威利斯来说，事情才刚刚开始，周六，周末的第一天，他们仍在床上。

"你怎么想的？"他问道。

"什么？"

"我们。"

"噢。"

"你，我。"

"哦。"

"你是说，哦，我们将永远相爱，有一天要结婚，有很多孩子，然后……"

"哦。"

"或者这意味着'哦，我明白你的问题，我正在考虑这件事？'"

"它意味着'让我们走着瞧'，"她说，'但现在先等等。'她蜷缩进他的怀抱，吻着他的唇。

贴着她的嘴唇，威利斯笑了。

---

①英语中以 P 结尾的动词，过去时态通常为 -pped 或者 -pt，这里是把 shlept 当做一个过去时态的动词，暗指纠结（shlep）已经过去。

奥利看到她从街上走过来，穿了量身定做的蓝色制服，右边腰上别着手枪，让她稍微有点重心倾斜。她黑色的长发盘在帽檐下，左胸上戴有银色徽章，随意地向四周张望。她是个好警察，他想，一个漂亮的女孩，或者说女人。她的胸牌上写着名字，黑底白字：P.戈麦斯。

当她看到他时，眼睛亮了起来。谁会想到呢？在强烈的太阳光下，她的眼睛闪闪发亮。美丽的棕色眼睛。帕特里夏·戈麦斯。

"嗨，奥尔！"她说，"你在这里做什么？"

奥尔，他想。只有在大学时才有人叫我奥尔。就连我的姐姐和妈妈——愿她在天国安息——都没有叫过我奥尔。

"我想我们可以一起喝杯下午茶。"他说。

"这很好呀！"她说。

他知道她刚下班，也知道她在换下制服之前通常都会在这儿或者是街上的咖啡馆喝杯咖啡。他了解所有的一切。他为自己是一个好警察而自豪。

她推开餐厅的门，等他进去。店主显然认得她，大张旗鼓地把她带到了咖啡厅一角，一个非常好的位置。她把帽子摘下来，挂在挂钩上。她的头发一丝不苟地盘了起来。

"这是一个惊喜。"她说。

"我很期待碰到你，"他说，"很高兴我能遇见你。"

"我也是。"

"今天过得怎么样？"

"没什么事。你呢？"

"我今天休假。经过了漫长的一周。"

"你有大案子吗？"

"一些皮条客被杀了。"

"运气不坏啊。"她说。

"是的，昨天一整天我都坐在河滨公园里。你知道那个公园？"

"当然。格里森公园。"

"等着一个女孩出现，但是她没有出现。这个女人。"

"太糟了，奥尔。"

"是的。"

"这些女孩也有点可怜。"他说。

她看着他。

"哪个女孩，奥尔？"

"这些妓女，你知道。我也花了很多时间在霍巷调查。这些妓女，你知道，半裸着站在那种地方。"

她还是看着他。

"天还在下雨。"他说。

她放下了菜单。

"你还好吗，奥尔？"她问道，"你看起来有些……"

"是的，我很好。"他说。

"奥尔？"

他点点头，等了很长时间。然后他说："帕特里夏，我得问你点儿事，我想让你告诉我真话。"

"你吓着我了。"

"没有，没有。我……"

"奥尔？"

"帕特里夏，我是一个需要安慰和帮助的人吗？"

"你需要一点安慰和帮助，奥尔？"她笑了，"是吗，甜心？"

"我是一个……需要怜悯的人吗？"他问道。

"怜悯？"她说，"不。你在说什么呀，奥尔？怜悯？"她想绕过桌子抓住他的手，但是她意识到自己现在正穿着制服，所以她改用眼睛盯着他，"怎么了，奥尔？"她问道。

他摇了摇头。

"奥尔，奥利，告诉我。"她说。

"我是一坨屎吗？"他问。

"奥利，天哪，别这么说……"

"我是一个胖子？"他问道。

她还是越过桌子，紧紧地抓住了他的手，不管什么该死的制服。

"告诉我真话。"他说。

她几乎就要说，不，你不胖，谁告诉你的，奥尔？她几乎就要说，你舞跳得很好，奥尔，你的脚步非常轻盈。

"是的，"她说，"你是个胖子。"

他点点头。

"但那只是饮食习惯的问题。"她说。

他又点点头。

"少吃一点，"她笑着说，"下午茶的时候不要再点四个汉堡就好了。"

"你一般会点几个？"他问。

"你们想好点什么了吗？"女招待问道。

"一杯脱脂牛奶。"帕特里夏说。

奥利没有看菜单。

"我和这位女士一样。"他说。

"好的，谢谢。"穿着粉色短裙的女招待说着，转身走了。

"你记得那部电影吗？"帕特里夏说，"梅格·瑞恩在餐馆里假装高潮，于是那边桌上的女士说：'我要点和那位女士一样的……'①"

"我这辈子都没喝过脱脂牛奶。"

"你会喜欢的。"帕特里夏说。

"我怀疑。"他忧郁地说。

"但是你知道，奥尔，"她说，"胖也好，瘦也好，有谁在乎？我真的不在乎。"

"你喜欢和一个肥胖的人在一起？"

"我喜欢和你在一起。"她说。

"今晚？"他问。

"是的。"

"为什么？"

"因为我喜欢你，"她说，"我发现你很有创造力，并且……"

"创造力？不，帕……"

"是的，奥尔！你写了一本书！"

"哦……"

"多少人能写书？我可不能！"

"哦……"

他几乎冲口而出：我抓住了那个偷我书的西班牙娘娘腔毒贩；但是他没有说出口，因为很多人都在背后叫帕特里夏西班牙婊子，他想她肯定不喜欢这个词从他口中说出来。

"我抓住了偷我书的人。"他说。

"你找到了！"

---

① 指一九八九年的电影《当哈利碰上莎莉》（*When Harry Met Sally*）中的经典场景。

"是的。他为我背诵了整篇文章，我录了下来。我可以从头听到尾，帕特里夏。我能完整地听这个故事，发现它的优点和不足，然后写一篇真正的作品。"

"你看，这就是我说的：创造力。奥尔，创新精神，还有……"

"别，你都让我脸红了。"

"这么红，"她说，"我敢打赌，脸红代表正在燃烧卡路里。可爱的……是的，你还是一个很好的舞蹈家！"

"谁说我不是？"

"哦……没有人。"

"你也是，帕特里夏。"

"谢谢你，奥尔。我真的很喜欢和你一起跳舞，你呢？"

"是的，我也是。"

"可能的话我们今晚可以再跳一曲。燃烧一下卡路里。"

"比锻炼更好，肯定。"他说。

"跳舞就是一种锻炼。你知道你还应该干点什么吗，奥尔？"

"什么？"

"你应该去一下警察局的健身房，跑跑步，举举重。这对你很好。"

"我会得心脏病的。"

"得了吧，心脏病！你怎么了？就这么点小运动，你可以的！"

"运动很枯燥。"

"当然。那又如何？"

奥利耸了耸肩。

她说："今晚是我请客，我欠你一顿。"

"好的，我接受。"他说。

"这是一个便宜的约会。"她说着笑了笑，"你现在是在节食，对吧？"

360

他完全没有意识到自己在节食。

"你什么时候为我学《西班牙的眼睛》？"她问道。

"我几乎能背下来了。"

"艾尔·马蒂诺①版的？"

"是的。"

"不是后街男孩版的。"

"不是。我的钢琴老师说我已经练得差不多了。"

"我想让你弹给我妈妈听。"

"也许我得先减掉几斤。"

"不用，她也很胖。"帕特里夏笑出了声。

奥利发现自己也笑了起来。

"两杯脱脂牛奶，"女服务员给他们端了上来，"还要其他的吗？"她充满期待地望着奥利。

"谢谢，不了。"他说。

"你知道，"帕特里夏说，"百分之五十的美国人都想减重二十磅，你知道吗？"

"是的，可是不包括我。"他说。

"我也想减肥。"她说。

"你？"

"当然。十磅左右。我想减十磅。"

"你认为我应该减十磅吗？"

"嗯……作为一个开始。"

---

①艾尔·马蒂诺（Al Martino, 1927—2009），美国歌手，演员。《西班牙的眼睛》（Spanish Eyes）改编自器乐作品《那不勒斯的月亮》（Moon over Naples），是一九六六年的一首畅销单曲。

"然后呢？二十磅？就像百分之五十的美国人都想做的那样？"

"不，五十磅。百分之二十的美国人都这么想。"

奥利看着她。

她笑着耸了耸肩。

"这一条是我编的。"她说。

"太好了，我可没打算减五十磅呢。"

"好的，从十磅开始。"

"十磅，我还是可以办到的。"

"好的，我们一起减十磅。"

"我们一起？"

"当然，我们一起减十磅。"

"一起。"他重复着。

"一起"这个词听起来真的很棒。

气氛变得很特别。

"帕特里夏？"他说。

"怎么了，奥尔？"

"如果《报告长官》出版了……"

"是的？"

"我会把它献给你。"

她的眼睛突然湿润了。

她跨过桌子，握住了他的手。

气氛真是很特别。

他尝了一口脱脂牛奶。

喝起来就像羊尿。

*　*　*

迈耶刚想走就接到一个电话。他看了墙上的时钟，下午三点四十三分。

"八十七分局。"他说，"迈耶探员。"

"我能和卡雷拉探员通话吗？"

"他今天不在，我能留口信吗？"

"好的，你能告诉他有个叫亚当 · 芬的……"

迈耶马上看了电话上的来电显示。区号是三七七，就在分局辖区里。他给屋里的帕克打了个手势叫他过来，然后在一张纸上，他潦草地写道：

地址！

帕克点点头，记下了电话号码，又回到了自己的桌子前。

"你还在吗？"聋子问。

"在。"迈耶说。

"我希望你们没有做我预料之中的事情，因为我会在你们到达之前里离开的。"

"你预料我们要做什么事情？"

"笨蛋，"聋子说，"你以为我是傻子吗？带个口信给卡雷拉。你有铅笔吗？"

"有。"迈耶说。

"告诉他有个叫梅丽莎·萨默斯的女人这几天会离开这座城市。告诉他……"

在他自己的办公桌上，帕克正在给电话公司的人打电话，想获得这个三七七开头的电话号码登记的具体地址。迈耶做着手势：快点！

"……监控机场。她带着……"

"那个名字怎么拼？"

"夏天（summer）后面加 S！"聋子嚷道，"梅丽莎·萨默斯。别……别想拖时间。"

他好像突然喘不上气来。

"你还好吗？"迈耶问道。

"不。事实上，我中枪了，但是……"他挣扎着喘气，"别叫救护车，我有自己的医生，谢谢。"

"为什么不叫我们帮助你？"迈耶建议，"我们可以送你去……"

"别开玩笑了。"聋子说着，又喘不上气来。

在屋子的另一面，帕克已经放下电话了。

"告诉卡雷拉，她带着小提琴。"

"什么？"

"告诉他我希望他能逮到她。"

电话挂断了。

"河滨南路三百二十八号。"帕克说。

吉奈罗在周六下午四点十五分踢开了 17D 公寓的门，这是他人生中第一次破门而入。他觉得自己就像是电视里演的警察一样。破门时他并不是一个人。帕克和迈耶以前都干过这样的事情，但是他们一点都不觉得自己像是电视里演的警察。事实上，他们觉得自己更像是消防队员。

不管谁住在这里——

根据管理员说，租公寓的人名叫亚当·芬，最近有个漂亮的金发女郎跟他住在一起。他们猜想那就是聋子提到的梅丽莎·萨默斯。但是管理员不知道她的名字。

不管谁曾经住在这里，他一定走得很匆忙。

大厅里有血迹，就在桌子附近的地毯上。深深的血迹。他们猜测这就是他中枪流血的地方。还有一条血痕通向洗手间，洗脸池旁边有一卷纱布，他可能试图止血并包扎伤口。公寓后面还有一个小办公室，血迹一直延伸到电脑键盘，这表示他在离开前曾在这里打字。

打开电脑，他们发现所有的文件夹都已经被删除了。屏幕上只有一张黄色即时贴的图像：

我会再来找你们的，男孩们！

"那个家伙血流满地，还有心思给我们留言。"吉奈罗说。

"这是他的风格，一直都是。"迈耶表示同意。

"我会再来找你们，嗯？"卡雷拉在电话里说。

"这是即时贴上的留言。"

"你们认为他受伤了，是吗？"

"肯定是的。他告诉我他中枪了，这里血流满地。"

"最好叫一辆救护车。"

"他说不用麻烦了。他有自己的医生。"

"所以你认为他又走了吗？"

"像风一样。"

"那女孩呢？萨默斯？"

"梅丽莎·萨默斯。他说她要离开这个国家。"

"去哪儿？"

"没说。"

"和小提琴一起？"

"他是这么说的。"

"有希腊人的消息吗？"

"不归我们管，他也许给城中南部分局打过电话。"

"很想知道那边发生了什么。"

"哦，是的。"

"最好联系国安局，迈耶。"

"我已经联系过了，还有所有的航空公司。他们都会留意她和小提琴的。"

"如果这是她护照上的名字。"

"如果她有护照的话。"

电话里一阵安静。

"那聋子怎么办？"迈耶问。

"只能等待了，我猜。如果我们捉住了那个女孩……"

"如果。"

"她可能会告诉我们关于他的一些事情。但是如果没有抓住，我们就等他下一次再自己主动送上门来。"

"如果他又来。"

"他总是这样，迈耶。"

"总是这样。"

"就像'死亡和税收'①。"

"没错。"

又一阵安静。

"呃……我这里还有工作要做。"迈耶说。

"好的。"

"周一见。"

"再见。"卡雷拉放下了电话。

他站在话筒旁立了一会儿,看着电话,想着什么时候他们会再次见到聋子。最好永远不要再见到他。他几乎发出一声叹息。

特迪在卧室里等着他。

他默默地脱下外衣,去洗手间洗漱,然后回到床上,躺到妻子的身边。

她的手在空中比画着。

这是一个多么好的婚礼。她用手语说。

他读懂了她的意思,点点头。

你不这样认为吗?她比画着问。

他又点了点头。

斯蒂夫?

他看着她的眼睛。

你还是没法放下这件事?

"放下什么?"他调皮地问道,同时也比画起来,笑了。然后他把她抱起来,搂得紧紧的,微笑着吻了她。她回忆起来,很久很久以前,那是一个多么美好的开始,当一个叫斯蒂夫·卡雷拉的警察在情人节

---

①美国谚语:世上本无绝对的事物,只有死亡和税收例外。

的时候久久地站在雪地里，送给一个叫西奥多拉·富兰克林的女孩一枝红玫瑰的时候——她的一生从此就永远被玫瑰填满了。

她关上了床头的台灯，又一次紧紧地钻到他的怀里。

次日下午三点，一个年轻的金发女郎在机场等下午五点十分飞法国巴黎的飞机。护照检查中心已经接到通知，必须截留一个叫梅丽莎·萨默斯的女人。而这个金发女郎护照上的名字叫卡梅拉·萨马罗内。检查人员几乎没有看她的照片便盖上了通行章，说："祝您旅行愉快，萨马罗内小姐。"

梅丽莎优雅地一笑，朝安检大门走去，她把小提琴盒放在安检机器的传送带上。

昨天，一个安检中心人员接到了迈耶的电话，记下了关于一把贵重的小提琴的有关情况，并询问他这是否是一起炸弹袭击事件。但是当他听说不存在任何安全隐患的时候，他就耸了耸肩，说："谢谢你的警告。"

机场安检人员打开了卡梅拉的小提琴盒，看看是否有炸弹、枪支、刀剪之类的危险物品，他们怎么也不会想到这把不起眼的小提琴会是价值连城的斯特拉迪瓦里。

他们能做的就是把小提琴晃一晃，看看里面是不是藏了什么东西。

一个保安说："我叔叔以前是拉小提琴的。"

"真好。"梅丽莎说着，注视着他们放下琴，盖上了琴盖并合上锁扣。

"旅行愉快。"另一名保安说道。

梅丽莎坐在头等舱，等着飞机起飞，啜饮着茴香烈酒，翻阅六月号的《VOGUE》杂志。

"您第一次去巴黎？"乘务员问道。

"是的。"梅丽莎报以甜美的笑容。

这是一个新的开始。

图书在版编目（CIP）数据

侧耳聆听 ／(美) 麦克班恩 (McBain, E.) 著；宋青译. —北京：新星出版社，2011.1
(八十七分局系列小说)

ISBN 978-7-5133-0139-8

I. ①侧… Ⅱ.①麦…②宋… Ⅲ. ①长篇小说－美国－现代 Ⅳ.①I712.45

中国版本图书馆CIP数据核字（2010）第247808号

HARK! AN 87TH PRECINCT NOVEL by ED McBAIN
Copyright: © 2004 BY HUI CORPORATION
This edition arranged with CURTIS BROWN-U.K.
Through BIG APPLE TUTTLE-MORI AGENCY, LABUAN, MALAYSIA.
Simplified Chinese edition copyright: © 2011 NEW STAR PRESS
All rights reserved.

午夜文库
谢刚 主持

侧耳聆听

(美) 艾德·麦克班恩 著；宋青 译

责任编辑：邹　瑨
责任印制：韦　舰
装帧设计：设计·邱特熙
　　　　　yp2010@yahoo.cn

出版发行：新星出版社
出 版 人：谢　刚
社　　址：北京市西城区车公庄大街丙3号楼　100044
网　　址：www.newstarpress.com
电　　话：010-88310888
传　　真：010-88310899
法律顾问：北京市大成律师事务所

读者服务：010-88310800　service@newstarpress.com
邮购地址：北京市西城区车公庄大街丙3号楼　100044

印　　刷：小森印刷（北京）有限公司
开　　本：910×1230　1/32
印　　张：11.875
字　　数：156千字
版　　次：2011年1月第一版　2011年1月第一次印刷
书　　号：ISBN 978-7-5133-0139-8
定　　价：32.00元